RACHE IM STURM

Hannes Nygaard ist das Pseudonym von Rainer Dissars-Nygaard. 1949 in Hamburg geboren, hat er sein halbes Leben in Schleswig-Holstein verbracht. Er studierte Betriebswirtschaft und war viele Jahre als Unternehmensberater tätig. Hannes Nygaard lebt auf der Insel Nordstrand.

HANNES NYGAARD

RACHE IM STURM

Hinterm Deich Krimi

emons:

Bibliografische Information der Deutschen Nationalbibliothek
Die Deutsche Nationalbibliothek verzeichnet diese Publikation
in der Deutschen Nationalbibliografie; detaillierte bibliografische
Daten sind im Internet über http://dnb.d-nb.de abrufbar.

© Emons Verlag GmbH
Alle Rechte vorbehalten
Umschlagmotiv: beimer/photocase.de
Foto Seite 7: Oliver Schmidt, Magic-Photo
Umschlaggestaltung: Nina Schäfer, nach einem Konzept
von Leonardo Magrelli und Nina Schäfer
Umsetzung: Tobias Doetsch
Gestaltung Innenteil: César Satz & Grafik GmbH, Köln
Lektorat: Dr. Marion Heister
Druck und Bindung: CPI – Clausen & Bosse, Leck
Printed in Germany 2019
ISBN 978-3-7408-0524-1
Hinterm Deich Krimi
Originalausgabe

Unser Newsletter informiert Sie
regelmäßig über Neues von emons:
Kostenlos bestellen unter
www.emons-verlag.de

Dieses Werk wurde vermittelt durch die Agentur Editio Dialog,
Dr. Michael Wenzel (www.editio-dialog.com).

Für Anna-Lena

Das Chaos sei willkommen,
denn die Ordnung hat versagt.

Karl Kraus

Vorwort

Menschen, die – wie in dem neuen
Roman von Hannes Nygaard – bedroht werden, mit empfindlichen
Übeln, wie es das Strafgesetzbuch
nennt, noch dazu, wenn sie auf
diese Weise gezwungen werden
sollen, etwas gegen ihren eigenen Willen zu tun, werden jeder
natürlichen Lebensqualität be-
raubt. Sie entwickeln existenzielle
Ängste um ihr Hab und Gut, um ihre persönliche Integrität,
ihre Gesundheit, unter Umständen um andere Menschen, die
ihnen lieb sind und die sie ebenfalls bedroht sehen. Bisher
selbstverständliche Kontakte zu anderen Menschen und ebenso
selbstverständliche Unternehmungen außerhalb der eigenen
vier Wände unterbleiben, weil sie oft ohne Panikattacken nicht
mehr möglich sind.

Der WEISSE RING ist mit diesen Prozessen vertraut. Er begleitet regelmäßig Menschen, die in solche Situationen geraten
sind, und hilft ihnen dabei, unter fachkundiger, sofern erforderlich auch therapeutischer Anleitung einen Weg zurück in die
Normalität zu finden, die wieder ein Mindestmaß an Sicherheit
und Zufriedenheit vermittelt. Er leistet diese Hilfe ehrenamtlich
und kostenlos. Und dank der hervorragenden Arbeit seiner
ehrenamtlichen Mitarbeiterinnen und Mitarbeiter auch sehr
erfolgreich.

Es ist deshalb gut, zu wissen, dass es den WEISSEN RING
gibt. Und es ist richtig, sich dafür zu entscheiden, seine Beratung
und Unterstützung in Anspruch zu nehmen.

Dem Autor dieses Buches gebührt Dank dafür, dass er aus
seiner Sympathie für den WEISSEN RING keinen Hehl macht,
dass er in seiner spannenden Geschichte einen Platz findet, auf

den WEISSEN RING und seine sozial und menschlich so überaus wichtige Arbeit aufmerksam zu machen, indem er eine seiner Protagonistinnen die Hilfe des WEISSEN RINGS in Anspruch nehmen lässt.

Ich wünsche diesem Buch einen großartigen Erfolg und den Leserinnen und Lesern großes Vergnügen bei der Auflösung dieses nicht alltäglichen Falles.

Hans-Jürgen Kamp
WEISSER RING
Landesvorsitzender Hamburg
Mitglied des Bundesvorstandes

EINS

Achtzig Zentimeter Neuschnee. Mancherorts lagen über zwei Meter. Ein strahlend blauer Winterhimmel öffnete sich auf dem Bild des Kalenders, so weit das Auge reichte. Leider nicht auf Eiderstedt. Graue Wolken hingen über der Halbinsel. Gelegentlich regnete es ein wenig. Manchmal mischten sich Graupelschauer dazwischen. Alles war trist. Der Februar zeigte sich nicht von seiner besten Seite. Tönne Christiansen störte das nicht. In den kalten Monaten war seine Arbeitskraft besonders gefordert. »Heizungsbau – Klima – Sanitär«, stand auf der Seitenfront des blauen VW Crafter, mit dem er den Kreisverkehr am Ortsausgang Tönning durchfuhr. Er verzichtete auf das Blinken, als er die Runde verließ und die Bundesstraße unterquerte. Zuvor riskierte er einen Blick auf die Geschäfte und Discounter, die unterhalb der Straße ihren Platz gefunden hatten.

Christiansen schüttelte einen Glimmstängel aus der Zigarettenpackung, die er vor der Windschutzscheibe abgelegt hatte, und ließ das Feuerzeug aufflammen, das er ebenfalls gegriffen hatte. Seine Oberschenkel drückten von unten gegen das Lenkrad. Hier ging es ein Stück geradeaus. Der Verkehr auf diesem Stück war mäßig. So blieb ihm Zeit, die Zigarette anzurauchen.

»Tönne«, kam es aus dem Handy, das er mit links am Ohr hielt. »Spinnst du? Fahren, telefonieren und rauchen. Bei dir hackt es.«

»Ist ja nicht«, erwiderte Christiansen und grinste.

»Du kriegst irgendwann noch mal richtigen Ärger«, behauptete sein Chef Holger Mügge.

»Mensch. Ich bin Profi. Auf allen Gebieten.«

»Dummschnacker. Was war das in Tönning?«

Christiansen wurde kurz abgelenkt. »Arschloch«, sagte er böse und griff mit beiden Händen zum Lenkrad, als ein

Rettungswagen aus der an der Straße liegenden Wache heraus-
geschossen kam, seinen Weg kreuzte und in die entgegengesetzte
Richtung fuhr.

»Was'n los?«, wollte Mügge wissen.

»So'n Spinner. Kam vom Grundstück. Affenarsch.«

»Tönne. Sei sinnig. Fahr mir nicht den Wagen in die Grütze.
Das ist unser großer.«

»Is gut, Holger. Also, ich war von der Baustelle noch mal in
der Schule in Tönning und hab was an der Steuerung gemacht.
Die ist im Arsch. Muss ausgetauscht werden. Aber der Haus-
meister tut so, als müsste er das Ding selbst berappen.«

»Was ist damit?«

»Sag ich dir, wenn ich im Büro bin.«

Es folgte eine kurze Pause. »Wo bist du jetzt?«

»Ich bieg gleich auf die B5 ein.«

»Also in zwanzig Minuten. Sei vorsichtig.«

»Klaro. Bin ich immer.«

Mügge hatte aufgelegt und bekam das nächste »Arschloch«
nicht mehr mit. Es galt einem Kleinwagen, der mit Abstand
einem Tanklastzug mit Anhänger folgte und Christiansen beim
Einfädeln in den laufenden Verkehr auf der Bundesstraße zum
Bremsen zwang. Christiansen warf einen Blick nach links über
die Schulter und entschloss sich, vor dem weißen Sprinter einzubiegen. Er grinste, als der Bofrost-Mann hinter ihm wütend
auf die Hupe drückte.

»Glaubst du Affe, ich warte, bis die Schlange durch ist?«,
murmelte er zwischen den Zähnen hervor. Er hatte wahrgenommen, dass sich hinter dem Tanklaster, der aus der ein-
zigen Raffinerie des Landes bei Heide seine flüssige Ladung gen
Norden schleppte, eine lange Schlange gebildet hatte. Auf der
zweispurigen Straße war nur selten ein Überholen möglich. Wer
Pech hatte, musste oft vierzig Kilometer von Heide bis Husum
geduldig hinter den Lkws herbummeln. Seit Jahrzehnten ver-
säumte es eine überforderte Bürokratie, diesen Verkehrsengpass
zu beseitigen.

Christiansen zog an der Zigarette, bevor er die rechte Hand

ans Steuer legte und mit links eine Kurzwahlnummer auf dem Handy wählte. Dazu sah er kurz aufs Display und korrigierte seine Fahrt, als er ein wenig in Richtung der Gegenfahrbahn abdriftete. Ihn interessierte der Blick in die weite Marsch nicht. Um diese Jahreszeit war die Vegetation trostlos, die wenigen Bäume und die die Straße begleitenden Sträucher waren kahl. Er schenkte auch dem fernen Kirchturm von Oldenswort keine Aufmerksamkeit.

Es dauerte eine Ewigkeit, bis sich eine Frauenstimme meldete.

»Hi, Tönne, wo steckst du, verdammt noch mal?«

»Reg dich ab. Ich hatte noch einen Notfall an der Schule in Tönning.«

Dorle Lankwitz, seine Lebenspartnerin, klang böse. »Du hast immer einen Notfall. Denkst du auch einmal an deine Tochter und an mich?«

»Mensch, ich reiß mir den Hintern auf, um das Geld zu verdienen.«

»Meinst du, ich hocke den ganzen Tag faul rum?«

Christiansen schlug mit der flachen Hand aufs Lenkrad. »Was soll das Gezeter? Ich bin schon auf dem Heimweg.« Er hatte keinen Blick für die Landschaft, nicht für den Deich der Eider, die sich hinter dem Küstenschutzbauwerk parallel zur Straße entlangschlängelte.

»Denkst du daran, noch in Husum vorbeizufahren und Windeln zu kaufen?« Als Christiansen nicht antwortete, ergänzte Dorle Lankwitz: »Bring gleich zwei Pakete mit. Die sind in dieser Woche im Angebot.«

»Ich bin doch kein Dukatenscheißer«, fluchte Christiansen.

»Weißt du, wie viel ich noch im Portemonnaie hab?«

»Dann bezahl mit der Kreditkarte.«

»Scherzkeks. Da sind wir am Limit.« Er trat auf die Bremse, als bei dem Kleinwagen vor ihm die roten Lichter aufflammten.

»Arschgeigen. Was soll das?«, brummte er vor sich hin.

»Wieso kommst du mit dem Geld nie aus? Andere leben doch auch davon.«

»Die haben auch kein marodes Haus gekauft, in das sie jede Menge hineinstecken müssen.«

Es folgte eine weitere kurze Pause. »Wir brauchen auch Heizöl.«

»Ja – verdammt. Soll ich 'ne Bank überfallen? Warte noch bis nächste Woche. Dann gibt es wieder Knete.« Wütend trat er aufs Gaspedal, näherte sich dem Vordermann und musste wieder in die Bremse steigen.

»Kannst du nicht Holger um einen Vorschuss bitten?«

»Bist du nicht ganz schussecht? Ich hab von meinem Boss schon achtzehnhundert gekriegt.«

»Tönne. Ich hab noch zwanzig Euro.«

»Das muss reichen.«

»Sag das deiner Tochter.«

»Hör mal, Dorle«, schrie Tönne Christiansen. »Du hockst den ganzen Tag zu Hause rum. Sofie ist fast zwei. Das kann doch nicht so schwer sein, ihr beizubringen, dass sie nicht mehr in die Büx kacken soll. Diese Windeln kosten ein Vermögen.«

»Du kannst dich ja mal um deine Tochter kümmern.«

»Hallooo? Ich racker den ganzen Tag.«

»Meinst du, der Haushalt macht sich von allein?«

Christiansen holte tief Luft. »Immer dieser Stress, den du machst.«

»Ich und Stress? Du bist doch ständig unterwegs.«

»Wirfst du mir auch noch vor, dass ich am Wochenende Sport mache?«

»Sport?« Dorle Lankwitz lachte bitter auf. »Wenn ihr überhaupt eine Mannschaft zusammenbekommt. Und die Bierkiste steht am Spielfeldrand.«

»Seniler Stinker. Dorfpenner«, fluchte er, als der Wagen vor ihm abbremste, dann links blinkte und noch langsamer wurde. Das großformatige Hinweisschild kündigte Oldenswort und das »Herrenhaus Hoyerswort« an.

»Halt die Klappe«, fluchte Christiansen. »Das ist immer das Gleiche mit dir. Du stänkerst nur noch rum.« Er kniff die Augen zusammen, weil ihm der Zigarettenrauch in den Augen biss. Er hatte den Glimmstängel bis zum Filter heruntergeraucht. Christiansen hörte, dass sich ein weiteres Gespräch im Handy anmeldete. Irgendjemand klopfte an.

»Dann hau doch ab.« Ihr Ton war eine Spur weinerlich geworden.

»Sausack. Penner. Arschgesicht«, fluchte Christiansen. Es galt dem Wagen vor ihm, der ihn schon wieder zum Bremsen zwang. Es gab keine Abbiegespur. Die Insassen wollten sicher zur Fischräucherei, die hier an der Bundesstraße lag und Kunden von nah und fern anzog. Endlich war er den Schleicher los. Dann würde er wieder Gas geben können, um zu dem Tanklastzug aufzuschließen, der sich durch die lang gezogene Rechtskurve mit dem Namen »Jans-Kurve« schlängelte und gleich seinem Blickfeld entschwunden war. Siebzig waren hier erlaubt. Vielleicht genug für Rentner und Touris, aber nicht für Profis. »Mach schon!«, schrie er unhörbar für den Kleinwagenfahrer vor ihm, als sich das Fahrzeug in Zeitlupe in Bewegung setzte.

Christiansen nahm das Handy vom Ohr und warf einen Blick aufs Display, um zu sehen, wer ihn außerdem zu erreichen versuchte.

»Bist du noch da? Wenn die Lütte nicht wäre, hätte ich mich schon aus dem Staub gemacht. Jetzt kann ich mir nur noch 'nen Strick nehmen«, rief er laut, damit Dorle es auch hören konnte, ohne dass er das Gerät vor den Mund hielt. »Das ist doch zum Kotz… Scheiße. Scheiiiii…«

ZWEI

Im Zimmer brannte Licht. Draußen war es trübe. Theodor Storm hätte vermutlich zum Fenster gezeigt und »Siehste« gesagt. »Habe ich schon damals geschrieben: die graue Stadt am Meer.«

Hauptkommissar Große Jäger blickte gedankenverloren in den Husumer Winterhimmel. Er nahm seine Füße aus der herausgezogenen Schreibtischschublade, drehte sich im Schreibtischstuhl um, sah auf den leeren Arbeitsplatz in seinem Rücken und sagte: »Noch ein paar Tage wie diese und Tetje Wind bekommt posthum recht.«

»Tetje Wind? Wer ist das?«

»Theodor Storm. Der hat sein Epos von der ›grauen Stadt am Meer‹ an einem Februardienstag verfasst.«

»Das passt doch zu unserem Fall«, erwiderte Cornilsen.

»Dabei ist unser Husum eine quicklebendige und bunte Stadt. Nicht wahr, Christoph?« Große Jäger ließ seinen Bick zur Zimmerdecke gleiten. »Oder wie siehst du das? Erkennst du überhaupt etwas von oben aus dem Himmel? Kannst du durch die dicken Wolken durchblinzeln?« Er schwenkte den Arm. »Natürlich. Du hast überall durchgeblickt. Nur in einem Punkt nicht, sonst hättest du nicht befürwortet, dass ein Krimineller bei uns Einzug hält.«

»He, he, he«, beschwerte sich Mats Skov Cornilsen vom gegenüberliegenden Schreibtisch.

Große Jäger drehte sich zurück und sah über den Doppelblock hinweg.

»Stimmt doch. Wir hatten hier noch nie einen Taschendieb auf der Dienststelle. Es gibt hier einen blöden Hundt, aber es gab noch nie einen Kleinganoven.« Dann grinste er.

»Halt auf«, erwiderte der junge Kommissar. »Mir hat es gereicht.«

Cornilsen war in eine unangenehme Situation geraten. Am

vergangenen Wochenende war er bei einer Wohltätigkeitsveranstaltung aufgetreten. Seit vielen Jahren betätigte er sich als Zauberkünstler und Magier. Neben allerlei Kunststücken gehörte zu seinem Auftritt, dass er durch die Reihen ging, mit Zuschauern sprach, ihnen die Hand reichte oder ihnen kumpelhaft auf die Schulter schlug. Nach der Rückkehr auf die Bühne wollte er von einzelnen Gästen wissen, wie spät es sei, ob sie Geld wechseln könnten, oder er bewunderte die Halskette einer Dame. Die Angesprochenen stellten fest, dass ihnen die Uhr, Brieftasche oder der Halsschmuck abhandengekommen waren. Unter dem Beifall der Zuschauer händigte er den Betroffenen ihre Besitztümer wieder aus. Nach der Show, als er den Applaus entgegengenommen hatte, stand eine Frau auf und bat darum, dass auch sie ihr Portemonnaie zurückbekäme. Cornilsen war verblüfft. Er hatte alles zurückgegeben. Aber die Frau zerstörte die Heiterkeit des Abends, indem sie hartnäckig auf der Rückgabe bestand.

Cornilsen versicherte, sie nicht als Medium benutzt zu haben. Es entstand viel Unruhe im Saal, als die Frau darauf drang, die Polizei zu rufen. Die herbeigerufene Streife nahm den Sachverhalt und die Personalien auf. Die Beamten waren erstaunt, als sie den Kollegen von der Kripo trafen. Professionell verrichteten sie ihren Dienst.

Es war eine unruhige und schlimme Zeit für den Kommissar. Alle waren überzeugt, dass er die Geldbörse nicht gestohlen hatte, auch wenn er die Anschuldigungen nicht entkräften konnte. Es vergingen vier unangenehme Tage, bis man im Gedränge der Flensburger Fußgängerzone einen Taschendieb auf frischer Tat erwischte, dem auch der Diebstahl des Portemonnaies aus der Handtasche der Frau zugeordnet werden konnte.

Große Jäger hatte in der Zwischenzeit immer wieder versucht, Cornilsen aufzumuntern. Es war ihm nur teilweise gelungen.

»Es war ein Lehrstück, dass wir immer sorgfältig abwägen müssen, wen wir verdächtigen. Auch wenn sich hinterher die Unschuld herausstellt, bleibt häufig etwas an den Menschen haften. Ich will damit …« Er wurde durchs Telefon unterbrochen und warf einen Blick aufs Display. »Der Chef«, sagte er und nahm ab. Es war Große Jäger schwergefallen, Kriminalrat Mommsen als »Chef« zu bezeichnen. Zu viele Jahre hatte er mit Christoph Johannes zusammengearbeitet und ihn als Vorgesetzten akzeptiert, auch wenn sie im Laufe der Zeit gute Freunde geworden waren. Drei Jahre war es jetzt her, dass Christoph bei einem Bankraub zufällig anwesend gewesen war, als Geisel genommen und später von den Tätern ermordet worden war. Mommsen führte die Husumer Kripo mit Umsicht und Professionalität. Er war ein guter Dienststellenleiter, der sich für seine Mitarbeiter einsetzte, dabei aber nicht den Blick für die Aufgaben vergaß.

Große Jäger nahm den Hörer ab. »Moin, Harm.«

Er lauschte einen Moment und sagte dann: »Gut. Wir kommen.« Mit einer Handbewegung deutete er Cornilsen an, dass der Kommissar mitkommen solle.

»Um was geht es?«

»Das werden wir gleich erfahren.«

Das Büro des Dienststellenleiters war nicht größer als das der anderen Beamten.

»Setzt euch«, sagte Mommsen und nickte in Richtung der beiden Besucherstühle. »Ihr habt von dem schweren Verkehrsunfall in der Jans-Kurve gehört. Vorgestern.«

Große Jäger nickte. »Schlimm. Wieder einmal hat es dort gekracht. Ein Toter und mehrere Schwerverletzte.«

»Das sind die Einsätze, um die ich die Kollegen von der Streife, vom Rettungsdienst und von der Feuerwehr nicht beneide.«

»Dem Disponenten in der Leitstelle muss es doch kalt den Rücken herunterlaufen, wenn er wieder einmal hört: die Jans-Kurve. Was haben wir damit zu tun?«

»Der Tote … Wir wissen nicht, wer das ist. Die Identität konnte noch nicht festgestellt werden.«

»Das Auto … die Papiere … Das ist doch Routine.«

»Die Kollegen haben bei ihm keine Papiere gefunden. Und das Auto gehört einer Pizzeria in Hattstedt.«

»Die müssen doch wissen, wer mit dem Wagen unterwegs war.«

»Natürlich haben sich die Kollegen darum gekümmert. Sie sind nach Hattstedt gefahren und haben dort nachgefragt. Der Inhaber hat sich in Widersprüche verwickelt. Gestohlen, so versichert er, war der Wagen nicht. Er könne sich aber keinen Reim darauf machen, wer am Steuer saß.«

Große Jäger stand auf. »Wir kümmern uns darum«, versicherte er, ging ins Erdgeschoss, suchte dort den zuständigen Beamten auf und ließ sich das Einsatzprotokoll geben. Cornilsen sah ihm über die Schulter.

Vor zwei Tagen, am Mittwoch, war ein in Nordfriesland zugelassener Transporter der Marke VW Crafter in der Jans-Kurve Richtung Norden fahrend in den Gegenverkehr geraten und frontal mit einem Renault Kangoo Rapid Compact zusammengestoßen. Die Fahrzeuge waren Fahrerseite auf Fahrerseite zusammengeprallt. Das dem Renault folgende Auto konnte nicht mehr bremsen und war ebenfalls mit dem Renault kollidiert.

»VW Crafter TDI, zwei Liter, einhundertneun PS«, murmelte Große Jäger halblaut. »Zugelassen auf Heizungsbau Mügge GmbH in Mildstedt. Am Steuer saß der Heizungsbauer Tönne Christiansen aus Arlewatt.« Große Jäger sah den Uniformierten an. »Was ist mit dem?«

Der Schutzpolizist zuckte die Schultern. »Das sieht nicht gut aus. Den hat die Oldensworter Feuerwehr mit Unterstützung der Kömbüttler ...«

»Du meinst die Koldenbüttler, die mit besonders schwerem Gerät für Verkehrsunfälle ausgestattet sind.«

Der Beamte nickte. »Die haben ihn herausgeschnitten. Nach unserem Kenntnisstand liegt er im Westküstenklinikum in Heide.«

»Besteht Lebensgefahr?«

»Es ist noch sehr kritisch. Ich glaube, er ist immer noch ohne Bewusstsein.«

»Er konnte noch nicht vernommen werden?«

»Richtig.«

Große Jäger legte den Bericht zur Seite. »Bevor ich mich durch den Papierdschungel quäle ... Erzähl kurz, was da passiert ist.«

»Der Crafter kam aus Richtung Tönning, der Renault von Bütteleck, also aus Husum. Es gibt mehrere Zeugen, darunter ein Verkaufsfahrer von Bofrost. Der hat ausgesagt, dass der Crafter ihm an der Zufahrt in Tönning-Nord, ein Stück vor Süderdeich ...«

»Kenne ich«, unterbrach ihn Große Jäger und wedelte mit der Hand. »Weiter.«

»Da ist der Crafter auf die Bundesstraße eingebogen und hat dem Bofrost-Wagen die Vorfahrt genommen. Der Verkaufsfahrer, er heißt Flottmann, hat berichtet, dass der Crafter auf dem folgenden Stück ein paarmal in Richtung Gegenfahrbahn pendelte. Flottmann hat den Abstand daraufhin bewusst vergrößert. Vor dem Crafter war ein Tanklastzug unterwegs, gefolgt von einem Opel Adam. Der ist vor der Jans-Kurve links abgebogen. Es dauerte eine Weile, weil erst der Gegenverkehr passieren musste. Als der Opel schließlich fahren konnte – wir haben die Insassen, ein älteres Ehepaar, ebenfalls als Zeugen vernommen –, hat der Crafter wieder beschleunigt. Von der Stelle bis zum Eingang der Kurve sind es etwa einhundertdreißig Meter. Flottmann will beobachtet haben, wie der Crafter, statt in die Rechtskurve einzubiegen, geradeaus fuhr und frontal in den Gegenverkehr geriet. Hinter dem Renault fuhr ein älteres Ehepaar mit einem Mercedes C 180 der Baureihe W203 ...«

»Das ist schon ein älteres Modell«, stellte Große Jäger fest.

»Es passt zum Fahrer. Wolfgang Schnelle, zweiundachtzig, ehemaliger Berufssoldat, und dessen Ehefrau Franziska. Wir prüfen noch, ob Schnelle zu dicht aufgefahren ist oder ob es einfach an der Reaktion mangelte, dass er nicht mehr bremsen konnte. Beide wurden ins Husumer Krankenhaus eingeliefert. Die Ehefrau konnte es gestern verlassen, der Mann liegt dort noch.«

»Weshalb ist ... Wie heißt er noch gleich?«

»Christiansen.«

»Weshalb ist Christiansen direkt in den Gegenverkehr geraten?«, fragte Große Jäger.

»Das ist für uns auch ein Rätsel. Der Crafter ist in der Technik in Kiel. Dort wird man kontrollieren, ob die Lenkung versagt hat oder ob es ein anderes technisches Problem gab. Ich will dem Ergebnis nicht vorgreifen, aber für mich sieht es nach menschlichem Versagen aus.«

»Warten wir das Ergebnis ab«, sagte Große Jäger. »Waren das alle Zeugen?«

»Die Straße ist stark befahren. Zu nennen wäre noch eine pensionierte Ärztin, Dr. Christiane Grimm aus Husum. Die war mit ihrem Porsche hinter dem Bofrost-Wagen unterwegs. Sie hat am Unfallort Erste Hilfe geleistet, soweit es ihr möglich war. Dann gibt es noch einen gewissen Ben-Reiner Graf. Der fuhr hinter dem Mercedes.«

»Was wissen wir über den anderen beteiligten Fahrer?« Der Uniformierte breitete die Hände aus. »Nichts. Das ist merkwürdig. Bei ihm fanden sich keine Papiere. Kein Ausweis, kein Führerschein, keine Bankkarte. Einfach nichts.«

»Das mag sein, dass ein Mensch ohne alles unterwegs ist. Aber er hat ein Handy«, sagte Große Jäger mit Bestimmtheit.

»Danach haben die Rettungskräfte vor Ort nicht gesucht. Da müsstest du in Kiel nachfragen.«

»Der Renault muss doch auf jemanden zugelassen sein.«

»Er gehört Hekuran Rashica.« Der Beamte drehte das Protokoll zu sich um und las vor: »Er ist neunundvierzig Jahre alt und stammt aus Vushtrria, das liegt im Kosovo. Rashica lebt seit einundzwanzig Jahren in Deutschland und betreibt seit vier Jahren die Pizzeria Siziliana in Hattstedt.«

»Die kenne ich auch«, sagte Große Jäger. »An der Bundesstraße. Du sagtest eben, er stammt aus dem Kosovo? Und hat eine Pizzeria?«

»Ist es verboten? Mein Getränkehändler schnackt Platt und kommt aus Langenhorn. Trotzdem verkauft er mir Hefeweizen.«

»Echt?«

Der Schutzpolizist zog eine Augenbraue in die Höhe. »Ja. Warum?«

»Ich wundere mich, dass du dieses Zeug in dich hineinkippst. Ein Pils – okay. Aber Hefeweizen?« Große Jäger schüttelte sich.

Der Uniformierte ging nicht darauf ein.

»Wir kümmern uns darum«, sagte Große Jäger und kehrte mit Cornilsen im Gefolge in sein Büro zurück. Dort prüfte Cornilsen, welche Informationen über Hekuran Rashica vorlagen.

»Nicht viel. Er hat Punkte in Flensburg gesammelt. Der Mann war mehrfach zu schnell unterwegs. Einmal hat ihn ein Gast angezeigt und behauptet, Rashica wäre handgreiflich geworden. Die Ermittlungen wurden aber eingestellt. Das ist alles. Der Mann ist in Hattstedt unter derselben Anschrift wie die Pizzeria gemeldet. Da finden sich auch Atdhe Rashica, fünfundzwanzig, gebürtig in Priština, vermutlich der Sohn, und Naile Hajdini, siebenundvierzig. Laut Melderegister ist das die Ehefrau.«

»Was für ein Blödsinn«, knurrte Große Jäger. »Früher trugen die Ehefrauen den Nachnamen des Mannes. Heute weißt du nicht mehr, woran du bist.« Mühsam schraubte er sich in die Höhe. »Wir sehen uns die Pizzeria und die Leute an. Wenn der Sohn am Steuer gesessen hat, würde man es den Kollegen gesagt haben. Ach – da fällt mir noch etwas ein. Haben die drei einen Führerschein?«

Cornilsen ließ seine Finger über die Tastatur gleiten. Kurz darauf bestätigte er: »Ja. Alle drei.«

Im Hof des Polizeigebäudes in der Poggenburgstraße in Husum bestiegen sie den VW Golf. Große Jäger zwängte sich hinter das Lenkrad.

»Hä?« Cornilsen sah ihn erstaunt an. »Üblicherweise schläfst du ein, sobald du ein Auto geentert hast.«

»Da musst du dich irren. Ich bin immer hellwach«, entgegnete Große Jäger mit einem breiten Grinsen.

emons: verlag

Cäcilienstraße 48

50667 Köln

Bitte senden Sie mir das aktuelle Verlagsprogramm zu

Ich möchte den Newsletter von emons: per E-Mail erhalten

Ich habe Interesse an Krimis aus folgender Region:

f Besuchen Sie uns auch auf **www.facebook.com/EmonsVerlag**

Name

Straße

PLZ/Ort

E-Mail

Ich bin damit einverstanden, dass meine hier angeführten Daten zu dem folgenden Zweck »Versand von Kundenprospekt« erhoben, verarbeitet und genutzt sowie unter Umständen an unseren Dienstleister zum Versand des angeforderten Kundenprospektes weitergegeben bzw. übermittelt und dort ebenfalls zu dem folgenden Zweck »Versand von Kundenprospekt« verarbeitet und genutzt werden. Hier werden die Daten unmittelbar nach dem Versand gelöscht. Im Fall des Widerrufs werden mit dem Zugang meiner Widerrufserklärung meine Daten gelöscht.

emons: VIERTER STOCK
UNSERE GIPFELSTÜRMER

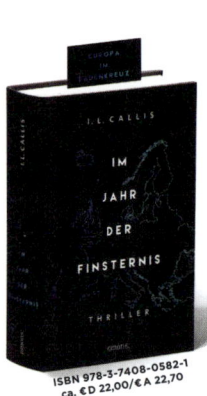

ISBN 978-3-7408-0582-1
ca. €D 22,00/€A 22,70

ISBN 978-3-7408-0507-4
ca. €D 14,95/€A 15,40

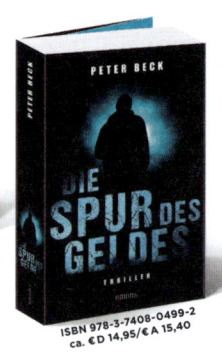

ISBN 978-3-7408-0499-2
ca. €D 14,95/€A 15,40

ISBN 978-3-7408-0530-2
ca. €D 14,95/€A 15,40

THRILLER

Sie umfuhren Husums Zentrum, überquerten die Klappbrücke, die den Binnen- vom Außenhafen trennte, und nutzten die Umgehungsstraße, die nach langem Warten fertiggestellt worden war und die enge Neustadt vom Durchgangsverkehr entlastete.

»Man wundert sich«, merkte Große Jäger an, »dass gefühlt jedes bayerische Dorf eine großzügige Umgehung bekommt, während bei uns nichts vorankommt. Es ist ein Trauerspiel, dass die östliche Umgehung der B 5 plötzlich im Niemandsland endet.« Er warf Cornilsen einen Seitenblick zu. »Es liegt nicht immer an der viel gescholtenen bayerischen Seilschaft. Unser Land bekommt einfach keine Planung in den Griff. Das ist ja auch die Krux an der Jans-Kurve.«

Wenig später widersprach ihm Cornilsen, als sie den Kreisverkehr am Neubaugebiet Kronenburg passierten.

»Das ist doch ein Beispiel dafür, dass Husum Wachstumspotenzial hat. Hier ist ein neuer Stadtteil entstanden, der im Nu besiedelt wurde. Die Nachfrage war größer als das Angebot. Man wohnt relativ zentrumsnah, aber dennoch ruhig.«

»Dafür ist die Stadt verantwortlich, nicht der Landesbetrieb Verkehr«, erwiderte Große Jäger. »Damit sind nicht die Straßenwärter gemeint, die bei jedem Wetter draußen sind, um die maroden Straßen in Schuss zu halten. Die machen nicht nur einen guten, sondern auch einen harten Job. Wie so oft … Der Fisch stinkt vom Kopf her.«

Wenig später hatte der Hauptkommissar erneut Grund zur Klage. Als er versuchte, am Ende der »alten Nebenstrecke« auf die Bundesstraße abzubiegen, musste er eine Ewigkeit warten. »Sieh dir das an«, fluchte er. »Unübersichtlicher geht es nicht. Mitten in einer Kurve. Dank der katastrophalen Straßenplanung wird Nordfriesland ein dünn besiedelter Landstrich bleiben.«

»Du meinst, hier zieht keiner hin?«

»Im Wilden Westen starben die Leute vorzeitig im Sattel. Hier auf der Straße.«

»Das war aber sehr schwarz«, monierte Cornilsen.

Große Jäger verzichtete auf eine Erwiderung. »Da«, sagte

er, als sie auf der linken Seite die Pizzeria Siziliana entdeckten. Er bremste und setzte den Blinker. Es dauerte eine Weile, bis eine Lücke im Gegenverkehr entstand, die er zum Abbiegen nutzen konnte. »Ein weiteres Beispiel«, knurrte er, während er ungeduldig aufs Lenkrad trommelte. »Der ganze Verkehr schlängelt sich durch die Dörfer. Wir sind der einzige Landkreis in Deutschland«, behauptete er, »der keinen Kilometer Autobahn hat. Dahinten in der Marsch – da wohnt keiner. Aber nein. Seit vierzig Jahren plant man die Umgehung. Wir müssen den alten Kaiser Wilhelm zurückhaben.«

»Hä?«

»In seiner Zeit hat man binnen neun Jahren den Nord-Ostsee-Kanal gebaut, von der Planung bis zur Fertigstellung. Und das ohne Computer und Riesenmaschinen. Heute benötigen die Deppen diese Zeit, um eine einzige Brücke wie die in Rendsburg zu planen. Planen! Nicht bauen!« Große Jäger parkte den Golf neben dem weißen Haus mit dem Reetdach. Er kniff die Augen zusammen und betrachtete blinzelnd das Gebäude. »Ein bisschen Pflege würde ihm guttun.«

»Hast du heute deinen Meckertag?«, wollte Cornilsen wissen.

»Wir könnten uns diesen Einsatz sparen, würden andere ihren Job machen. In Flensburg und in Kiel.«

»Was die nicht zustande bringen, müssen die Husumer ausbügeln.«

»So sind wir eben … die Nordfriesen.«

»… stellte der Westfale fest«, antwortete Cornilsen mit einem breiten Grinsen.

Sie stiegen aus und blieben vor der Speisekarte neben der Eingangstür stehen. Große Jäger studierte sie. »Typisch Italiener«, stellte er fest. »Lauter Pizzen und viel Pasta. Keine Bratkartoffeln. Aber hier.« Sein Finger klopfte gegen die Scheibe. »›Pizza Hawai‹. Da fehlt ein ›i‹. Was soll's. Ich glaube nicht, dass auf Hawaii jemand Pizza kennt.« Er rüttelte an der verschlossenen Eingangstür.

»Da steht doch: ›Heute ab siebzehn Uhr geöffnet‹. Laut

Karte haben die aber auch mittags offen. Weshalb ist das heute anders?«

»Wir werden sie fragen.«

»Tun wir das machen«, sagte Cornilsen und folgte Große Jäger, der das Haus umrundete.

Die Rückseite war noch weniger einladend als die Vorderfront. Bierfässer, Leergut und Abfallsäcke standen neben der Tür, die trotz der kühlen Witterung geöffnet war. Aus dem dunklen Flur schlug ihnen ein schaler Geruch entgegen.

»Hallo?«, rief Große Jäger ins Haus.

Erst nach mehrmaliger Wiederholung tauchte ein junger Mann auf. Er war hochgewachsen und hatte eine sportliche Figur. Die dunklen Augen passten zum schwarzen Haar. Nur die leichte Krümmung des Nasenrückens störte den nahezu perfekten Schnitt seines Gesichts. Seine Jeans und das modische Hemd ließen ihn in der unaufgeräumt wirkenden Umgebung fast ein wenig deplatziert erscheinen.

»Wir haben geschlossen«, sagte er mit dunkler Stimme, bestimmt, aber nicht unfreundlich.

»Das haben wir gelesen«, sagte Große Jäger und wollte ins Haus, aber der junge Mann versperrte ihnen den Weg. »Wir sind von der Polizei.«

Der Mann musterte ihn kritisch. »Polizei?« Er wirkte ungläubig.

»Kriminalpolizei«, erklärte Große Jäger.

»Kriminalpolizei?«, echote der Mann mit der gleichen Stimmlage wie zuvor. Dann drehte er den Kopf und rief: »Ati. Nuk është dikush. Polici.«

Italienisch war es nicht, stellte Große Jäger für sich selbst fest. »Polizia«, hätte der Mann sonst sagen müssen, wenn er die Beamten hätte ankündigen wollen.

»Polici?«, kam es aus dem Dunkeln. Es war die Stimme eines älteren Mannes.

»Po. Policia. Departamenti i Hetimeve penale.«

Der junge Mann drehte sich wieder zu den Beamten um. »Mein Vater kommt gleich.«

»Sie sind – wer?«, wollte Große Jäger wissen.

»Der Sohn.«

»Und Sie heißen?«

»Rashica. Atdhe.« Er lächelte. »Also … Atdhe ist der Vorname. Und wer sind Sie?«

Große Jäger stellte sich und Cornilsen vor. »Wir kommen von der Husumer Kriminalpolizei.«

»Kriminalpolizei – ist die für Verkehrsunfälle zuständig?«

»Das regeln die Kollegen von der Schutzpolizei. Die möchten gern wissen, wer der Tote ist, der in Ihrem Wagen saß.«

Rashicas Blick schweifte für einen kurzen Moment ab und ging ins Leere. »Schlimm, so etwas. Ganz plötzlich ist es vorbei – das Leben.«

»Im Augenblick gehen wir davon aus, dass bei diesem Unfall ein Verschulden des anderen Fahrers vorliegt. Dafür sprechen die Zeugenaussagen.«

»Das hilft den anderen Beteiligten auch nicht.«

»Wer hat den Wagen Ihrer Pizzeria gefahren?«

»Sprechen Sie mit meinem Vater.«

»Ist es so geheimnisvoll?«

Atdhe Rashica wurde durch das Erscheinen des Vaters erlöst. Auch wenn der einen Kopf kleiner war, deutliche Geheimratsecken und graue Strähnen aufwies, war eine gewisse Ähnlichkeit vorhanden.

Hekuran Rashica trug ein buntes Flanellhemd und eine grobe Cordhose, die durch Hosenträger gehalten wurde.

»Was wollen Sie?«, fragte er in barschem Ton. Die Stimme klang hart.

»Ihr Fahrzeug war gestern an einem Verkehrsunfall mit tödlichem Ausgang beteiligt.«

»Das weiß ich. Deshalb kommen Sie aber nicht her.« Eine unterschwellige Aggressivität lag in den Antworten des alten Rashica.

»Wir kennen noch nicht die Identität des Toten.«

Jetzt schweigen die beiden Männer.

»Wem haben Sie das Auto geliehen?«

Keine Antwort.

»Wir haben festgestellt, dass der Renault auf Ihren Namen zugelassen ist, Herr Rashica.«

»Es ist unser Firmenwagen.«

War, dachte Große Jäger. Laut sagte er: »Wer ist der Fahrer?«

»Woher soll ich das wissen?«

»Sparen wir uns solche Spielchen. Sie wollen nicht behaupten, der große Unbekannte hat sich das Fahrzeug genommen und ist damit Richtung Süden gefahren.«

Rashica rollte mit den Augen. »Sie haben keine Ahnung, was? In einem Restaurant wie unserem ist ständig Betrieb. Wir können nicht davon leben, dass die Leute zu uns kommen. Das hier ist ein Dorf. Da geht nicht jeder Einwohner wöchentlich zum Italiener.«

»Der ein Kosovo-Albaner ist«, warf Große Jäger ein.

»Na und? Ist das verboten? Ich habe gehört, dass Nürnberger Würstchen immer aus Nürnberg kommen müssen. Aber Hamburger kommen nicht aus Hamburg.«

Große Jäger unterließ es, zu erklären, dass Hamburger nichts mit der Weltstadt an der Elbe zu tun haben.

»Es ist nicht verboten, gute Pizzas zu machen.«

»Was hat das damit zu tun, wer in Ihrem Auto saß?«

»Sag ich doch«, behauptete Rashica. »Wir haben auch einen Lieferservice. Auf dem platten Land brauchen Sie dazu einen Transporter. In der Stadt kommt der Pizzabote mit dem Fahrrad. Die Bestellungen werden von diesem und von jenem ausgefahren. Kommt sie aus dem Ofen, muss es schnell gehen. Da können Sie nicht jedes Mal nach dem Autoschlüssel suchen. Der hängt in der Küche an einem Haken.«

»Und den kann sich jeder nehmen?«

»Theoretisch. Aber Fremde laufen nicht durch die Küche.«

»Also kennen Sie den Fahrer. Nennen Sie uns den Namen.«

Rashica schlug sich mit der flachen Hand gegen die Stirn.

»Begreifen Sie es nicht, was ich Ihnen eben erklärt habe?«

»Doch. Sie haben gesagt, den Schlüssel können sich nur Leute aneignen, die Sie kennen.«

»Ja – aber da steht nicht ständig jemand am Haken und passt auf.«

»Haben Sie nicht bemerkt, dass der Renault plötzlich weg war?«

»Um die Zeit haben wir selten Außer-Haus-Bestellungen. Deshalb hat niemand darauf geachtet.«

»Sie haben erst vom Verschwinden des Wagens erfahren, als die Polizei Sie über den Unfall informierte?«

Rashica wich Große Jägers Blick aus.

»Ja – äh, nein.«

»Was denn nun?«

»Hier ist immer viel Betrieb. Ich stehe am Ofen. Wenn ich dort weggehe, verbrennt alles. Da ist Präzision gefordert. Als kleiner Familienbetrieb können wir uns kein Personal leisten.«

Große Jäger sah den Sohn an, der halb versetzt hinter dem Alten stand.

»Sie arbeiten auch in der Pizzeria?«

»Ich helfe mit, soweit ich es zeitlich schaffe.«

»Sie haben noch einen anderen Job?«

Der Junior nickte. »Ich studiere in Flensburg und will Lehrer an Gemeinschaftsschulen werden.«

Ein Leuchten trat in die Augen des Alten. »Atdhe war in Husum auf der Hermann-Tast-Schule und hat dort sein Abitur gemacht. Deutsch-Leistungskurs. Er war einer der Besten.«

Große Jäger ging nicht darauf ein.

»Waren Sie gestern Abend hier?«

»Erst später«, antwortete der junge Mann. »Nachdem ich aus Flensburg zurück war.«

»Und da haben Sie nicht bemerkt, dass der Renault weg war?«

»Ich habe nicht darauf geachtet. Ich bin angekommen und habe sofort meine Mutter im Service unterstützt. Das Auto habe ich nicht gesehen.«

»Liefern Sie auch die Pizzen aus?«

»Manchmal«, antwortete Atdhe Rashica einsilbig. Dann erklärte er auf Große Jägers Frage, dass er ein eigenes Auto habe, einen alten VW Polo. »Der steht hinten auf dem Hof.«

Es war unbefriedigend. Vater und Sohn blieben dabei, nicht bemerkt zu haben, dass der Renault benutzt worden war. Einen Diebstahl melden? Wie sollte das gehen, wenn sie es nicht mitbekommen hatten?

»Weshalb haben Sie heute Mittag geschlossen? Ich denke, das Geschäft läuft schlecht.«

»Aus familiären Grü…«, setzte der Sohn an, aber sein Vater fuhr dazwischen und übertönte ihn.

»Das ist doch klar. Schließlich ist jemand mit unserem Firmenwagen verunglückt.«

Als die beiden Beamten wieder im Auto saßen, schüttelte Große Jäger den Kopf. »Ich glaube denen nicht. Aber weshalb will man uns nicht sagen, wer mit dem Auto unterwegs war?«

Nach der Rückkehr auf die Dienststelle suchte Große Jäger noch einmal die Schutzpolizei auf und erkundigte sich nach dem Unfallverursacher.

»Dem mutmaßlichen«, korrigierte ihn der uniformierte Kollege. »Der liegt im Westküstenklinikum in Heide. Mehr weiß ich auch nicht. Wir haben ihn bisher noch nicht vernehmen können.« Er zeigte sich dankbar, als Große Jäger sagte, das würden er und Cornilsen übernehmen.

»Könnt ihr das?«, fragte er skeptisch nach.

»Nein, aber wir wollen Hundt bitten, mit Christiansen zu sprechen.«

Der Schutzpolizist hob theatralisch beide Hände zur Abwehr in die Höhe. »Um Gottes willen. Da wähle ich doch das kleinere Übel.« Er warf einen Blick auf Große Jägers Schmerbauch, das Holzfällerhemd, das sich darüber spannte, die Lederweste mit dem Einschussloch und ergänzte: »Oder das dickere Übel.«

Große Jäger tippte dem Beamten auf den Sixpack-Bauch. »Werdet ihr so schlecht bezahlt?«

Beide lachten, dann folgte Große Jäger Cornilsen in die erste Etage. Sie gönnten sich einen Kaffee, den Große Jäger im Nachbarzimmer bei Hilke Hauck schnorrte. Anschließend beschlossen sie, nach Heide zu fahren.

»Warum ist Christiansen aus der Kurve getragen worden?«, fragte er unterwegs.

Cornilsen antwortete nicht. Er wusste, dass die Frage rhetorisch gemeint war.

Unterwegs passierten sie die Unfallstelle. Die Leitplanke an der Kurve war eingedrückt. Lange Schrammen markierten die Stelle, an der die Fahrzeuge in die Straßenbegrenzung gedrückt worden waren. Lübecker Hütchen, wie die Verkehrsleitkegel im Volksmund hießen, standen am Rand, wo die Pfosten der Leitplanke umgebogen waren und das Erdreich aufgerissen war.

»Das muss ganz schön heftig gewesen sein«, sagte Cornilsen, dem der Hauptkommissar das Steuer überlassen hatte.

»So sieht es aus. Aber weshalb sieht man keine Bremsspuren? Die können doch noch nicht abgefahren sein.«

»Bedeutet das, Christiansen ist ungebremst in den Gegenverkehr geraten?«

»Warten wir ab, was der Gutachter feststellt«, erwiderte Große Jäger und räkelte sich im Sitz zurecht. »Diese Stelle ist die Unfallkurve Nummer eins in Schleswig-Holstein. Immer wieder kommt es hier zu tödlichen Unfällen. In zehn Jahren gab es allein an dieser Stelle zehn Tote und sechsundfünfzig Schwerverletzte. Das ist eine erschütternde Bilanz. Erst vor Kurzem hat sich ein Unfall ereignet, der nahezu genauso wie dieser ablief. Nur geriet dabei ein aus der anderen Richtung, also aus Husum, kommendes Fahrzeug in den Gegenverkehr und kollidierte dort mit einem VW. Die beiden älteren Insassen des ersten Wagens und der VW-Fahrer kamen schwerverletzt ins Krankenhaus. Immer wieder und immer wieder kracht es dort. Das ist wie verhext.«

»Verhext«, wiederholte Cornilsen. »Das ist eine Kurve, wie es sie tausendfach an anderen Stellen gibt. Außerdem gibt es eine Geschwindigkeitsbeschränkung von siebzig Stundenkilometern. Deshalb verstehe ich nicht, dass dort so häufig etwas passiert.«

In Heide fanden sie nur mit Mühe einen Parkplatz vor dem Westküstenklinikum, das nach eigenen Angaben das drittgrößte

Gesundheitsunternehmen im Lande und der größte Arbeitgeber im Landkreis war. Der Empfang führte sie auf die Intensivstation. Dort war der Zutritt untersagt. Eine drahtige Schwester mit naturkrausen Haaren, die vier Dinge gleichzeitig zu erledigen schien, hörte sich ihren Wunsch an, mit Tönne Christiansen zu sprechen, und verschwand hinter der Glastür. Es dauerte zehn Minuten, bis sie zurückkehrte und sagte: »Wir haben im Augenblick alle Hände voll zu tun. Deshalb lässt sich der Arzt auch entschuldigen. Die Grippewelle. Da fällt nicht nur Personal aus, wir sind auch über Gebühr belegt. Ich soll Ihnen aber ausrichten, dass ...« Dann schien ihr etwas einzufallen. »Zeigen Sie mir bitte zuvor Ihre Ausweise.« Sie studierte die Dokumente sorgfältig. Dann fuhr sie fort: »Ich soll Ihnen ausrichten, dass der Patient nicht ansprechbar ist.«

»Wie ist sein Zustand? Was hat er?«, wollte Große Jäger wissen.

»Er ist nicht ansprechbar«, wiederholte die Krankenschwester.

»Wann können wir mit ihm reden?«

Sie zuckte mit den Schultern und hatte sich schon halb umgedreht, als sie anfügte: »Der Patient hat vermutlich ein schweres Schädel-Hirn-Trauma erlitten. Soweit ich informiert bin, war er nicht angeschnallt. Alles Weitere soll Ihnen ein Arzt erklären.«

»Heißt das, er ist nicht bei Bewusstsein?«

Sie nickte stumm.

»Und es ist damit zu rechnen, dass er es in nächster Zeit auch nicht wiedererlangt?«

Ihr erneutes Nicken war kaum wahrnehmbar.

Sie erschraken, als die Tür aufgerissen wurde und ein Mann in Arztkleidung herausgestürmt kam.

»Eine Reanimation auf der M2«, rief er im Vorbeilaufen.

»Ich muss«, rief ihnen die Krankenschwester zu und verschwand in entgegengesetzter Richtung in die Intensivstation. Sekunden später tauchte sie mit dem Notfallrucksack wieder auf und hastete dem Mediziner hinterher.

»Es gibt Berufe, die möchte ich nicht ausüben«, sagte Große Jäger, als sie langsam zum Auto zurückkehrten.

Cornilsen war unzufrieden. »Den Weg hätten wir uns sparen können.«

»Dann hätten wir nicht erfahren, dass Christiansen für lange Zeit als Zeuge ausfällt. Schweres Schädel-Hirn-Traum. Hm. Das klingt nicht gut.«

Nachdenklich stiegen sie in den Dienstwagen und fuhren Richtung Husum.

»Das ist nicht unsere Aufgabe«, sagte Cornilsen unterwegs. Große Jäger erklärte ihm, dass sie sich ein Gesamtbild machen müssten. »Vordergründig geht es nur um die Identität des toten Unfallbeteiligten. Es ist aber auch zu klären, weshalb es zu diesem Unfall gekommen ist. Der Sachverständige wird die technischen Fakten bewerten. Es schadet nicht, wenn wir ein wenig an der Aufklärung der menschlichen Aspekte mitwirken.« Große Jäger rief bei der Husumer Polizei an und vergewisserte sich, dass der dritte Beteiligte im Husumer Klinikum lag. »Den suchen wir jetzt auf«, erklärte er.

Vor dem Krankenhaus am Erichsenweg gab es keine freien Parkplätze. »Ich halte ein Stück weiter Richtung Schlosspark«, sagte Cornilsen und zog Große Jägers Unmut auf sich.

»Dann hätte ich gleich zu Fuß kommen können.«

Sie mussten zudem warten, weil ein Rettungswagen rangierte und vor der Zufahrt stand, in der zwei andere ihre Patienten ablieferten.

»Das sind drei Rettungswagen, die hier versammelt sind«, sagte Große Jäger. »Wie viele gibt es davon in Nordfriesland? Wenn jetzt ein weiterer Notfall eintritt – wer versorgt den?«

»Bei den wenigen Menschen, die hier leben, hat jeder Nordfriese seinen eigenen Wagen«, erwiderte Cornilsen. »Außerdem ist das eine Region, in der die Leute gesund sind. Da stellen sich solche Fragen nicht.«

»Wir sollten das trotzdem prüfen«, erklärte Große Jäger. »Ich habe gehört, dass es im Zusammenhang mit dem Unfall Behauptungen gab, die Rettungskräfte seien zu spät eingetroffen.«

»Das ist immer so, wenn man wartet. In solchen Situationen dehnen sich die Sekunden zu Minuten, und es dauert eine Ewigkeit, bis Hilfe vor Ort ist.«

Inzwischen hatten sie ein Stück entfernt geparkt und waren zum Krankenhaus zurückgekehrt. Große Jäger gesellte sich zu den Rauchern, die vor der Tür standen und ihrem Laster frönten.

Eine ältere Frau, die trotz des unwirtlichen Wetters nur mit einem Morgenmantel bekleidet war, hustete kräftig, bis sie wieder Luft bekam, noch einen tiefen Lungenzug nahm und ihn dann fragte: »Weshalb bist du hier?«

Ihre tiefe Stimme ließ erahnen, dass sie sich auch noch anderen Süchten hingab. Große Jäger zog an seiner Zigarette.

»Ich versuche, mir endlich eine Eintrittskarte für das Klinikum zu beschaffen. Die Rundumversorgung im Krankenhaus ist besser, als zu Hause alles allein bewerkstelligen zu müssen.«

Sie bedachte ihn mit einem »Arschgeige« und wandte sich ab.

Der Hauptkommissar folgte Cornilsen, der zum Empfang vorgegangen war und sich nach der Station erkundigte, auf der Wolfgang Schnelle untergebracht war.

»Wir müssen zur Unfallchirurgie«, sagte Cornilsen.

Sie fanden das Zimmer, klopften an und traten ein. Am Fenster lag ein Mann, dessen Kopfteil hochgestellt war. Er sah kurz auf und widmete sich dann wieder seiner Sportzeitung, nachdem er das »Moin« der Polizisten erwidert hatte. Wolfgang Schnelle lag im Bett an der Tür. Ein spärlicher Kranz kurzer weißer Haare umschloss seinen sonst kahlen Schädel. Auf der fleischigen Nase saß eine Hornbrille, die am oberen Rand von den buschigen Augenbrauen berührt wurde. Er sah den beiden genauso stumm entgegen wie die grauhaarige Frau, die an seinem Bett saß.

Große Jäger erkundigte sich, ob er Schnelle sei, und stellte dann sich und Cornilsen vor.

»Ohne Uniform?«, fragte Schnelle misstrauisch. Er sprach kurzatmig.

»Wir sind zivil«, erklärte Große Jäger, ohne explizit zu sagen, dass sie von der Kripo kämen. »Wir haben noch ein paar Fragen.«

»Was gibt es da zu fragen? Eingesperrt gehört dieser Verbrecher. Ich werde den verklagen. Der wird sein Lebtag nicht mehr froh.« Schnelle klopfte auf die Bettdecke. »Der wird ein Vermögen an Schmerzensgeld blechen müssen.«

»Was haben Sie denn?«, wollte Große Jäger wissen.

»Rippenbrüche. Ich bekomme nur schwer Luft.«

Der Hauptkommissar sah die Frau an. »Frau Schnelle?«

Sie nickte.

»Sie haben nichts abbekommen?«

»Der Schreck«, sagte sie leise. »Meinen Mann hat es schlimmer erwischt.«

»Sie sind bei dem Zusammenstoß auf das Lenkrad geprallt? Waren Sie angeschnallt?«

»Was hat das damit zu tun, dass dieser Rowdy so rücksichtslos fährt? Hoffentlich hat er auch etwas abbekommen und nicht nur unbeteiligte Dritte. Klar war ich angeschnallt. Wenn nicht, hätte ich mir die blöden Rippen nicht gebrochen.«

»Dann wären Sie vermutlich am ausgelösten Airbag hochgerutscht und hätten sich schlimme bis tödliche Kopfverletzungen zugezogen.«

»Kommen Sie mir nicht mit so was«, schimpfte Schnelle. »Ich war Berufssoldat. Da kann man mit dem Risiko umgehen. Sie lesen selbst, welchen Gefahren wir ausgesetzt sind.«

»Wie lange sind Sie schon pensioniert?«

Da Schnelle schwieg, übernahm seine Frau das Antworten: »Wolfgang ist seit fast dreißig Jahren pensioniert.«

»Das habe ich mir auch redlich verdient. Und dann passiert so was. Und das bei meinem gefährlichen Beruf.«

»Die Soldaten der Bundeswehr sind heute gefordert und werden zu gefährlichen Einsätzen geschickt. Aber zu Ihrer Zeit hatten wir zum Glück lange Zeit keine Missionen für die Bundeswehr.«

»Es hätte aber jederzeit passieren können«, beharrte Schnelle.

»Sie waren auf der B 5 Richtung Tönning unterwegs. Vor Ihnen fuhr der Renault.«

»Das war auch ein komischer Vogel. Franziska«, dabei sah er seine Frau an, »wollte ihre Freundin in Wesselburen besuchen. Also der vor uns, der Pizzadienst, der schlingerte immer so komisch. So, als wäre der Fahrer abgelenkt. Das habe ich mal im Fernsehen gesehen. Die schneiden sich beim Fahren die Fußnägel.«

Möglicherweise hat der Fahrer telefoniert und war abgelenkt, überlegte Große Jäger. Diese Frage mussten sie der Kriminaltechnik stellen.

»Wie kam es zum Unfall?«

»Das habe ich doch schon alles gesagt. Mitten in der Kurve kam der andere plötzlich auf unsere Fahrbahn. Rumms. Da hat es gekracht.«

»Warum haben Sie keinen ausreichenden Sicherheitsabstand gehalten?«

»Hören Sie mal«, empörte sich Schnelle. »Wollen Sie mir jetzt was anheften? Ich bin unschuldig. Ich bin nicht in den Gegenverkehr gerast. Der andere war viel zu schnell. Der ist bestimmt hundertdreißig gefahren.«

»Woher wollen Sie das wissen?

»Ich habe meinen Führerschein sechzig Jahre. Das ist die Erfahrung.«

»Nach dem Zusammenstoß sind Sie auf den Renault aufgefahren?«

»Das kam so plötzlich. Das kann man doch nicht ahnen. So schnell kann man nicht reagieren, selbst mit meiner Erfahrung nicht.«

»Wann trafen die ersten Rettungskräfte ein?«

»Das hat ewig gedauert. Zuerst kam die Feuerwehr. Die war schätzungsweise nach einer halben Stunde da. Dann hat es noch einmal eine halbe Stunde gedauert, bis die Sanitäter eintrafen. Da lief auch noch eine alte Frau rum. Das soll eine Ärztin gewesen sein? Die verklage ich auch. Weshalb hat die sich nicht um uns gekümmert? Die muss doch gesehen haben, wie schwer wir verletzt waren.« Plötzlich schien ihm etwas einzufallen. »Stimmt es, dass einer tot ist?«

»Ja«, bestätigte Große Jäger.

»Da sehen Sie es. Wären die Sanitäter eher da gewesen, wäre das nicht passiert. Warum hat die Ärztin nichts unternommen? Und wenn einer tot war, hätte sie sich doch um uns kümmern können.«

Große Jäger hätte dem starrsinnigen alten Mann gern erklärt, was er von seinen Worten hielt. Es hätte nichts gebracht. Die Kollegen vom Verkehrsdienst würden prüfen, ob Wolfgang Schnelle noch über die Fähigkeit verfügte, ein Fahrzeug zu führen. Es war auch nicht ihre Aufgabe, zu bewerten, welche Mitschuld Schnelle traf. Er hätte mit mehr Sicherheitsabstand und einer angemessenen Reaktion den Auffahrunfall möglicherweise vermeiden können. Sie hatten aber eine wertvolle Information erhalten: Der unbekannte Tote hatte eventuell telefoniert.

»Schnelle ist starrköpfig. Wie viele Verkehrsteilnehmer definiert er seine eigenen Regeln. Rippenbrüche sind schmerzhaft, erschwerend kommt sein Alter hinzu«, sagte Große Jäger unterwegs.

Sie fuhren zur Dienststelle zurück. Im Unfallprotokoll fand sich kein Hinweis auf ein Handy. Große Jäger nahm Kontakt zur Kriminaltechnik in Kiel auf und bat darum, dieser Spur nachzugehen. Cornilsen hatte auf Große Jägers Geheiß inzwischen Daten zu den anderen Zeugen zusammengetragen.

Bernhard Flottmann war als selbstständiger Handelsvertreter für Bofrost unterwegs. Er wohnte in Viöl. Cornilsen hatte die Ehefrau erreicht und erfahren, dass Flottmann tagsüber unterwegs war. Cornilsen rief Flottmann auf dem Handy an. Der Bofrost-Fahrer bestätigte noch einmal seine bisherigen Aussagen, ergänzt um seine persönliche Einschätzung: »Das musste so kommen. Der ist in Tönning wie ein Irrer auf die Bundesstraße geschossen. Ich musste in die Eisen gehen. Mann, habe ich unterwegs gedacht, der ist doch besoffen, so wie der hin und her gependelt ist.«

Während des Gesprächs war Mommsen ins Büro gekommen und hörte aufmerksam zu. Dann ließ sich der Kriminalrat den aktuellen Sachstand berichten.

»Ihr wisst noch nicht, wer der Tote im Renault ist?« Es war eine rhetorische Frage. Mommsen erwartete keine Antwort. »Es gibt eine neue Entwicklung, die eventuell im Zusammenhang mit dem Unfall steht. Es ist eine Anzeige wegen Sachbeschädigung eingegangen. Truels Erichsen, neunundzwanzig, ist Notfallsanitäter beim Kreis Nordfriesland und auf der Rettungswache Husum eingesetzt. Er hatte letzte Nacht Dienst und stellte heute Morgen fest, dass jemand seinen Seat Ibiza besprüht hat, vermutlich mit Graffitilack.«

»An der Wache Schleswiger Chaussee, kurz vor dem Kreisverkehr?«, fragte Große Jäger.

Mommsen nickte. »Der Seat ist ein Jahr alt. Dunkelblau. Auf die Windschutzscheibe wurde ›Mörder‹ und auf die Motorhaube ›Versager‹ gesprayt.«

»In welchem Zusammenhang soll das mit dem Unfall stehen?«

»Heute Morgen stand in den Husumer Nachrichten ein Bericht dazu. Es wurde auch die Frage aufgeworfen, ob die Notfallversorgung wirklich so optimal läuft, wie es Politik und Verwaltung behaupten. Kritische Worte kamen von der freiwilligen Feuerwehr, die sehr schnell vor Ort war und sich alleingelassen fühlte. In einem Leserbrief wurde es deftiger formuliert.«

»Woher wusste der Täter, dass Erichsen am Einsatz beteiligt war? Und woher kannte er dessen Auto?«, fragte Große Jäger.

»Das ist das Merkwürdige. Truels Erichsen hatte am Mittwoch frei. Er war nicht auf der B 5 in der Jans-Kurve dabei.«

»Dann könnte es auch einen anderen Hintergrund geben? Etwas Persönliches?«

»Kümmert euch darum«, bat Mommsen.

Truels Erichsen wohnte in der Husumer Klaus-Groth-Straße. Dort hatte man ein ganzes Areal komplett neu bebaut. Die freundlichen hellen Klinker, die aufgelockert gestalteten Fassaden und das eingestreute Grün boten ein angenehmes Wohnumfeld. Den beiden Beamten war auch noch das Glück hold. Sie fanden in der engen Straße mit wenigen Parkmöglichkeiten eine Abstellmöglichkeit für ihr Fahrzeug.

Es dauerte eine Weile, bis ihnen ein untersetzter Mann die Tür öffnete.

»Ja?«, fragte er und gähnte. Die rotblonden Haare waren strubbelig, das T-Shirt mit einem Olifanten auf der Brust zerknautscht. Er hielt sich die Hand vor den Mund und gähnte.

»'tschuldigung.«

»Polizei Husum«, sagte Große Jäger.

»Wegen mein Auto?«

»Auch.«

Erichsen sah sie groß an. »Was'n noch?«

»Wir möchten gern wissen, ob die Sachbeschädigung etwas Persönliches ist.«

Der Mann unterdrückte mühsam das nächste Gähnen. »Ich habe tief und fest geschlafen«, entschuldigte er sich. »Nachtschicht. Das war ziemlich heftig letzte Nacht. Wir hatten sieben Einsätze.« Dann trat er zur Seite und forderte die Beamten auf, hereinzukommen. »Da lang.« Er zeigte auf einen Raum. Nachdem Große Jäger und Cornilsen sich in zwei Sesseln niedergelassen hatten, nahm er selbst auf der Multifunktionscouch Platz. Der niedrige Buchenholztisch, die beiden Freischwinger aus dem gleichen Material und die unsymmetrisch an die Wand geschraubten Fächer stammten ebenso wie der Esstisch und die vier Stühle aus dem Katalog von »Elchmöbel«. Große Jäger vermutete, dass der Teppich ebenfalls von dort kam.

Auf dem Tisch standen eine angebrochene Wasserflasche und ein halb gefülltes Glas.

Erichsen bemerkte Große Jägers Blick.

»Als ich nach Hause kam, habe ich noch etwas getrunken und zum Abtörnen den Fernseher angeschaltet. Keine Ahnung, was da lief. War nur Berieselung. Ich bin dann eingeschlafen und habe mich ins Bett geschleppt. Bis eben. Meine Freundin

war schon weg, als ich kam. Die arbeitet bei Douglas in Flensburg.« Er hielt die Hand vor den Mund und gähnte erneut.
»Das ist ein aufreibender Beruf, den Sie ausüben.«
»Mein Traumberuf. Ich wollte unbedingt etwas mit Medizin zu tun haben. Für 'nen Arzt hat es nicht gereicht.«
»Wie lange sind Sie schon dabei?«
»Acht Jahre.«
»Vorgestern hatten Sie frei?«
»Da war ich in Kopperby in mein Bruder sein Haus und hab mit angepackt. Die haben gebaut. Da ist noch viel zu erledigen. Was ist nun mit meinem Seat? Haben Sie den Typen? Der Wagen ist ein Jahr alt. Ich zahle jeden Monat die teuren Raten dafür. Und dann das.«
»Unsere Frage gilt zunächst Ihrem privaten Umfeld. Gibt es jemanden, mit dem Sie Streit haben?«
»Ich? Neee. Nix da.« Er tippte sich auf die Brust. »Unser Freundeskreis ist recht begrenzt. Heinke, meine Freundin, ist gelegentlich unterwegs. Mal ins Kino, mal mit Kolleginnen zum Schnacken. Das sind nur wenige Kumpels, die ich hab, meistens von der Wache.«
»Und da gibt es keinen, der Ihnen einen üblen Streich spielen würde?«
»Nö. Bestimmt nicht. Die sind alle in der gleichen Situation wie ich. Prima Typen. Wenn man mit dem RTW unterwegs ist, müssen Sie sich aufeinander verlassen können. Wenn man da Stress mit einem hat, funktioniert das nicht.« Er schüttelte heftig den Kopf. »Nee. Bestimmt nicht.«

Der oder die Täter hatten auf die Windschutzscheibe »Mörder« und auf die Motorhaube »Versager« gesprayt. Das schloss ein persönliches Motiv aus. Weshalb sollte Erichsen aus privaten Gründen öffentlich als »Versager« gebrandmarkt werden? Noch unwahrscheinlicher war es, dass man ihn coram publico eines Mordes im persönlichen Umfeld bezichtigte. Große Jäger war auch davon überzeugt, dass niemand so weit »um die Ecke dachte« und durch solch irreführende Angaben vom tatsächlichen Motiv ablenken wollte. Das würde auch keinen Sinn ergeben. Der Verdacht lag nahe, dass es einen möglichen Zusammenhang mit dem Unfall vom Mittwoch gab. Aber Erichsen war am Einsatz nicht beteiligt gewesen. War sein Auto ein Zufallsopfer, oder gab es einen anderen Einsatz, der nicht zur Zufriedenheit des Patienten oder von dessen Angehörigen abgelaufen war? Große Jäger fragte nach.

Erichsen hatte die Beine übereinandergeschlagen und umklammerte das Knie mit seinen Händen. Er zog die Stirn kraus. »Eigentlich nicht. Wir versuchen, Leben zu retten und dem Patienten zu helfen. Natürlich gibt es Fälle, bei denen wir machtlos sind. Wir sind, wie Ärzte und Pflegepersonal, auch nur Menschen. Es passiert selten, aber natürlich geschehen Fehler. Eine Situation wird nicht richtig eingeschätzt, man übersieht etwas, oder es ist einfach nicht erkennbar, auch wenn jeder von uns gründlich ausgebildet ist und über Berufserfahrung verfügt.«

»Ist Ihnen in der letzten Zeit ein solcher Fall passiert?«

»Nein, bestimmt nicht.«

»Wir sind nicht hier, um das zu bewerten. Es führt uns aber in eine falsche Richtung, wenn wir an anderer Stelle suchen.«

»Nee. Da war nix. Bestimmt. Wenn mal was nicht optimal gelaufen ist, bespreche ich das mit meinen Vorgesetzten. Die Leute im Krankenhaus sehen es ja, wenn sie den Patienten übernehmen. Die achten darauf, sonst liegt der Schwarze Peter bei denen.«

»Der Volksmund kennt den Spruch: ›Eine Krähe hackt der anderen kein Auge aus.‹«

»Trotzdem. So weit reicht die Solidarität nicht. Kann ja sein, dass es Jobs gibt, wo Luschen mit durchgeschleppt werden. Bei uns klappt das nicht. Wir sind im Einsatz zu zweit. Und beide werden gebraucht. Wenn einer immer Mist baut, kannst du das vergessen.« Er zog die Nase kraus. »Das ist echte Teamarbeit.«

»Sie fahren nur RTW?«

»Nein. Auch Krankentransporte.«

»Und Notarzteinsatzfahrzeuge?«

»Auch.«

»Da sind Sie aber nicht im Team unterwegs.«

»Doch. Der Notarzt.«

»Der macht aber etwas anderes. Sie sind so etwas wie sein Assistent.«

Erichsen wiegte den Kopf. »Das gibt so 'ne und so 'ne.«

»Was heißt das?«

»Manche Notärzte sind echte Profis. Die haben das voll drauf. Das ist ja so eine Sache, wenn der Einsatz von der Leitstelle kommt. Man fährt los und weiß nicht, was einen erwartet. Internistischer oder chirurgischer Notfall. Aber dann: Was hat der Patient? Auch bei uns Profis steigt der Adrenalinspiegel bei jeder Fahrt zum Einsatz. Oft kann man es auf den ersten Blick einschätzen. Aber was ist, wenn ein akuter Bauch vorliegt? Du kannst ja nicht reingucken.«

»Das ist aber ärztliches Handwerk.«

»Ja. Schon. Aber – wie gesagt – es gibt solche und solche Notärzte. Wir kennen unsere Pappenheimer. Manche sind ganz cool, andere nervös. Ist schon okay, dass der Doc das Sagen hat. Wenn man miteinander eingespielt ist, räuspert man sich schon einmal und sagt: ›Soll ich das und das aufziehen?‹ Damit untergräbt man nicht die ärztliche Autorität, macht aber einen Vorschlag. Letztlich entscheidet aber der Arzt. Und richtige Nieten … die gibt es nicht. Wer bei uns in Deutschland als Arzt approbiert ist, hat ein langes und intensives Studium hinter sich. Und dann beginnt er als Lehrling unter strenger Aufsicht im Krankenhaus. Wenn man ihn als Notarzt loslässt, hat er schon einiges auf dem Kasten. Aber nicht jeder weiß immer alles.«

Es kam zögerlich über Erichsens Lippen.

»Denken Sie an einen bestimmten Fall?«

Erichsen streckte beide Arme vor. »Um Gottes willen. Nein! Da war nichts.«

»Das klingt aber anders.«

»Wirklich nicht. Wir schaffen es meistens, den Patienten im Krankenhaus abzuliefern. Dann liegt der Ball in deren Spielfeld.«

»Gab es da einen Zwischenfall?«

»Vorweg sei gesagt, dass alles gut gegangen ist. Wir hatten eine Intensivverlegung von Husum ins Westküstenklinikum nach Heide wegen einer intrazerebralen Blutung. Eine Frau. Intubiert und beatmet. Es war nachts, die Niebüller Schraube fliegt nur tagsüber, und die Rendsburger stand nicht zur Verfügung. Wir waren mit einem Notarzt unterwegs. Ich weiß nicht, weshalb man im Husumer Klinikum keinen zentralen Zugang gelegt hat. Jedenfalls lief unterwegs der IV …«

»Der was?«, unterbrach Große Jäger.

»Der intravenöse Zugang. Da wird das Medikament direkt in die Vene hineingespritzt. Wohl an die zehn Punktionsversuche verliefen frustran, also vergeblich. Wir sind auf intranasale Verabreichung ausgewichen. Auch das half wenig. Ich möchte mich nicht selbst loben, aber der Notarzt war in dieser schwierigen Situation am Limit und wollte aufgeben.«

»Auch Ärzte können dem lieben Gott nicht ins Handwerk pfuschen.«

Erichsen ging nicht darauf ein. »Mir kam noch eine letzte Idee. Intraossär.«

»Was bedeutet das?«

»In den Knochen hinein. Man nimmt einen Knochenbohrer und …«

»Danke«, winkte Große Jäger ab. »Dieses Beispiel zeigt, welche Dramatik sich manchmal hinter den Kulissen abspielt, unbemerkt von Patient und Öffentlichkeit. In diesem Fall sind Sie doch eine Weile unterwegs.«

Erichsen dachte kurz nach. »Ja. Zunächst ins Klinikum. Patient übernehmen. Dann nach Heide. Übergeben. Und wieder zurück. Da kommen gut und gern zwei bis drei Stunden zusammen.«

»Da fehlt der RTW doch vor Ort.«

Der Mann nagte an der Unterlippe. Dann bewegte er beide Hände hin und her.

»Das ist ein heikles Thema. Dazu möchte ich nichts sagen. Ich bin nur ein kleines Licht, ein Notfallsanitäter.«

»Wie viele Fahrzeuge hat Husum?«

»Zwei bis drei RTW.«

»Was heißt ›zwei bis drei‹?«

»Zwei sind immer besetzt. Der dritte ist ein … da gibt es eine Formulierung, die nicht von mir ist: ein zeitlich unterschiedlich vorgehaltenes, bedarfsgerechtes Rettungsmittel.«

»Wie hieß der Arzt, mit dem Sie diesen heiklen Einsatz nach Heide gefahren sind?«

Erichsen grinste. »Nee nä. Kein Kommentar. Das war vertraulich, was ich da erzählt habe. Sozusagen nur ein Beispiel. Was ist nun mit meinem Auto? Wir Leute vom Rettungsdienst gehören nicht zu den Großverdienern. Und die Reparatur bekomme ich nicht geschenkt, auch wenn wir in diesem Job zu den Guten gehören. Das ist ganz schön happig. Gerade Lackierarbeiten am Auto kosten ein Schweinegeld.«

»Welche Kollegen haben den Einsatz am Mittwoch gefahren?«

Erichsen zeigte sich plötzlich verschlossen. »Das müssen Sie andere fragen.« Er sah demonstrativ auf die Uhr. »Ich muss mich noch aufs Ohr legen, damit ich heute Nacht wieder fit bin. Könnte auch Sie treffen. Jeden.«

Er begleitete die beiden Polizisten zur Wohnungstür.

»Hat jemand Rache – aus welchem Grund auch immer – am Rettungspersonal üben wollen und sich am ersten Auto ausgetobt?«, fragte Cornilsen auf dem Weg zum Dienstwagen.

Große Jäger stoppte abrupt. »Gute Idee, Hosenmatz.«

Er drehte auf dem Absatz um. Erichsen zeigte sich überrascht, als die Polizisten erneut vor seiner Tür standen. Große Jäger wollte wissen, wo Erichsens Seat gestanden hatte.

»Vor der Rettungswache. Dort sind Parkplätze für die Mitarbeiter.«

»Dort stehen mehrere Pkws. Wo stand Ihrer?«

»Da, wo ich immer stehe.«

»Wo ist das?«

»Ich parke meistens vorn. Wenn Sie von der Schleswiger Chaussee aus gucken, liegt hinten quer das Gebäude. Rechts ist die Fahrzeughalle. Und links sind die Parkplätze.«

»Sie standen auf dem ersten Parkplatz, der am weitesten vom Gebäude entfernt ist?«

Erichsen bestätigte es und sah den Polizisten ratlos hinterher, als die sich entfernten.

»Dann können wir davon ausgehen, dass es jemand auf den Rettungsdienst abgesehen hat, ohne konkret einen bestimmten Mitarbeiter zu meinen. Erichsen war ein Zufallsopfer.«

Cornilsen nickte zustimmend. »Aber weshalb?«

»Die zeitliche Nähe zum Unfall in der Jans-Kurve könnte auf einen Zusammenhang hinweisen. Aber weshalb beschimpft man einen Notfallsanitäter als ›Mörder‹ und ›Versager‹?«

»Der ältere Mercedesfahrer sprach davon, dass die Sanitäter ...«

»Die heißen Notfallsanitäter oder Rettungsassistenten«, belehrte ihn Große Jäger. »Verwechsle es nicht mit den Pflasterklebern beim Volkslauf.«

»Korinthenkacker. Wolfgang Schnelle hat sich beklagt, dass es angeblich sehr lange gedauert hat, bis die ersten Einsatzkräfte vor Ort waren.«

»Ja. Gut. Aber erstens liegt er im Krankenhaus und macht nicht den Eindruck, als würde er von dort aus Rächer losschicken. Im schlimmsten Fall würde ›Versager‹ noch passen, aber nicht ›Mörder‹. Das deutet darauf hin, dass ein Menschenleben zu beklagen ist.«

»Es gab ein Todesopfer. Der Unbekannte.«

»Wir müssen unbedingt dessen Identität feststellen«, sagte Große Jäger. »Die Leute von der Hattstedter Pizzeria verbergen etwas. Ich glaube nicht, dass sich der große Unbekannte ohne Erlaubnis den Firmenwagen genommen hat. Die wissen, wer dort am Steuer saß.«

»Dann gibt es Gründe, weshalb sie es verheimlichen wollen. Die kommen aus Albanien, nicht wahr?« Cornilsen wartete die Antwort nicht ab. »Was ist, wenn sie einen beschäftigt haben, der sich illegal hier aufhält?«

»Gut, Hosenmatz. Mitgedacht. Das wäre auch mein Gedanke gewesen.«

Cornilsen strahlte. »Jetzt hast du mich innerhalb kurzer Zeit zwei Mal gelobt. Ist irgendetwas mit dir?«

»Sabbel kein dumm Tüch. Es gibt noch einen Zeugen. Der fuhr hinter dem Mercedes.«

»Ben-Reiner Graf«, erwiderte Cornilsen. »Aus Bredstedt.«

»Jetzt sage ich nicht, dass ich es gut finde, wenn du die Fakten sofort parat hast. Sonst schwillt dir noch der Kamm, und du passt nicht mehr in den Dienstwagen.«

»Ich bin eben so groß.«

Große Jäger schüttelte mit einem breiten Grinsen den Kopf. »Du bist lang, Hosenmatz, aber nicht groß. Das bin ich. Als ich zur Polizei kam, hieß ich Jäger. Den Namenszusatz habe ich mir mühsam durch Leistung erworben.«

Ben-Reiner Graf wohnte in Bredstedts sportlichem Viertel, in dem sich der Sportplatz, das Freibad und die Harald-Nommensen-Halle aneinanderreihten.

Große Jäger staunte, als er vor dem Wohnhaus einen VW-Kleintransporter mit einem »H« auf dem Kennzeichen sah. Dahinter stand ein kleiner Wohnwagen, der aussah, als wäre er einem Museum entliehen.

Es dauerte eine Weile, bis ihnen ein kräftiger Mann mit verschlafenen Augen die Tür öffnete. »Bitte?«

Sie fragten nach dem Namen, nannten ihren und erklärten, dass sie noch ein paar Fragen zu dem Verkehrsunfall hätten.

»Ja doch. Klar.« Der Mann öffnete die Tür und bat sie ins Haus. »Entschuldigung, aber ich habe mich ein wenig hingelegt. Ich habe Nachtschicht.«

Als Große Jäger ihn mit einer hochgezogenen Augenbraue fragend ansah, erklärte er: »In Leck, bei CPI. Sie kennen es sicher noch als Clausen und Bosse, eine der größten deutschen Druckereien. Wir haben uns auf Taschenbücher und Hardcover spezialisiert. Wenn Sie also einen Krimi lesen, kommt der höchstwahrscheinlich von uns.«

»Und Sie haben ihn gemacht?«

Ben-Reiner Graf nickte.

»Gut möglich.«

Große Jäger zeigte mit dem Daumen über die Schulter.

»Wem gehört das Prachtstück von VW-Bulli?«

»Ich habe ein paar Leidenschaften. Meine Familie. Meinen Beruf. Unseren Dauercampingplatz in Eckernförde und die VW-Bullis. Das da draußen ist ein VW Typ 2 T1, man sagt auch Bulli zu ihm. Er wurde 1950 entwickelt, war damals Marktführer und Pate für die ersten Reisemobile. Meiner ist eines der Sondermodelle Samba.« Große Jäger beobachtete das Leuchten in Grafs Augen. »Chromradkappen, extragroßes poliertes VW-Emblem, zweifarbige Lackierung, Röhrenradio, Faltschiebedach und insgesamt dreiundzwanzig Fenster, besonders markant die geteilte Frontscheibe. Haben Sie auch den Wohnanhänger gesehen? Auch ein Klassiker aus den neunzehnhundertsechziger Jahren. Mit dem Gespann war ich zu einem Oldtimertreffen, als ich Zeuge des Unfalls wurde.«

»Sie fuhren hinter dem Mercedes?«

Ein Lächeln spielte um die Lippen des Mannes.

»Mit meinem Schätzchen fahre ich immer hinterher. Ich würde mich nicht wundern, wenn mich E-Biker überholen. Ja – ich war hinter dem Mercedes. Es herrschte reger Verkehr, wie so oft auf der Strecke. Ich kenne auch die Jans-Kurve und ihre Gefährlichkeit.« Er spitzte die Lippen. »Wir fuhren etwa siebzig Stundenkilometer.«

»Auch der Renault Kangoo?«

»Der hatte mich vorher überholt. Ein Stück hinter Reimersbude macht die B 5 einen leichten Knick nach rechts. Danach ist der Kangoo ausgeschert und hat erst mich und dann den Mercedes überholt. Ich habe noch gedacht: ›Junge, Junge, das war aber knapp. So spurtstark ist das Ding ja nicht.‹ Die nächste Kurve ist die Jans-Kurve. Ja – und da hat es gekracht.«

»Hat der Renault die Kurve geschnitten?«

»Soweit ich das gesehen habe – nein. Aber der hatte einen ganz schönen Zacken drauf. Ich fand das leichtsinnig.«

Das war ein interessanter Aspekt, dachte Große Jäger. Bisher gingen alle Annahmen davon aus, dass der Renault unverschuldet in den Unfall verwickelt war. Grafs Aussage behauptete in diesem Punkt nichts anderes, aber deutete doch an, dass der unbekannte tote Renault-Fahrer sich auch nicht in allen Situationen regelkonform verhalten hatte.

»Was geschah dann?«

»Ich war ein Stück hinter den beiden und konnte die Kurve nicht einsehen. Es hat mich wie ein Schlag getroffen, als der VW Crafter plötzlich aus der Kurve geschossen kam. Auf mich wirkte es so, als wolle er geradeaus fahren. Er ist direkt in den Renault hinein.« Ein Schauder durchfuhr Graf. »So ein Bild kann man nicht so schnell vergessen.«

»Und der Mercedes?«

»Der fuhr vor mir. Er hatte eigentlich genügend Abstand zum Renault. Ich kann nicht sagen, weshalb er nicht gebremst hat. Ich glaube, es hätte gereicht. Ob er gepoft hat?« Graf zuckte mit den Schultern. »Jedenfalls ist er in die Unfallgegner hineingeschlittert. Im letzten Moment, aber vermutlich zu spät, habe ich noch seine Bremslichter aufleuchten sehen.«

»Wie ist die Hilfe nach dem Unfall abgelaufen? Haben Leute geholfen?«

»Da waren genug Leute vor Ort. Die haben angehalten und versucht, sich um die Verletzten zu kümmern. Das war schwierig, weil die eingeklemmt waren. Man kam gar nicht an sie heran. Das ging nur bei den alten Leuten im Mercedes. Aber der Fahrer hat wie wild geschimpft und, soweit ich es mitbekommen habe, sogar um sich geschlagen. Jedenfalls war die Feuerwehr sehr schnell vor Ort. Da lief auch noch eine Frau herum, eine ältere mit kurzen grauen Haaren. Sie sagte, sie sei Ärztin. Aber die konnte nicht viel ausrichten. Wie gesagt – die Autos waren ineinander verkeilt.«

»Und die Feuerwehr?«

»Die hat versucht, an die Verletzten heranzukommen. Irgendwann kamen auch der Rettungswagen und der Notarzt.« Er schüttelte sich. »Ich bin nicht so dicht heran. Es waren Helfer vor Ort. Ich muss das nicht haben. Ich bin auf jeden Fall kein Katastrophenvoyeur.«

Große Jäger bedankte sich und wünschte Graf viel Spaß mit seinem VW-Schätzchen.

»Ich möchte mich mit Christiansens Chef unterhalten«, sagte Große Jäger, als sie wieder im Auto saßen, und frotzelte, dass Cornilsen »unvorbereitet sei«, weil er die Adresse nicht kannte. Für den Kommissar war es nur eine kleine Abfrage im Internet, dann steuerte er die Heizungsbau Mügge GmbH in Mildstedt an. Die Gemeinde in Husums unmittelbarer Nachbarschaft erfreute sich wachsender Beliebtheit als Wohnort. Auch Gewerbe hatte sich dort angesiedelt. Der Betrieb lag in Mildstedt am Rande eines Wohngebiets. Mügges Wohnhaus schloss sich direkt an das Betriebsgebäude an.

Sie trafen Holger Mügge im Büro an. Der bullig wirkende Mann mit den zurückweichenden Haaren bat sie, auf den Besucherstühlen vor seinem Schreibtisch Platz zu nehmen.

»Schlimm«, begann er mit belegter Stimme. »Wir sind ein kleiner Betrieb. Tönne ist ein wichtiger Mitarbeiter. Und er war mit unserem neuesten und teuersten Firmenwagen unterwegs. Das trifft uns schwer. Ich habe große Probleme, es aufzufangen. Natürlich«, betonte er, »hat uns alle der Unfall sehr berührt. Hoffentlich wird er wieder gesund. Ich habe gehört, dass es im Augenblick nicht gut aussieht. Es klingt nicht gut, was dort aus dem Krankenhaus kommt.«

Sie wurden durch einen Besucher unterbrochen, der seinen Kopf zur Tür hereinsteckte und »Oh« sagte.

Mügge winkte ihm zu. »Komm rein, Hans-Werner. Setz dich. Die beiden sind von der Polizei. Es geht um den Crash.«

»Sie sind …?«, fragte Große Jäger den Mann mit den breiten Schultern und dem Kinnbart. Am linken Ohr baumelte ein Ring. Die Handrücken waren tätowiert.

Mügge übernahm das Antworten. »Hans-Werner Lankwitz. Christiansens Schwager. Na, so gut wie. Hans-Werner ist der Bruder von Dorle, Tönnes Partnerin.«

Lankwitz hatte sich auf die Schreibtischkante gesetzt, nachdem er achtlos ein paar Papiere zur Seite geschoben hatte.

»So'n Scheiß«, sagte er. »Warum? Dorle und die Kleine hocken nun auf der Baustelle. Die haben es vorher schon schwer gehabt. Tönne hatte Mühe, alle durchzubringen. Mit ehrlicher Arbeit verdient man heute ja nichts mehr.« Ein Seitenblick streifte Mügge.

»Na, na«, warf der Heizungsbauer ein.

»Ist doch wahr«, ereiferte sich Lankwitz und tippte sich auf die Brusttasche seiner orangefarbenen Latzhose. »Ich weiß, wovon ich schnacken tu. Ich bin Müllwerker. Harter Job und wenig Kohle. Tönne macht was anderes. Aber reich wirst du damit nicht. Jetzt liegt er in Heide. Und nun? Hoffentlich ist er wieder draußen, bevor er da«, dabei zeigte er auf Mügge, »mit der Gehaltsfortzahlung aufhört. Vom Krankengeld kannst du nicht leben. Die haben sich ein Haus gekauft. Gut, das war nicht übertrieben teuer. Aber der Ausbau. Da musst du alles neu machen. Nun sitzt Dorle mit der Kleinen da. Wir sind alle keine Millionäre in der Familie, dass wir sie unterstützen können. Essen. Trinken. Hypothek. Windeln und Öl für die Heizung. Wo soll das herkommen?«

»Da findet sich eine Lösung«, mischte sich Mügge ein.

»Du hast gut lachen«, schimpfte Lankwitz. »Du kriegst keinen kalten Arsch.«

»Hör doch auf«, ereiferte sich Mügge. »Was sollen diese Sprüche? Der Wagen ist im Eimer. Mir fällt ein Mitarbeiter aus. Wenn der Heizungsmonteur nicht sofort kommt, springen die Kunden ab. Von denen will keiner frieren, wenn die Heizung ausfällt.«

»Dann sei doch nicht so knauserig und fahr den Laden nicht auf Kante.«

»Du hast doch keine Ahnung, was es bedeutet, einen kleinen Betrieb zu führen. Umsatzausfall. Dafür aber sechs Wochen Gehaltsfortzahlung für nix.«

»Das kriegst du doch von der Steuer wieder.«

»Idiot«, erwiderte Mügge knapp.

»Langsam«, mischte sich Große Jäger ein. »Vergessen Sie nicht, dass wir einen Schwerverletzten und einen Toten haben.«

»Das ist doch die Kacke«, fluchte Lankwitz. »Jeder weiß, wie gefährlich das da ist. Und dann kracht der andere Tönne ins Auto. Der Idiot hat die Kurve geschnitten. Ist doch klar.«

»Zum Sachverhalt wird noch ermittelt«, erwiderte Große Jäger.

»Die stecken doch alle unter einer Decke. Die vom Straßenbau. Die in Husum und Kiel. Und die Versicherung.« Lankwitz schwenkte drohend den Zeigefinger. »Ich sag Ihnen: Die werden zahlen müssen. Alle. Wir nehmen uns die besten Anwälte, und dann klagen wir. Wir machen die fertig. Mit Jack und Büx.«

»Lassen Sie uns erst einmal die Ermittlungen zum Unfallhergang abwarten.« Große Jäger vermied es, vom Verdacht zu sprechen, dass Tönne Christiansen vermutlich der Unfallverursacher war.

»Das sind Verbrecher.«

»Wer?«, fragte Große Jäger.

»Alle. Das hat ewig gedauert, bis der Krankenwagen da war. Und wo war der Notarzt, hä? Wenn sich so'n Politiker in den Finger schneidet, kommt die Schraube. Aber wenn es wirklich um Leben geht – was ist dann? Nix. Dann war da noch diese Ärztin. Warum hat die nicht geholfen? Fühlte sie sich zu fein dazu? Trümmer. Blut. Das war wohl nichts für sie. Auch die verklagen wir wegen unterlassener Hilfeleistung. Die hat ebenso Schuld wie die anderen.« Er wedelte mit der Hand. »Statt hier rumzuschnacken, sollte die Polizei lieber den Verantwortlichen jagen. Jawohl.« Er stand auf. »Irgendeiner wird dafür bezahlen müssen«, sagte Lankwitz, bevor er zur Tür ging.

»Eh, Hans-Werner. Was wolltest du eigentlich?«, rief ihm Mügge hinterher.

Lankwitz blieb im Türrahmen stehen.

»Weißt du, Holger. Dorle geht es echt beschissen. Die sitzt mit der Lütten auf dem Trockenen. Kriegt 'nen kalten Hintern, weil das Heizöl alle ist. Ich wollt mal fragen, ob du ihr was vorstrecken kannst.«

Mügge machte ein bekümmertes Gesicht.

»Ich verstehe das ja, Hans-Werner. Der blöde Unfall hat uns alle getroffen. Ich würde ja gern helfen, aber … Wie gesagt. Mir ist ein Mann ausgefallen. Und der Wagen. Wir können nicht zu Fuß zum Kunden. Außerdem sind wir bald vor Weihnachten. Die Leute halten das Geld zurück. Du glaubst nicht, wie lange ich manchmal warten muss. Und bei der Bank … Die rücken nichts raus. Von denen höre ich immer: ›Sie brauchen ein besseres Forderungsmanagement‹. Klugscheißer. Nee, Hans-Werner. Ich würde gern helfen, aber … Wirklich. Es geht nicht.«

Lankwitz zeigte über die Schulter den Mittelfinger, bevor er das Büro verließ und die Tür krachend ins Schloss warf.

»Er ist manchmal hitzköpfig, aber ein guter Kerl. Wenn es um seine kleine Schwester geht, kann er fuchsig werden. Auf die passt er auf wie ein Schießhund. Er hat schon zwei Mal kräftig zugelangt, weil irgendwelche Kerle Dorle zu nahe gekommen waren. Auch Tönne war nicht nach seiner Mütze. Und jetzt das …« Mügge sah einen Moment versonnen auf seine Schreibtischplatte. »Christiansen hat sich mit dem Haus übernommen. Er dachte, die Hütte wäre ein Schnäppchen. Dann kamen die ganzen Mängel ans Licht. Klar, dass es jetzt ans Eingemachte geht. Und Sofie, das ist die Kleine, nervt ihn auch. Seitdem die da ist, kümmert sich Dorle nur noch um das Gör. Da hängt der Haussegen schief.« Er stockte kurz. »Tut mir leid, aber ich kann wirklich nicht helfen. Ich bin selbst der Gebissene. Und mit der Versicherung … Das kann noch dauern.«

Anschließend gab er bereitwillig Auskunft, bei welchen Kunden Christiansen vor dem Unfall war.

Sie verließen den Betrieb.

»Der Bruder war richtig aufgebracht«, stellte Cornilsen fest und prüfte vom Auto aus, ob Hans-Werner Lankwitz der Polizei bekannt war. Es gab ein lange zurückliegendes Drogendelikt. Harmlos. Außerdem war zweimal wegen Körperverletzung gegen ihn ermittelt worden. Beide Verfahren waren gegen Auflagen eingestellt worden.

»Der scheint wirklich ein Hitzkopf zu sein«, sagte Cornilsen.

»Für seine Schwester unternimmt er alles«, ergänzte Große Jäger, bevor sie zur Dienststelle zurückkehrten.

Nachdem sich der Hauptkommissar bei der Kollegin Hilke Hauck einen Kaffee geschnorrt hatte, kehrte er in das gemeinsame Büro zurück.

»Unser Hauptaugenmerk sollte auf dem Ermitteln der Identität des toten Fahrers liegen«, sagte Große Jäger und fluchte, weil der Kaffee zu heiß war. »Was können Frauen eigentlich?«, fragte er zwischendurch. »Ich bin davon überzeugt, dass uns Hekuran Rashica von der Pizzeria Siziliana angelogen hat. Der weiß sehr wohl, wer der Tote in seinem Wagen ist.«

»Wie sollen wir ihm das beweisen? Er wird es weiter leugnen. Glaubst du, er wird irgendwann schwach?«

»Solche Leute sind standhaft. Er wird Gründe haben, weshalb er uns anlügt. Wir müssen nach anderen Möglichkeiten suchen, es herauszufinden.«

»Befragung der Nachbarn. Des Personals. Die Tankstellen im Umkreis. Der Tote war kein Geist. Irgendjemand muss ihn gesehen haben«, stellte Cornilsen fest.

Große Jäger lehnte sich im Bürostuhl zurück, dass das Sitzmöbel bedenklich knackte.

»Schlechte Qualität«, stellte er fest. »Denken wir einmal nach.«

»Kopfgedanken?«

Große Jäger nickte. »Ich weiß, das ist nicht nach Niebüller Art. Aber machen wir uns ein paar Kopfgedanken.«

»Okay. Tun wir das machen.«

»Gehen wir davon aus, dass der Tote den Renault der Pizzeria nicht gestohlen hat.«

»Gut.«

»Es war später Nachmittag. Er wird auch nicht zu einem geheimen Rendezvous unterwegs gewesen sein.«

»Kaum.«

»Ich behaupte, die Pizzeria liefert auch keine Bestellungen bis in die Gegend von Oldenswort aus.«

»Das dürften etwa fünfundzwanzig Kilometer gewesen sein«, überschlug Cornilsen.

»Moment«, sagte Große Jäger und griff zum Telefon. Er rief die Kriminaltechnik in Kiel an und wollte wissen, ob auf der Ladefläche des Renaults etwas transportiert worden war. »Merkwürdige Frage«, monierte der Kieler, der sich mit Sattler gemeldet hatte. »Da muss ich nachsehen.« Er wollte zurückrufen, aber Große Jäger beschied ihm, dass er am Telefon warten werde. »Aus Husum? Weshalb die Eile? Dort dauert es doch sonst immer etwas länger als anderswo«, brummte Sattler und gab zehn Minuten später durch, dass in den Unterlagen nichts von einer Ladung vermerkt war.

»Das heißt, der Tote hat nichts weggebracht. Er sollte etwas abholen.«

Cornilsen lachte. »Ein guter Ansatz. Wir suchen alle Italiener zwischen dem Unfallort und St. Peter-Ording und südlich bis Heide auf und fragen, ob die Hattstedter dort Pizzas bestellt haben, weil sie selbst keine zustande bringen.«

»Genauso machen wir das«, bestätigte Große Jäger.

»Hä?« Cornilsen sah ihn irritiert an.

Große Jäger grinste breit. »Wir fragen allerdings nicht nach Pizzas, sondern nach anderen Dingen. Obst. Gemüse. Teig. Backwaren. Getränke.«

»Ist das dein Ernst?«, fragte Cornilsen ungläubig.

»Gute alte Polizeiarbeit.«

Cornilsen sackte in sich zusammen. »Oh nee nä.«

Zwei Stunden später, schneller als erwartet, hatten sie ein Ergebnis.

»Das war nicht einfach«, begann Cornilsen. »Lederle heißt der Mann, der irgendwann einmal aus dem Badischen nach Wesselburen gezogen ist. Er hat seine alten Kontakte zu einem Winzer aufrechterhalten und vermarktet hier im Norden dessen Weine. Nebenberuflich. Er unterhält auf seinem Grundstück in Wesselburen auch ein kleines Lager. Am fraglichen Tag wartete er auf den Fahrer der Pizzeria Siziliana. Die haben schon öfter Wein bei ihm bestellt. Er hatte schon ein paar Kisten bereitgestellt, die telefonisch geordert waren. Aber der Fahrer kam nicht. Nachdem Lederle bis spätabends gewartet hatte, hat er in Hattstedt angerufen. Er hat mit Rashica selbst gesprochen. Der hat ihn ziemlich dumm angemacht, sagte Lederle, und behauptet, niemand habe etwas bestellt. Er soll sich seinen Wein sonst wohin stecken. ›Ich bin doch nicht blöd‹, hat mir Lederle versichert. Natürlich hatte die Pizzeria den Wein bei ihm bestellt. Er wundert sich bis heute, weshalb er nicht abgeholt wurde.« Cornilsen zögerte einen Moment. »Ich habe ihn gefragt, ob er etwas von dem schweren Unfall auf der B 5 mitbekommen hat. ›Da passieren dauernd welche‹, hat Lederle geantwortet. Er hat jedenfalls keine Verbindung zum Weinverkauf hergestellt.«

»Es wird immer merkwürdiger«, sagte Große Jäger. »Rashica scheint daran interessiert zu sein, dass wir keine Verbindung zwischen ihm und dem toten Fahrer herstellen können.« Er sah auf die Uhr. »Jetzt ist Feierabend. Wir werden dem Herrn morgen einen Besuch abstatten.«

Das Telefon auf Große Jägers Schreibtisch meldete sich. Er sah aufs Display. »Das LKA.«

»Sattler. Sie hatten nach einem Handy gefragt, das möglicherweise in einem der Fahrzeuge liegen sollte, die bei Oldenswort verunglückt waren. Doppeltreffer. Wir haben in jedem Wagen eins gefunden. Im Renault, in dem der tödlich Verunglückte saß, lag eins. Wenn ich das richtig sehe ...« Sattler schwieg einen Moment. Große Jäger hörte Papier rascheln. »... muss der Mann Selbstgespräche geführt haben.«

»Wie soll ich das verstehen?«

»Zum Unfallzeitpunkt war das Handy nicht in Betrieb. Aber sieben Minuten vorher hat er ein Selbstgespräch geführt. Er hat sich angerufen. Das geht natürlich nicht. Aber er hat ein Telefonat mit seinem Festnetzanschluss geführt.«

»Ihr konntet es identifizieren?«

»Sicher. Wir Kieler können alles. Fast«, schränkte Sattler ein.

»Auf wen ist das Handy angemeldet?«

»Hekuran Rashica.«

»Aus Hattstedt. Die Pizzeria«, sagte Große Jäger und sah über den Schreibtisch Cornilsen an, der mithörte. »Der verarscht uns doch.«

»Bitte?«, fragte Sattler nach.

»Der Albaner, also Rashica«, erklärte der Hauptkommissar. »Das ist eine tolle Nachricht, die uns weiterführt. Das heißt aber auch, der Fahrer war nicht durch das Telefon abgelenkt.«

»Der nicht, aber der andere. Auch in dessen Auto, dem Crafter, fanden die Kollegen ein Handy. Wir haben uns die Genehmigung zur Auswertung der Telefonliste geholt. Christiansen hat zum Zeitpunkt des Unfalls telefoniert. Er hat Dora Lankwitz auf deren Mobiltelefon angerufen.«

»Das ist seine Lebenspartnerin«, warf Große Jäger ein.

»Mit der hat er auch während des Crashs telefoniert. Eine Freisprecheinrichtung war nicht vorhanden. Man könnte davon ausgehen, dass Christiansen durch das Telefonat abgelenkt war und deshalb aus der Kurve getragen wurde. Für diese Annahme spricht auch, dass es am Unfallort keine Bremsspuren gab. Fast keine. Nur ganz kurze. Da war der Crafter aber schon über die Mittellinie gefahren. Die beiden Fahrzeuge sind frontal ineinandergekracht. Der Entgegenkommende hatte keine Chance. Das war aber nicht Christiansens einziges Telefonat. Zuvor hat er mit Heizungsbau Mügge GmbH in Mildstedt telefoniert. Die haben auch versucht, ihn noch einmal zu erreichen. Das muss genau zum Unfallzeitpunkt gewesen sein. Vielleicht war er auch deshalb unkonzentriert und hat für das hereinkommende Gespräch aufs Display gesehen. Sicher sind das nur Spekulationen. Genaues werden wir nicht erfahren. Außerdem spricht vieles dafür, dass Christiansen zum Zeitpunkt des Unfalls geraucht hat. Der Mann war am Steuer eine rollende Zeitbombe. Um das zu krönen: Man hat bei Christiansen null Komma siebenunddreißig Promille festgestellt. Überschlägig entspricht das etwa zwei Bier. Der Fahrer des Renaults hatte weder Alkohol noch Drogen im Blut. Zusammengefasst: Telefoniert, geraucht, Alkohol im Blut … Da kommt einiges auf ihn zu.«

»Christiansen hat im Moment andere Sorgen. Er liegt mit einem schweren Schädel-Hirn-Trauma im Krankenhaus. Es ist nicht absehbar, ob er jemals wieder das Bewusstsein erlangt. Falls ja, dürften bleibende Schäden vorhanden sein.«

»Es ist tragisch, was Leichtsinn und ein winziger Moment Unachtsamkeit bewirken können«, stellte Sattler fest. »Zur Technik liegt uns eine vorläufige Stellungnahme vor. Am Crafter gab es keine technischen Probleme. Es handelt sich um ein relativ neues Fahrzeug. Ich überspringe jetzt die Zahlen und Angaben zu technischen Details, zur Krafteinwirkung und so weiter.« Große Jäger hörte Sattler etwas murmeln. Vermutlich las der Kieler leise die ihm vorliegenden Informationen vor. »Ah – hier. Das könnte noch interessant sein. Der Gutachter meint, dass der Renault annähernd einhundert Stundenkilometer schnell war, während der Crafter etwa neunzig fuhr.«

Nachdem er das Gespräch beendet hatte, sah er Cornilsen an, der über die Lautsprecherfunktion mitgehört hatte.

»Der Zeuge Graf hatte ausgesagt, dass er kurz vor dem Crash vom Renault überholt wurde und der Wagen trotz Gegenverkehr waghalsig unterwegs war. In der Kurve gilt eine Geschwindigkeitsbegrenzung von siebzig. Laut Gutachter war der Renault aber mit einhundert Sachen unterwegs. Obwohl die Aussagen der anderen Autofahrer darauf hinauslaufen, dass Christiansen seine Spur verlassen und in den Gegenverkehr hineingefahren ist, könnte es sich außerhalb der Wahrnehmung der Zeugen auch anders abgespielt haben. Der Tote war zu schnell und hat im letzten Moment das Steuer herumgerissen. Möglicherweise liegt ein beiderseitiges Verschulden vor.«

»Das ist alles denkbar, aber es ist nicht unsere Aufgabe, Verkehrsunfälle aufzuklären.«

Große Jäger grunzte vernehmlich. »Warst du schon einmal auf einer Pferderennbahn?«

»Nein. Warum?«

»Dann hättest du Gäule mit Scheuklappen gesehen. So laufen wir nicht herum. Wenn wir als Polizisten herausfinden, dass etwas zur Klärung eines Sachverhalts dienlich ist, analysieren wir es auch. Wir sind keine Verkehrsexperten, aber beide Fahrer haben sich nicht korrekt verhalten. Das abschließende Urteil sollen andere, Berufenere fällen. Wir sind in unserem Fall aber ein gutes Stück weitergekommen.« Er sah erneut auf die Uhr. »Ich werde den Feierabend noch etwas verschieben und der Pizzeria einen Besuch abstatten.«

»Ich komme mit«, sagte Cornilsen kurz entschlossen.

Sie fuhren mit ihren privaten Fahrzeugen nach Hattstedt. Vor dem Restaurant parkten zwei Autos. Die Pizzeria hatte geöffnet. Im Inneren waren drei Tische besetzt. Sie steuerten direkt auf die Theke zu, hinter der Hekuran Rashica stand und ihnen mit finsterer Miene entgegensah.

»Moin.«

Der Gastwirt erwiderte den Gruß nicht.

»Wir haben dringenden Gesprächsbedarf«, sagte Große Jäger.

»Aber ich nicht.« Rashica zapfte zwei Gläser Bier.

»Ihre Meinung ist nicht maßgebend.«

»Doch. Außerdem bin ich beschäftigt. Sie sehen es.«

»Dann haben wir eine Gemeinsamkeit. Wir arbeiten auch.«

»Sie sind hier unerwünscht.«

»Das sind wir oft, besonders bei Leuten, die etwas zu verbergen haben.«

»Zu denen gehöre ich nicht.«

»Nicht mehr.«

»Was soll das heißen?« Rashica erschrak, als das Bier über seine Finger lief, weil er nicht auf das gefüllte Glas geachtet hatte.

»Sie haben etwas verborgen«, erklärte Große Jäger gelassen. Er sprach leise, sodass der Gastwirt sich vorbeugen musste. »Vielleicht ist es pietätlos, von ›etwas‹ zu sprechen. Schließlich handelt es sich um einen Menschen, der jetzt tot ist.«

Rashica wich seinem Blick aus, nahm zwei Gläser und griff nach einer Ouzo-Flasche, die er aus einem Kühlfach unter dem Tresen hervorzog. Er goss das Getränk ein. Dabei zitterte er so stark, dass er die Hälfte verschüttete.

»In Ihrem Firmenwagen ist nicht der große Unbekannte gestorben. Sie kannten den Fahrer.«

»Ich kannte ihn nicht.«

»Doch. Kurz vor dem Unfall haben Sie mit ihm telefoniert.«

»Nein.« Rashica zögerte einen Moment. »Woher wollen Sie das wissen?«

Große Jäger lächelte. »Wir sind die Polizei«, sagte er in sanftem Tonfall.

»Vielleicht hat er hier angerufen. Er hat schließlich auch unseren Wagen gestohlen.«

Das Lächeln des Hauptkommissars wurde zu einem Grinsen. »Ziemlich viele Zufälle. Nein. Er war in Ihrem Auftrag unterwegs.«

»Das stimmt nicht.« Rashica hatte die Bier- und die Ouzo-Gläser auf ein Tablett gestellt und wollte hinter dem Tresen hervortreten, aber Cornilsen versperrte ihm den Weg.

»Das ist ungesetzlich«, beklagte sich der Gastwirt.

»Nicht so schwerwiegend wie Ihre Tat.«

Rashicas Stimme vibrierte leicht. »Sie haben sich da etwas zusammengesponnen.«

»Dann irren sich viele Leute. Wir. Die Kriminaltechnik. Und der Weinhändler Lederle in Wesselburen, zu dem Ihr Fahrer mit dem Renault unterwegs war, um die Bestellung abzuholen. Nachher wird es hier von Beamten wimmeln. Polizei und das Finanzamt. Wir werden Ihre Buchhaltung durchwühlen und nach Belegen suchen, wann und wie oft Sie Wein bei Lederle gekauft haben. Wehe, wenn er in seinen Unterlagen mehr Lieferungen an Sie aufweist, als wir bei Ihnen finden werden.«

Rashica wurde aschfahl im Gesicht. Die Gläser klirrten leicht, als er das Tablett absetzte.

»Sie haben …«, setzte er an und vollendete den Satz nicht.

»Hören Sie auf, uns zu belügen. Also. Wer saß am Steuer?«

Rashica schwankte leicht. Dann schob er Cornilsen entschlossen zur Seite und rief in den Durchgang zur Küche: »Atdhe.«

Kurz darauf tauchte der Sohn auf, sah erstaunt die Beamten an und fragte:»Ja?«

»Mach hier weiter«, befahl der Senior und verschwand nach hinten. Die beiden Beamten folgten ihm in die Küche.

Große Jäger sah sich um und rümpfte die Nase. Der kurze Blick reichte für den Entschluss, in diesem Restaurant nie als Gast einzukehren. Alles wirkte schmierig, als hätte sich ein Fettfilm über die Küche ausgebreitet. Neben der Spüle standen drei Teller übereinandergestapelt, auf denen noch Essenreste klebten. Darüber freute sich eine Fliege, die mit kräftigem Summen in diesem Schlaraffenland hin und her flog.

»Wer ist der Tote?«

Rashicas Kehlkopf hüpfte auf und ab. »Er hatte noch keine Zeit, sich anzumelden«, sagte er leise.

»Erzählen Sie keinen Blödsinn«, unterbrach ihn Große Jäger und nickte in Cornilsens Richtung. »Kläre ihn auf.«

»Der Kosovo gehört zu den sicheren Herkunftsländern«, erklärte der Kommissar. »Deshalb haben Asylsuchende faktisch keine Chance mit einem Asylantrag und müssen in ihre Heimat zurückkehren. Sie können aber eine Aufenthaltserlaubnis erhalten, wenn sie eine Beschäftigung nachweisen, zum Beispiel durch ein verbindliches Arbeitsplatzangebot eines Arbeitgebers.«

Große Jäger stach mit dem Zeigefinger in Rashicas Richtung. »Sehen Sie. Und das haben Sie nicht gewollt. Dann hätten Sie ihm ein Gehalt zahlen müssen, und Sozialabgaben wären fällig gewesen. Das wollten Sie vermeiden.«

»Können wir das nicht unter uns regeln?«, fragte Rashica kleinlaut.

»Wollen Sie uns bestechen?«

»Nein. Nein. Um Gottes willen.«

»Lassen Sie Gott aus dem Spiel. Sie haben ohnehin einen anderen als wir.« Große Jäger zeigte ein breites Grinsen. »Haben Sie eigentlich Schnitzel auf der Karte?«

»Ja. Warum?«

»Das ist doch Schweinefleisch. Dürfen Sie das überhaupt anbieten?«

Der Gastwirt verzichtete auf eine Antwort.

»Wer ist der Tote?«

»Ein Neffe meiner Frau, der Sohn ihrer Schwester. Wissen Sie, wie es den Menschen im Kosovo geht? Es ist ein armes Land.«

Große Jäger schüttelte den Kopf. »Mag sein. Deshalb verstehe ich auch nicht, dass man in einem blutigen Krieg für die Unabhängigkeit gekämpft hat, wissend, dass man als eigener Staat nicht überleben kann. Wie heißt der Neffe?«

Rashica lehnte sich gegen die Arbeitsfläche.

»Vedat.«

»Weiter«, forderte ihn der Hauptkommissar auf.

»Vedat Nuhiu aus Vushtrria.«

»Wie alt?«

»Zweiunddreißig. Glaube ich«, schob er hinterher und erzählte auf weiteres Befragen, dass der Verwandte seit zwei Monaten in Hattstedt wohnen und in der Pizzeria helfen würde. Er schlafe in einer Kammer gleich neben der Küche.

Große Jäger forderte Rashica auf, ihnen den Raum zu zeigen. Hinter einer Tür, wo früher eine Vorratskammer gewesen sein mochte, befand sich ein fensterloses Verlies. Lediglich eine Ventilatorenöffnung ließ Frischluft einströmen. Eine Pritsche mit einem ungemachten Bett und ein wackliger Nachttisch vervollständigten die Einrichtung. An der Decke hing eine Glühlampe an zwei Drähten. Auf dem Fußboden lag ein Wäschehaufen. Es war nicht ersichtlich, ob es sich um schmutzige oder saubere Wäsche handelte. Vermutlich beides, dachte Große Jäger.

»Mannomann. Gemessen daran hat Onkel Tom in seiner Hütte komfortabel gelebt.«

Er konnte nur mit Mühe ein Lachen unterdrücken, als er in die ratlosen Gesichter Cornilsens und Rashicas sah.

»›Onkel Toms Hütte‹ ist ein Roman von Beecher Stowe, der das Leben und Schicksal von Sklaven in Kentucky Mitte des 19. Jahrhunderts schildert.«

»Kenne ich nicht«, antwortete Cornilsen.

Plötzlich ging ein Ruck durch Rashica. Er ballte die Hand zu einer Faust.

»Vedat war ein guter Junge. Die ganze Familie trauert um ihn. Hier und zu Hause im Kosovo.«

»Wenn ich mir das Loch ansehe, in dem er hausen musste, scheint die Wertschätzung nicht sehr groß gewesen zu sein.«

»Das war nur eine Notlösung. Ich wollte ihn anmelden. Warum hat ihn der andere totgefahren?«

»Wir wissen noch nicht, ob Vedat Nuhiu ein Mitverschulden trifft.«

»Nie. Nie«, rief Rashica. »Er konnte Auto fahren.«

»Hatte er überhaupt einen Führerschein?«

Der Gastwirt fuchtelte wild mit den Armen in der Luft herum. »Papiere. Papiere. Warum fragt man in Deutschland immer nach Papieren?«

»Weil das zu einem geordneten Staatswesen gehört. Das mag im Kosovo anders sein. Deshalb herrscht dort auch die Korruption, und nichts funktioniert.«

»Weshalb hat ihn der Deutsche ermorden wollen? Hat er etwas gegen Ausländer?«

»Langsam«, mahnte Große Jäger. »Es war ein Unfall. Mit Sicherheit hat der andere Fahrer nicht erkannt, wer am Steuer saß.«

»Der andere ist absichtlich zusammengestoßen. Frontal. Er wollte es. Er wollte die Versicherungssumme.«

»Woher wissen Sie das?«

»Ich weiß es eben«, beharrte Rashica. »Der Kanun schreibt vor, wie die Familie damit umzugehen hat.«

»Kanun?«, mischte sich Cornilsen ein.

»Blutrache«, erklärte Große Jäger. »Die ist in Albanien und bei den Kosovo-Albanern weitverbreitet. Wird ein Familienmitglied verletzt oder getötet, gilt es, die Familienehre wiederherzustellen. Erst dann kann man wieder zur Ruhe kommen.«

»Das ist doch Blödsinn«, ereiferte sich der Kommissar.

»Aus unserer Sicht – ja. Aber leider oft mit tödlichem Ausgang.« Er wandte sich Rashica zu. »Ich warne Sie. Lassen Sie die

Finger von dem Kanun. Sie leben hier in Deutschland, haben unsere Staatsangehörigkeit.«

»Trotzdem hat man Vedat sterben lassen. Warum haben die Rettungskräfte ihm nicht geholfen? Weil er ein Ausländer war?«

»Die Rettungskräfte helfen jedem ungeachtet der Hautfarbe und Herkunft.«

»Aber Vedat haben sie sterben lassen.«

»Der Unfall war so schwer, dass Ihr Neffe eingeklemmt und sofort tot war. Da kam jede Hilfe zu spät.«

»Nein«, widersprach Rashica. »Das war anders. Man hat ihn ermordet.«

Große Jäger sah, wie es in den Augen des Gastwirts wütend funkelte. Er ermahnte ihn, jeden Gedanken an Selbstjustiz zu verwerfen. Jeden!

Als sie gingen, verabschiedeten sie sich auf dem Parkplatz vor dem Lokal.

»Du fährst Richtung Norden? Zu Oma?«

Cornilsen bestätigte es. »Und du grüßt Garding von mir.«

In der nächsten Woche würde Große Jäger einen Bericht schreiben und ihn den Kollegen vom Verkehr zukommen lassen. Er nahm sich vor, auch das Gesundheits- und das Finanzamt zu informieren. Am Montag. Jetzt wartete das Wochenende auf ihn. Nicht nur das. Auch Heidi Krempl.

DREI

Das Wochenende bot Gelegenheit, den Dienst und die dort anstehenden Aufgaben zu vergessen. Große Jäger hatte die Tage in Garding zugebracht. Leider war es ein nordfriesischer Winter: Der Himmel war grau verhangen. Zwischendurch hatte es immer wieder leicht genieselt, manchmal war auch ein Schauer niedergegangen. Das Ganze wurde von einem mäßigen Wind begleitet. Das entsprach etwa Windstärke vier bis fünf. Wenn jemand mit einem E-Bike – eigentlich waren es Pedelecs – unterwegs war und rasant in die Pedale trat, würde ihn der Wind bei diesen Stärken bereits überholen.

»Meeno hatte recht«, sagte Große Jäger und räkelte sich in seinem Bürostuhl. Er hatte die Schreibtischschublade herausgezogen und seine Füße darin geparkt.

»Wer hatte was?« Cornilsen sah an seinem Bildschirm vorbei zu ihm herüber.

»Meeno.«

»Wer ist Meeno?«

»Was ist das für eine Generation? Seht ihr eigentlich noch fern?« Dann erklärte er seinem jungen Kollegen, dass »Meeno« der beliebte Meteorologe war, der im Regionalfernsehen kurz vor der Tagesschau anschaulich die Wetterlage erklärte und die Vorhersage abgab.

»Mein Meeno ist eine App«, erwiderte Cornilsen und hielt kurz sein Smartphone in die Höhe. Dann räusperte er sich. »Die Kollegen aus Garding waren heute Morgen auf der Baustelle, von der Christiansen am letzten Mittwoch kam. Die Arbeiter berichteten, dass er am Nachmittag zwei Flaschen Bier getrunken habe. Null Komma drei. Sonst nichts. Die Leute auf der Baustelle meinten, das sei nicht ungewöhnlich. Niemand fühlte sich deshalb nicht mehr fahrtüchtig.«

»Zwei kleine Flaschen Bier – das ist doch nichts, meinen viele«, sagte Große Jäger. »Das Gericht kann in einem solchen

Fall zu dem Schluss kommen, dass eine relative Fahruntüchtigkeit vorliegt. In Verbindung mit Ausfallerscheinungen, Fahrfehlern oder konkreter Gefährdung kann das nach Paragraf dreihundertsechzehn Strafgesetzbuch, also Trunkenheit im Verkehr, bestraft werden, da die Fahreignung nicht mehr gegeben ist. Das Gericht nimmt die relative Fahruntüchtigkeit im Allgemeinen ab null Komma drei Promille an. Das könnte für Christiansen Folgen haben, abgesehen von seinen schweren Verletzungen.«

Cornilsen nickte nachdenklich. »Vielleicht lag es auch daran, dass Christiansen in keiner guten Verfassung war. Die Leute auf der Baustelle haben der Streife erzählt, dass er geflucht hat. Zu Hause, so meinten sie, würde es wohl nicht gut laufen. Auf Einzelheiten ist er aber nicht eingegangen.«

»Woher weißt du das?«

Cornilsen zeigte auf das Telefon. »Die haben heute Morgen angerufen, gleich von Garding aus.«

»Die waren schon so früh unterwegs?«, staunte Große Jäger.

»Auf unserer kleinen Dienststelle gibt es eigentlich keinen Schichtbetrieb«, entgegnete Cornilsen. »Du bist allerdings die Ausnahme. Du hast stets Spätschicht.«

»Christiansen ist mit seiner schweren Verletzung schon genug gestraft. Jetzt bricht alles über ihn herein.«

Ein Klopfen an der Tür unterbrach sie. Mommsen trat ein, warf einen missbilligenden Blick auf Große Jägers Füße und sagte: »Moin.«

Die beiden erwiderten den Gruß.

»Eben kam eine Meldung von unten hoch.« »Unten« im Gebäude befand sich das Polizeirevier Husum, die Schutzpolizei. »Es gibt eine erneute Sachbeschädigung in Verbindung mit unserem Fall. Am Unfallort hat eine zufällig vorbeikommende Ärztin Erste Hilfe geleistet.«

»Dr. Grimm«, warf Große Jäger ein.

»Die wohnt in Schobüll.«

»Da lässt es sich aushalten.«

»Als sie heute Morgen ihr Haus verließ, stellte sie fest, dass ihr Porsche, der vor dem Haus stand, beschädigt war. Jemand hat mit roter Farbe ›Mörder‹ auf die Motorhaube und die Frontscheibe gesprayt. Außerdem war die linke Fahrzeugseite zerkratzt. Der Täter muss mit einem spitzen Gegenstand entlanggeschrammt sein. Das ist aber noch nicht alles. Auf die Hauswand wurde ein Hakenkreuz aufgebracht.«

»Gesprayt?«

»Vermutlich aus derselben Dose wie die Sachbeschädigung beim Auto«, bestätigte Mommsen.

Große Jäger schüttelte den Kopf. »Die Beschädigung am Auto ... Das entspricht dem Muster des Übergriffs auf den Wagen des Notfallsanitäters. Aber das Hakenkreuz? Was hat das zu bedeuten?«

»Das solltet ihr herausfinden«, sagte Mommsen und ging.

»Die Sache wird immer mysteriöser«, meinte Große Jäger und forderte Cornilsen auf, ihm zu folgen.

Für einen Montagvormittag herrschte lebhafter Betrieb auf den Straßen. Hinter der Klappbrücke, die den Binnen- vom Außenhafen trennte, staute sich der Verkehr. Ein Linksabbieger blockierte die Straße. Der Lkw mit Hänger und der ihm folgende Bus ließen kein Vorbeikommen zu. Erst als sich die Schranken der parallel verlaufenden Bahnstrecke wieder geöffnet hatten, löste sich das Knäuel auf. Das nächste Mal mussten sie beim Linksabbiegen in die Schobüller Straße warten. Schließlich war auch das überwunden, die Jugendherberge passiert, und sie hatten ein Stück freie Fahrt bis zum Ortseingang von Schobüll.

»Pass auf«, sagte Große Jäger. »Hier warten oft die Kollegen mit den teuren Fotos. Die stellen ihren unscheinbaren Kasten direkt an der Hecke auf, kurz vor dem Gasthof.«

Ein bisschen weiter bogen sie in eine schmale Straße nach rechts ab. Im Sommer wölbten sich die Kronen der Bäume wie ein Baldachin über den Weg, an dessen Rändern repräsentative und schmucke Häuser lagen. Einige waren reetgedeckt. Die Ärztin wohnte in einem älteren Rotklinkerhaus mit einem – na ja: Christoph hätte es vermutlich naturbelassen genannt – Garten. Das Haus versteckte sich hinter einer dichten Hecke.

Frau Dr. Grimm schien sie erwartet zu haben. Sie öffnete die Haustür und sah ihnen entgegen, bevor sie die Klingel erreicht hatten.

»Kommen Sie von der Versicherung?«, fragte sie.

»Moin«, erwiderte Große Jäger.

»Guten Tag«, erwiderte die sportliche Frau mit den kurzen grauen Haaren.

»Polizei Husum.«

»Haben Ihre Kollegen Sie geschickt, die heute Morgen hier waren?«

»Kripo.«

»Sehen Sie«, sagte die Ärztin und ging zu ihrem silberfarbenen Porsche.

»Schönes Auto«, meinte Große Jäger.

»Schon älter«, wiegelte die Frau ab.

»Trotzdem toll.«

Mommsen hatte es ihnen geschildert. Der Wagen sah übel aus.

»Das ist ein größerer Schaden«, stellte Große Jäger fest.

»Mehrere tausend Euro. Wer tut so etwas? Und weshalb?«

»Das versuchen wir herauszufinden.«

»Ich verstehe das nicht. Ich habe niemandem etwas getan. Und dann das.« Sie drehte sich um. »Und da – die Hakenkreuzschmiererei.«

An der Hauswand prangte ein ungelenk aufgebrachtes rotes Hakenkreuz.

»Es sind nicht nur die Beschädigungen ... Genauso schlimm ist das Gerede, dem ich ausgesetzt sein werde. Man betitelt mich als Mörder. Und als Nazi.« Sie holte tief Luft. »Ich bin erschüttert. Was kann man dagegen tun?«

»Es ist richtig, dass Sie Anzeige erstattet haben. Wir werden nach dem Täter suchen. Haben Sie etwas gehört?«

»Nein. Das muss heute Nacht passiert sein.«

Große Jäger sah sich um. »Gibt es hier in der Nähe Überwachungskameras?«

»Was denken Sie? Wir sind hier in Husum, fernab krimineller

Schwerpunkte. Manche Leute auf dem Land schließen bis heute die Haustür nicht ab.« Sie hielt sich die Hände an die Wangen. »Mein Gott. Ich versteh das nicht.«

»Haben Sie Drohungen erhalten? Streit?«

»Ich? Nein. Natürlich nicht. Hier wohnen bürgerliche Leute. Alles ruhige und anständige Nachbarn.« Sie streckte die Hand aus. »Es gibt keinen Stress wegen Pflanzen, Bäumen, Laub, Schneeräumen oder was weiß ich. Alles ist harmonisch.«

»Sind Sie politisch engagiert?«

»Natürlich ist mir bewusst, dass Politik Einfluss auf unser Leben nimmt und den Alltag mitbestimmt. Ich bin aber nicht aktiv tätig, weder in einer Partei noch in einer anderen Gruppierung.« Sie zeigte auf das Hakenkreuz. »Schon gar nicht in dieser Richtung.«

»Haben Sie einmal – vielleicht ungewollt – etwas kommentiert?«

»Hören Sie mir nicht zu? Zu keiner Zeit. Ich trete auch nicht bei Versammlungen oder Demos auf. Das ist nicht meine Welt.«

»Es muss aber einen Grund geben, weshalb man diese Schmierereien anbringt.«

»Ich weiß es doch auch nicht. Deshalb habe ich die Polizei gerufen«, sagte sie deutlich zorniger.

»Die Kollegen haben die Einzelheiten aufgenommen?«, wich Große Jäger aus.

»Die waren sehr nett. Sie haben alles zu Protokoll genommen und auch fotografiert.«

Große Jäger zeigte auf Cornilsen. »Mein Kollege wird Ihnen seine Visitenkarte geben. Wenn Ihnen noch etwas einfällt, rufen Sie ihn gern an.«

»Das ist eine böse Überraschung«, sagte die Ärztin.

»Sie waren in der letzten Woche Zeuge eines Unfalls?«

Dr. Grimm musterte ihn irritiert. »Ja. Was hat das mit dieser Sache zu tun?«

Große Jäger verschwieg ihr, dass eine ähnliche Sachbeschädigung beim Fahrzeug des Notfallsanitäters stattgefunden hatte. Nur das Hakenkreuz passte nicht in das Schema.

»Können Sie uns den Unfall noch einmal aus Ihrer Sicht schildern?«

»Ich habe doch schon alles zu Protokoll gegeben«, erwiderte die Ärztin ungnädig.

»Wir untersuchen den Fall unter anderen Aspekten.«

»Ich kann mich nur wiederholen. Ich bin auf der B 5 unterwegs gewesen. In Tönning hat sich der VW-Transporter ziemlich dreist vor den Lieferwagen des Tiefkühlservices gedrängt. Ich war hinter dem Bofrost-Wagen. Durch deren kompakte Bauweise sieht man nicht, was davor geschieht. An der Abzweigung vor der Jans-Kurve mussten wir alle abbremsen, weil jemand links abbiegen wollte. Als es wieder voranging, hörte ich einen heftigen Knall. Kurz und trocken. Sonst nichts. Der Wagen vor mir hielt an. Ich hatte hinreichend Sicherheitsabstand. Obwohl ich zunächst nichts sah, ahnte ich aber durch den Knall, dass dort etwas passiert war. Ich bin ausgestiegen. Da standen die beiden Fahrzeuge. Die Wucht des Aufpralls muss heftig gewesen sein. Ich bin hin und habe nachgesehen, ob ich helfen kann. Man ist ohnmächtig in einer solchen Situation.«

»Inwiefern?«

»Beide Fahrer waren eingeklemmt. Es war schwierig, an sie heranzukommen.«

»Mussten Sie befürchten, dass Sie durch auslaufendes Benzin selbst gefährdet waren?«

Sie schüttelte heftig den Kopf. »An so etwas denken Sie in einer solchen Situation nicht.«

»Also haben Sie Erste Hilfe geleistet?«

»Ich habe bei den verunglückten Personen die Atemwege geprüft, ob sie frei sind. Das heißt, bei dem Heizungsmonteur und dem alten Herrn im Mercedes. An den Dritten bin ich nicht herangekommen. Bei den anderen war die Atmung vorhanden. Ich habe außerdem den Puls getastet.« Sie hielt einen Moment inne. »Auch bei dem Fahrer des Renaults habe ich den Puls gefühlt. Es war schwierig und nur schwach tastbar. Ich hatte große Befürchtungen bei diesem Opfer.«

»Konnten Sie nichts weiter unternehmen?«

Sie holte tief Luft.

»Ich war privat unterwegs. Ohne Hilfsmittel. Stellen Sie sich vor, Sie sind allein in einem leeren Raum und sollen ein Bild aufhängen. Ohne Werkzeug. Ohne Dübel. Ohne Haken. Wie machen Sie das«?

Große Jäger ließ die Schultern fallen und ließ ein »Puuuh« hören.

»Ich konnte nichts weiter machen, als auf die Feuerwehr und den Rettungswagen zu warten.«

»Sie sind pensioniert?«

»Was hat das damit zu tun?«, erwiderte die Ärztin leicht empört. »Ich bin zwar schon vier Jahre nicht mehr aktiv, aber zuvor habe ich Jahrzehnte in Krankenhäusern gearbeitet, zuletzt als leitende Oberärztin in der Inneren Medizin in der Klinik Husum.«

Ob ein Laie das beurteilen kann?, fragte sich Große Jäger im Stillen. Was sollte ein Arzt an einem Unfallort verrichten? Ohne Hilfsmittel. Und ohne Zugang zum Opfer, das in einem Autowrack eingeklemmt ist. Er hatte die Bilder vom Unfall gesehen. Es bedurfte viel Phantasie, etwas in dem Blechhaufen oder gar das Fabrikat zu erkennen. Er bewunderte die Menschen, die als Helfer an einen solchen Ort gerufen wurden. Und ausgerechnet jene wurden nun offenbar verfolgt und Versager oder gar Mörder genannt.

Die beiden Polizisten versicherten Frau Dr. Grimm, den Vorfall zu verfolgen und nach dem Täter zu suchen. Sie ließen eine rat- und mutlos wirkende Ärztin zurück, die ihnen mit hängenden Schultern hinterhersah.

Nach der Rückkehr in die Poggenburgstraße fuhr Cornilsen nach Arlewatt, um sich über die angebliche hohe Versicherung zu informieren, die Christiansen abgeschlossen haben sollte. Große Jäger griff sich mit spitzen Fingern die Akte zu einem anderen Fall und begann, diese zu bearbeiten. Jugendliche hatten eine vermeintlich besonders kreative Idee der Refinanzierung entdeckt, auf dem Hof eines Getränkehandels Leergut gestohlen und versucht, es vorn an der Kasse gegen Vergütung des Pfandes zurückzugeben. Das aufmerksame Personal hatte es bemerkt, und beim Versuch, die jungen Leute bis zum Eintreffen der Polizei festzuhalten, war es zum Gerangel gekommen. Es war bei leichten Blessuren geblieben, aber der Vorgang musste bearbeitet werden.

Es klopfte kurz an der Tür, dann trat ein untersetzter Glatzenträger ein und sah sich suchend um. »Moin, Moin«, grüßte er.

Große Jäger blickte auf.

»Aha, ein Hamburger.«

Der Besucher steuerte unsicher auf den Hauptkommissar zu. »Jaaa«, gab er gedehnt von sich. »Woher wissen Sie das?«

»Hier sagt man ›Moin‹. Ohne Wiederholung. Wissen Sie auch, warum?«

Der Fremde zuckte die Schultern. »Nee, keine Ahnung.«

Große Jäger griente. »Hier leben nur plietsche Jungs und Deerns. Da musst du den Gruß nicht wiederholen – wie bei euch in Hamburg üblich. Hier in Nordfriesland haben wir das schon beim ersten Mal begriffen. Was liegt denn an?«

»Aha«, stotterte der Mann, nahm dann aber auf dem durch die Handbewegung des Oberkommissars zugewiesenen Besucherstuhl Platz. Er war mit seiner Frau zu Besuch in Husum. »Wir kommen gern hierher. Wenn es sich ermöglichen lässt, mehrfach im Jahr. Um diese Jahreszeit ist ja nicht viel los. Meine Frau ist den ganzen Tag bei Schmidt unterwegs. Von morgens bis abends.«

Dieses Vergnügen teilte sie mit vielen anderen Frauen. Die Besucher reisten von weit her an, um in diesem kundenfreundlichen Textilkaufhaus zu stöbern.

»Wir übernachten dann im Hotel am Schlosspark. Schon immer. Dort fühlen wir uns wohl. Solange wir auch kommen … nie ist etwas passiert. Darum bin ich erschüttert, als ich heute sah, wie der rechte Außenspiegel meines Mazdas nur noch an einem Draht herabbaumelte.«

»Das waren Jugendliche«, entgegnete Große Jäger.

»Mir ist es gleich, wer das getan hat. Ich bin empört.«

»Zu Recht. Die Täter sind bereits gefasst worden.«

»Wie? Sie haben die schon?«

Große Jäger nickte. Ein Anwohner war auf die Sachbeschädigung aufmerksam geworden. Drei junge Männer waren von einem Streifzug durch die Neustadt auf dem Heimweg durch die Straße gezogen, in der Große Jägers Besucher sein Fahrzeug abgestellt hatte. Im alkoholbedingten Übermut hatten sie bei einem halben Dutzend geparkter Autos die Außenspiegel abgeschlagen. Die vom Nachbarn alarmierte Streife hatte die Täter aufgegriffen und ihre Personalien festgestellt. Große Jäger nahm telefonischen Kontakt zu den Kollegen von der Schutzpolizei auf. Dann erklärte er: »Heute Morgen waren die reumütigen Sünder mit ihren Eltern hier und haben erklärt, dass sie unkonventionell für den Schaden aufkommen.«

»Donnerwetter«, staunte der Besucher. »Das geht ja fix. Und unbürokratisch. Wenn die in Hamburg auch so arbeiten würden ...«

»Das ist Husum«, sagte Große Jäger zum Abschied und erklärte den Weg zur Schutzpolizei. Dort würde der Mann alles Weitere erfahren. Der bedankte sich und sagte zum Abschied: »Moin, Moin.«

Große Jäger schickte ihm ein stilles Lächeln hinterher.

Drei Stunden später kehrte Cornilsen zurück und streckte den Daumen in die Höhe.

»Ist das die Erfolgsmeldung, weil du einen Kurzurlaub absolviert hast?«, empfing ihn der Hauptkommissar.

Cornilsens Blick fiel auf den Kaffeebecher, der vor Große Jäger auf dem Schreibtisch stand.

»Während ich erfolgreich gearbeitet habe, warst du zum Pensionärstreffen? Rentnerkaffee?«

»Ein bisschen mehr Respekt, Hosenmatz.«

Der Kommissar lachte. »Vor jedem deiner Kilos?« Er nahm gegenüber an seinem Schreibtisch Platz. »Volltreffer.«

Große Jäger stöhnte theatralisch auf. »Das waren noch Zeiten, als junge Polizisten noch Steno lernten. Heute wird alles episch ausgewalzt. Hast du Christiansens Unfallversicherung gefunden?«

»Ja.«

Es entstand eine Pause. Große Jäger wedelte ungeduldig mit der Hand.

»Und? Erzähl.«

Cornilsen grinste. »Eben hast du gesagt, ich soll mich kurzfassen.«

»Blödmatz.«

»Ich war in Arlewatt bei Dorle Lankwitz. Sie war nicht allein. Ihr Bruder war auch anwesend. Der ist erst einmal über mich hergefallen – verbal – und hat uns als unfähig beschimpft. Seiner Auffassung nach ist der Sachverhalt eindeutig. Der Renault ist aus der Kurve geschossen und frontal in Christiansens Wagen hineingefahren. Das war aber nicht das einzige Unglück. Die anwesende Ärztin hat sich nicht die Finger schmutzig machen wollen. ›So eine vornehme Dame im Porsche‹, hat er mit verstellter Stimme geklagt, ›kümmert sich doch nicht um einen Handwerker. Das sollen andere machen.‹«

»Ist es nicht merkwürdig, dass Lankwitz die Behauptung wiederholt, die der Unbekannte bei seinen Sachbeschädigungen gegenüber Dr. Grimm und dem Notfallsanitäter Erichsen angebracht hat?«

Cornilsen ignorierte den Einwand. Er wollte seine Informationen loswerden.

»Ich habe Dorle Lankwitz nach den Versicherungen gefragt. Die gab es. Nicht übertrieben hoch, aber immerhin. Vor einem halben Jahr hat die Versicherung aber die Verträge gekündigt, weil die Beiträge nicht bezahlt wurden. Die Frau hat mir den Schriftwechsel gezeigt. Es betrifft die Hausratversicherung, die Privathaftpflichtversicherung und die Unfallversicherung für Tönne Christiansen. Man hat gedroht, den Pkw stilllegen zu lassen, weil es auch dafür Rückstände gab. Die hat Christiansen aber beglichen. Dorle Lankwitz hat keinen Hehl daraus gemacht, dass es wirtschaftlich nicht zum Besten steht. Das Haus sieht erbärmlich aus. Es ist ein älteres Siedlungshaus und gleicht einer

Baustelle. Zum Teil ist der Putz abgeschlagen. An einer Wand steht ein Baugerüst. Im Vorgarten lagern Materialien. Und innen sieht es alles andere als wohnlich aus. Ihr Bruder hat gesagt, dass Tönne zwar ein geschickter Handwerker ist und vieles selbst machen kann, aber er hätte sich darauf konzentrieren sollen, die Dinge nach und nach zu richten und nicht alles gleichzeitig anzufangen. Christiansen hat sich verzettelt. Und er hat den Aufwand für die Instandsetzung falsch eingeschätzt. Nun wissen sie nicht, wie es weitergehen soll. Dorle Lankwitz und das Kind stehen praktisch mittellos auf der Straße. Und die Möglichkeiten der Familie sind begrenzt. Weder die Eltern noch er selbst können sie unterstützen, erklärte Hans-Werner Lankwitz.«

»Das ist doch ein Arbeitsunfall«, sagte Große Jäger. Er zog die Stirn kraus. »Für die unverheiratete Partnerin gibt es keine Unterstützung. Bei Christiansen läuft das Gehalt weiter. Aber das ist auch nur ein Tropfen auf den heißen Stein.«

»Der Bruder bleibt bei seiner Meinung, dass die Schuld beim anderen Fahrer liegt und dessen Versicherung umgehend Schadenersatz leisten müsse. Er hört nicht auf sachliche Argumente, sondern sieht nur die Notlage seiner Schwester. Menschlich mag das verständlich sein, aber es bringt Dorle Lankwitz nicht weiter.«

Große Jäger stand auf und wanderte im Büro auf und ab. »Wenn jemand finanziell mit dem Rücken zur Wand steht, könnte ein als Unfall getarnter Suizid durchaus denkbar sein. Wenn Christiansen keinen Ausweg mehr sah, könnte er als letzte gute Tat für seine Partnerin und das Kind den Unfall herbeigeführt haben. Hekuran Rashica hat das behauptet.«

»Dieser These steht aber entgegen, dass anscheinend keine Versicherung bestand. Ich habe nach dem Besuch in Arlewatt noch den Bezirkskommissar der Provinzial aufgesucht.«

»Wie bist du auf den gekommen?«, wollte Große Jäger wissen.

»Name und Anschrift habe ich dem Schriftwechsel entnommen, den mir Dorle Lankwitz gezeigt hat. Bei der Versicherung war man sehr kooperativ und hat bestätigt, dass

Christiansen alle Versicherungen über die Agentur laufen ließ. Im ländlichen Bereich hat man oft einen persönlichen Kontakt zu den Kunden. Dem Bezirkskommissar tat es leid, dass alle Verträge gekündigt wurden. Leider gibt es bei Beitragsrückstand keine andere Möglichkeit. Ich habe auch nachgefragt, ob Christiansen möglicherweise bei einer anderen Gesellschaft einen neuen Vertrag abgeschlossen haben könnte. Denkbar sei es, hat man mir gesagt. Aber einen Grund gebe es nicht dafür. Das sehe ich auch so. Wenn er die Beiträge bei der Provinzial nicht aufbringen konnte, macht es wenig Sinn, einen neuen Vertrag abzuschließen.«

»So dürfen wir nicht denken«, widersprach Große Jäger. »Wenn die Vertragskündigungen ein weiterer Mosaikstein auf dem Weg in das wirtschaftliche Aus waren, könnte in Christiansen der Entschluss zu einem fingierten Unfall gereift sein.« Instinktiv warf er einen Blick zur Bürotür. »Es klingt makaber, aber in einem solchen – angenommenen – Fall hätte Christiansen Pech gehabt, dass er nur schwer verletzt ist und nicht tödlich verunglückte.«

Cornilsen hatte einen Kugelschreiber in die Hand genommen und wedelte mit dessen Spitze in der Luft herum. »Das würde nur Sinn machen, wenn Dorle Lankwitz als Begünstigte eingesetzt wurde. Dann müssten sie und ihr Bruder aber nicht laut klagen über die Notsituation, in die sie hineingeraten sind.«

»Das würde nur passen, wenn die Frau nichts von einer solchen Versicherung weiß.«

»Hans-Werner Lankwitz hat nicht nur auf die Ärztin, sondern auch auf den Rettungsdienst und ›die da oben‹ geschimpft.« Zum Unterstreichen seiner Worte hielt Cornilsen den Kugelschreiber in Richtung Zimmerdecke. »Der Rettungsdienst und der Notarzt sind nicht gekommen. Sonst würde Tönne Christiansen jetzt nicht in Heide im Krankenhaus liegen. Er ist immer noch im Koma. Die Ärzte wollen keine Prognose abgeben. ›Der krepiert doch‹, hat Lankwitz geschrien und seiner Schwester damit einen weiteren Weinkrampf beschert. Ich war froh, als ich das Haus wieder verlassen konnte.«

»Gut gemacht«, lobte Große Jäger den jungen Kollegen, der durch das Klingeln seines Telefons abgelenkt wurde. Cornilsen nahm ab, nannte seinen Namen und hörte einen Moment zu. Dann sagte er knapp:»Wir kommen.« Große Jäger sah ihn fragend an.»Frau Dr. Grimm«, antwortete Cornilsen.»Die nächste Eskalationsstufe.«

Ein nasskalter Windhauch ließ den Aufenthalt im Freien ungemütlich erscheinen. Trotzdem empfing sie die Ärztin vor ihrem Haus. Sie trug einen Strickpullover aus bunten Reihen und hatte die Arme vor der Brust verschränkt. Ihr war kalt. Sie ging unruhig auf und ab und sah ihnen entgegen. Die Tür zum Haus stand offen.

»Das hat ewig gedauert«, empfing sie die beiden Polizisten mit vorwurfsvoller Stimme.

Tatsächlich waren knapp zehn Minuten seit dem Anruf vergangen. Zeitspannen wurden unterschiedlich aufgenommen. Manchmal zerrannen die Stunden wie im Fluge, an anderer Stelle dehnten sich die Minuten zu gefühlten Stunden. Einsatzkräfte wussten immer wieder davon zu berichten. Auch in ihrem Fall war ihnen mehrfach der Vorwurf begegnet, die Rettungskräfte hätten extrem lange benötigt, bis sie am Unfallort eingetroffen waren.

»Da«, sagte Frau Dr. Grimm und zeigte über die Schulter.

»Ist jemand im Haus?«, wollte Große Jäger wissen.

Sie bewegte den Kopf zu einem Nein.»Ich habe nach der Post gesehen. Stattdessen fand ich diesen Wisch.«

»Welchen Zettel?«

»Er liegt auf der Anrichte.«

Sie betraten den engen Flur. Zu Große Jägers Überraschung bestand die Einrichtung aus modernen Elementen. Glas. Chrom. Indirekte Beleuchtung aus verschiedenen Perspektiven. Es wirkte wie eine postmoderne Ausstellung, aber in einer gekonnten Komposition.

Auf einem Glasbord, das ein an die Wand geschraubtes

Chromfach abdeckte, lag ein aufgerissener Umschlag. Dr. Grimm, unterstellte Große Jäger, hatte eine Ecke des billigen C6-Umschlages eingerissen und dann mit einem Finger hintergehakt, um ihn zu öffnen. Die groben Risskanten ließen es vermuten.

»Das steckte in dem Umschlag?«, wollte er wissen und beugte sich über einen vierfach gefalteten weißen Bogen, der danebenlag.

Sie bestätigte es und wollte zugreifen, um ihn dem Hauptkommissar zu übergeben.

»Stopp«, hielt er sie zurück und nickte Cornilsen zu. Der verschwand zum Dienstwagen und kehrte mit einem Paar Einmalhandschuhen zurück. Nachdem er sie übergestreift hatte, fasste er das Blatt an der äußersten Ecke an und hielt es in die Höhe. Große Jäger las mit:

»Mit Privat Patenten verdient man so viel Geld das ein dicker Porsche über ist Andere Patienten werden nicht behandelt. Rück Fünfzig tausend Euros als Strafe raus. Wir melden uns keine Polizei sonst wird es teurer und schlimmer«.

»Das ist Erpressung«, sagte Frau Dr. Grimm. »Ich bin doch nicht mehr im Dienst. Außerdem habe ich im Krankenhaus nicht privat liquidiert. Das ist das Privileg der Chefärzte.«

»Die sahnen ab, und die anderen machen die Arbeit?«, fragte Große Jäger.

»Ganz so ist es nicht. Einen Teil der Privatliquidation müssen die Chefärzte an die Klinik abführen, da sie deren Infrastruktur in Anspruch nehmen. Manchmal beteiligen sie auch die Oberärzte an den Erlösen. Aber das hier ...«, dabei zeigte sie auf das Schreiben, »ist infam. Wie soll ich damit umgehen?«

»Es ist gut, dass Sie uns sofort informiert haben«, sagte Große Jäger.

»Ich weiß«, winkte Frau Dr. Grimm ab. »Sie kümmern sich darum«, fügte sie mit sarkastischem Unterton an. »Aber zwischen Kümmern und Kümmern gibt es offenbar Unterschiede. Verbale Äußerungen sind das eine, es wirklich zu tun das andere.«

»Wer hat das Schreiben noch angefasst?«

»Glauben Sie, ich laufe damit Reklame? Vielleicht der Briefträger?«

Große Jäger beugte sich über den Umschlag. Es gab keine Anschrift, keinen Absender und keine Briefmarke. Der Brief war direkt in den Kasten geworfen worden. Er teilte seine Vermutung mit und fragte, wann die Ärztin das letzte Mal die Post geholt habe.

»Gestern, nachdem der Briefträger da war.«

Sie hatte auch nichts gehört, nicht wahrgenommen, dass noch jemand das Grundstück betreten und den Erpresserbrief eingeworfen hatte.

»Der Brief war vermutlich schon da, als Sie die Schäden am Auto bemerkten?«

»Woher soll ich das wissen?«, antwortete sie gereizt. »Glauben Sie, es besteht ein Zusammenhang? Das ist doch absurd. Jemand beschädigt mein Auto. Ein anderer will mich erpressen.« Sie baute sich vor Große Jäger auf. »Und nun?«

»Wir werden das Schreiben und den Umschlag kriminaltechnisch untersuchen.«

»Dann wissen wir heute Nachmittag mehr?«

»Leider nicht«, bedauerte Große Jäger. »Das geschieht im Landeskriminalamt in Kiel. Wir benötigen außerdem noch Ihre Fingerabdrücke.«

»Ich habe doch nichts getan.«

»Sie haben den Brief angefasst. Wenn die Kollegen Spuren sichern, können wir Ihre ausschließen und uns auf die anderen konzentrieren.«

»Und was geschieht weiter?«

»Die Täter werden sich wieder melden. Schließlich wollen sie etwas von Ihnen. Informieren Sie uns sofort, gleich ob Sie einen weiteren Brief erhalten oder man auf andere Weise versucht, Kontakt zu Ihnen aufzunehmen.«

»Ist das alles? Gibt es keine Telefonüberwachung? Keinen Polizeischutz?«

»Ich glaube nicht, dass Sie in Gefahr sind. Wir werden die

Kollegen von der Schutzpolizei aber bitten, dass sie bei ihrer Streife ein besonderes Augenmerk auf Ihr Haus legen.«

»Das ist nicht viel«, zeigte sich Dr. Grimm enttäuscht.

Sie blieb vor ihrem Haus stehen, als die beiden Polizisten mit dem Erpresserbrief in einer Papiertüte zu ihrem Dienstwagen zurückkehrten.

»Gibt es einen Zusammenhang mit dem Unfall?«, fragte Cornilsen. Er gab sich selbst die Antwort: »Schwierig. Die Schmierereien am Auto könnten es vermuten lassen. Aber die Erpressung?«

»Der Text weist nicht auf einen Insider hin. Dr. Grimm war Oberärztin. Ihr Einwand, dass die Liquidation an Privatpatienten durch den Chefarzt erfolgt, ist berechtigt. Jemand hat den Erpresserbrief sehr allgemein gehalten, ohne um die Details zu wissen. Es klingt nicht so, als wäre sie gezielt ausgesucht worden. Mir ist zudem aufgefallen, dass der Schreiber sehr viele Rechtschreibfehler hat einfließen lassen. Wir suchen also keinen Akademiker.« Er grinste breit. »Oder einen Jungakademiker. Man sagt, die sollen heutzutage auch Probleme mit der deutschen Sprache haben.« Ein spöttischer Seitenblick streifte Cornilsen. »Du kümmerst dich darum, dass der Brief zum LKA nach Kiel geschickt wird.«

Cornilsen nickte.

»Irgendwie kreisen meine Gedanken um Hans-Werner Lankwitz. Auffällig ist, dass er stets von den finanziellen Problemen spricht, die auf seine Schwester zukommen. Er ist geradezu versessen darauf, dass ihr Hilfe zuteilwird. Wir sollten erfragen, was er gestern Abend und heute Nacht gemacht hat. Der Brief kann irgendwann eingeworfen worden sein.«

»Ich tu das machen«, sicherte Cornilsen zu.

Große Jäger lachte. »Na denn dann.«

Große Jäger versuchte vom Büro aus, den Leiter der Husumer Rettungswache zu erreichen, und erfuhr, dass der gerade im Einsatz war. Er wollte wissen, wer etwas über vergangene Einsätze aussagen konnte. Natürlich lagen die Protokolle der Wache vor, aber darüber wollte das Personal auf der Rettungswache nicht sprechen. Es gehe schließlich auch um den Datenschutz. Man verwies ihn an den Fachdienst Rettungswesen der Kreisverwaltung. Joost De Haardt hieß der zuständige Beamte, und er hörte sich Große Jägers Bitte an.

»Dazu müsste ich mir die Details besorgen«, erklärte er. »Das kann ein paar Tage dauern, bis die vorliegen.« Große Jäger gab ihm zwei Stunden. Man einigte sich auf den späten Nachmittag.

Es war nach siebzehn Uhr, als Große Jäger das enge Büro in der Kreisverwaltung betrat.

De Haardt sah ihm missmutig entgegen. »Es ist schon nach Feierabend«, maulte er.

»Sie hatten mir erklärt, dass Sie Zeit für die Informationsbeschaffung benötigen«, erwiderte Große Jäger.

Der Beamte mit dem roten Zottelbart und einem hinter dem Kopf zusammengebundenen Zopf zeigte auf den Besucherstuhl. »Ich bin mir nicht sicher, ob ich Ihnen überhaupt die Informationen erteilen darf. Schließlich handelt es sich um personenbezogene Daten.«

»Wir haben stets mit sehr intimen und vertraulichen Daten zu tun.« Große Jäger sagte, es gehe speziell um den Unfall vom vergangenen Mittwoch in der Jans-Kurve auf Eiderstedt.

»Ich habe mir die Unterlagen besorgt.« De Haardt wedelte mit einem Blatt Papier, das vor ihm lag.

»Es wird behauptet, man hätte unverhältnismäßig lange auf den Rettungswagen warten müssen.«

De Haardt atmete tief aus. »Dieses Klagelied kennen wir. Es ist rein subjektiv. Wenn Menschen in einer Notlage sind, erwarten sie sofortige Hilfe. Da kommt es ihnen vor, als würden sie eine Ewigkeit warten.« De Haardt streckte den Zeigefinger in Große Jägers Richtung aus. »Sehr häufig wartet man auf die Polizei noch länger als auf uns.«

Das traf leider zu. Zahlreiche kleinere Dienststellen im Lande waren geschlossen worden. Gerade im weitläufigen ländlichen Nordfriesland hatten die Beamten weite Wege zurückzulegen.

Es wurde oft darüber geklagt, dass es nachts sehr lange dauerte, bis die Polizei vor Ort eintraf. »In einer Großstadt findet man bessere Voraussetzungen für den Einsatz des Rettungsdienstes«, gab Große Jäger zu. »Das Rettungsdienstgesetz Schleswig-Holstein schreibt vor, dass in neunzig Prozent aller Einsätze die Rettungskräfte in zwölf Minuten vor Ort sein müssen.« Große Jäger faltete die Hände vor dem Schmerbauch zusammen. »Und was ist mit dem Rest? Nimmt man Todesopfer aus statistischen Gründen in Kauf?«

»So nicht, Herr, äh …«, fuhr De Haardt in die Höhe.

»Große Jäger.« Der Hauptkommissar verneigte sich leicht. »Wir sprechen hier von Menschen in Not, nicht von Statistik.«

»Wir tun unser Bestes. Jeden Tag. Jede Nacht. Wenn bei Sturm, Schnee und Eisglätte alle anderen, übrigens auch die Polizei, im Extremfall nicht mehr unterwegs sind … Wir müssen raus. Haben Sie, hat überhaupt jemand eine Vorstellung von dem, was die Kollegen da draußen leisten? Wir sind oft die Prügelknaben.« De Haardt sah an Große Jäger vorbei und versicherte sich, dass die Bürotür geschlossen war. »Es ist nicht unsere Entscheidung, dass man Stationen oder ganze Krankenhäuser schließt und wir lange Anfahrtswege zu Zentralkliniken haben. Hier ist es nicht mal eben um die Ecke wie in der Großstadt. Da kommen schon einmal pro Einsatz siebzig Kilometer zusammen, bis Sie im entsprechend ausgerüsteten Krankenhaus angekommen sind. Wenn Sie noch die Anfahrt hinzurechnen, zum Beispiel von Husum nach Nordstrand, um überhaupt erst an den Einsatzort zu gelangen, sind Sie locker einhundert Kilometer unterwegs. Für einen Einsatz. Das fährt der Rentner nicht in der Woche. Wir erleben auch ein gesteigertes Anspruchsverhalten der Bevölkerung. Der RTW wird wegen Bagatellen gerufen. Ich wundere mich immer wieder, dass die Notfallsanitäter nicht gewalttätig werden, wenn sie nachts um drei Uhr gerufen werden, um nach Kopfschmerztabletten gefragt zu werden, oder ein Patient erklärt, er habe seit drei Tagen Rückenschmerzen, aber tagsüber keine Zeit gefunden, zum Arzt zu gehen. Die demografische Entwicklung, die – wie schon erwähnt – Zentrenbildung und die sich verändernden Verkehrsströme stellen uns vor immer neue Herausforderungen.« De Haardt hielt einen Moment inne und legte die Fingerspitzen zu einem Dach zusammen.»Es ist leider zutreffend, dass im Norden nur vier von fünf RTW in der vorgeschriebenen Zeit am Einsatzort sind. Inzwischen leisten die Mitarbeiter der Leitstelle am Telefon Erste Hilfe.«

»Wie verhält es sich konkret mit unserem Fall?«

De Haardt sah auf den Zettel vor sich.»Das ist leider eines der Beispiele, in denen es nicht optimal gelaufen ist.«

»Zeugen behaupten, es hätte Stunden gedauert.«

De Haardt winkte ärgerlich ab.»Kennen wir – solche Sprüche. Hier war es – zugegeben – ein wenig unglücklich. Da kamen mehrere Faktoren zusammen. Als der Notruf in der Leitstelle in Harrislee einlief, versuchte der Disponent, nachdem er die Lage aufgenommen hatte, den RTW zu aktivieren. Wir haben aufgrund der herrschenden Grippewelle aktuell ein Besetzungsproblem beim Personal. Die Anwesenden arbeiten am Limit. Deshalb war an diesem Tag der Tages-RTW in Tönning nicht besetzt. Zum Zeitpunkt des Unfalls war der andere Tönninger Richtung Lunden unterwegs.«

»Das ist auf der anderen Seite der Eider in Dithmarschen«, warf Große Jäger ein.

»Das versorgen wir mit. Garding war ebenfalls abgemeldet. Die waren zu einem Notfall nach Tetenbüll gerufen worden. Atemnot bei einem Senior. Da war auch der Tönninger Notarzt im Einsatz. Leider waren zu diesem Zeitpunkt auch die drei Husumer beschäftigt. Es war – wie gesagt – eine unglückliche Konstellation.«

»Es gibt offenbar zu wenig Rettungswagen«, stellte Große Jäger fest.

De Haardt zuckte mit den Schultern.»Darüber entscheidet die Politik, nicht wir von der Verwaltung. Sie können nicht alle gut gemeinten Wünsche erfüllen. Es muss auch bezahlbar sein. Der Anspruch ist da, aber dafür Geld ausgeben … Das will niemand. Es darf nichts kosten. In einem solchen Fall wird ein Wagen von einer entfernteren Wache angefordert.« De Haardt klopfte auf das Papier. »Hier kam er aus Norderstapel.«

»Das ist der Landkreis Schleswig-Flensburg«, staunte Große Jäger.

»Wir haben in Schleswig-Holstein einhundertacht Rettungswachen, dreitausendvierhundert engagierte Mitarbeiter, zweihundertdreißig RTW und einundvierzig Notarzteinsatzfahrzeuge. Das ist ein dichtes Netz. Auch wenn es im Einzelfall bedauerlicherweise einmal ein kleines Problem geben kann.«

»Wie lange hat es in unserem Fall gedauert?«

De Haardt holte tief Luft. »Zweiundzwanzig Minuten. Nach sieben weiteren Minuten war der zweite RTW, aus Husum kommend, am Einsatzort.«

Wenn jemand verzweifelt auf Hilfe wartet, sind diese Zeiträume eine Tortur. Große Jäger verstand, dass die Betroffenen es als unerträglich empfunden hatten. Die Vorgaben des Gesetzes waren nicht erfüllt worden. Wer verstand schon, dass es immer wieder Ausnahmen gab? Es war nicht seine Aufgabe, abzuwägen, ob die Verletzten bei einer kürzeren Reaktionszeit besser versorgt worden wären. Ob Vedat Nuhiu aus dem Renault eventuell überlebt hätte? Dr. Grimm hatte ausgesagt, dass sie bei dem Albaner noch einen schwachen Puls registriert hatte.

Für einen Moment war es still im Raum. Die Männer sahen sich gedankenverloren an. De Haardt breitete hilflos die Arme aus. »In Einzelfällen kann es zu besonderen Härten kommen. Das ist in der Fläche unvermeidbar. Nehmen Sie den RTW aus Norderstapel. Da steht einer. Der fährt Einsätze in vier Landkreisen und macht weite Touren. Wenn der unterwegs ist, kann es eng werden. Das zu organisieren ist eine stete Herausforderung für den Disponenten in der Leitstelle.« Der Fachdienstleiter sah erneut zur Tür. Dann senkte er die Stimme. »Manchmal ist es zum Haareraufen. Wir sind Dienstleister. Ich verwalte es nur. Die Entscheidung liegt bei der Politik. Im Kreistag, in Kiel, aber auch in Berlin. Schließlich handelt es sich bei diesem Unfallschwerpunkt um eine Bundesstraße. In der Rettungsleitstelle Nord zucken die Disponenten jedes Mal zusammen, wenn es heißt, die Jans-Kurve sei wieder Ort eines schrecklichen Unfalls geworden.«

De Haardt hielt einen Moment inne und schien zu überlegen. »Auch die Kameraden der Freiwilligen Feuerwehr Oldenswort berichten, dass bei ihnen die absolut höchste Alarmstufe herrscht, wenn auf ihren Meldern ›Jans-Kurve‹ auftaucht. Bedenken Sie bitte, dass es sich um eine freiwillige Feuerwehr handelt, der seit Jahren Unmenschliches zugemutet wird. Es sind nicht nur die unmittelbar Beteiligten, auch die Helfer oder Zeugen werden enorm belastet. Es ist allgemein bekannt, dass es nirgendwo im Land so viele extrem schwere Verkehrsunfälle gegeben hat. Über zehn Tote und fast sechzig Schwerstverletzte in den vergangenen Jahren. Und fast immer ähneln sich die Bilder wie beim letzten Unfall. Autos geraten in den Gegenverkehr. Die Retter, die immer wieder gefordert sind, wollen seit Langem, dass der Unfallschwerpunkt entschärft wird. Es hat unverständlich lange und mehrere Tote gedauert, bis die Geschwindigkeit reduziert wurde. Unfassbar.« De Haardt schüttelte sich ungläubig. »Das allein bringt es aber nicht. Die Leute sind viel zu schnell. Es gab den Vorschlag, vor der Kurve mit gelben Blinklichtern zu warnen. Aber … nein. Bürokratie geht vor Menschenleben. Die Retter müssen immer nach einem Unfall tätig werden. Andere sollten es vorher werden. Wir sollten auch nicht vergessen, dass jeder Einsatz auch die Retter traumatisieren kann.«

De Haardt holte tief Luft. »Entschuldigung, aber das musste ich einmal loswerden. Ich werde immer zornig, wenn ich Sprüche höre wie: ›Die werden dafür bezahlt. Das ist ihr Job.‹ Andere, die es einfacher am Schreibtisch haben, werden auch dafür bezahlt. Die tun aber nichts.«

»Ich verstehe Ihren Unmut«, sagte Große Jäger. »Haben Sie das nicht amtsintern vorgetragen?«

De Haardt wirkte resigniert. »Man muss das Ganze im Kontext sehen, lautet die Antwort. Es gibt Dinge, die nice to have sind. Aber nicht alle Wünsche sind erfüllbar.«

»Gibt es oft Fälle, in denen Ihnen und Ihren Leuten vorgeworfen wird, zu spät gekommen zu sein?«

»Ja. Das kommt vor. Manchmal ist es nicht gerechtfertigt und entspringt der Stresssituation der Betroffenen vor Ort. Gelegentlich gibt es aber Umstände, in denen wir die vorgeschriebenen Fristen nicht einhalten können. Dafür ist die Region zu weitläufig, manche Orte zu abgeschieden. Wenn Sie nach Strucklahnungshörn müssen, benötigen Sie allein für die Anfahrt von der Husumer Rettungswache über zwanzig Minuten. Bei optimalen Bedingungen.«

Große Jäger hörte dem Fachbereichsleiter noch eine Weile zu und ließ sich weitere Beispiele schildern. Er fragte nach, ob in solchen Fällen Beschwerden oder gar Klagen aufgelaufen seien.

»Selten«, erwiderte De Haardt und sicherte Große Jäger zu, bei weiteren Fragen gern zur Verfügung zu stehen. »Im vorliegenden Beispiel ist es nicht optimal gelaufen. Aber wir haben unser Bestes gegeben. Wie immer. Jeden Tag. Jede Nacht. Jede Stunde erfüllen die Frauen und Männer vom Rettungsdienst ihre schwere Aufgabe. Und wer dankt es ihnen?«

»Ich«, erwiderte Große Jäger und schüttelte De Haardt lange die Hand.

»Es wird Zeit, dass du zurückkommst«, empfing ihn Cornilsen auf der Dienststelle und zeigte auf das Telefon. »Vor einer Viertelstunde hat Dr. Grimm angerufen.«

»Gibt es Neuigkeiten?«, fragte Große Jäger.

»Was nennst du neu?«

»Hat sich der Erpresser gemeldet?«

»Tja.« Cornilsen wackelte mit dem Kopf. »Das wissen wir nicht genau.«

Er berichtete, dass Frau Dr. Grimm in ihrem Haus saß, als es zunächst klirrte und etwas gegen die Fensterscheibe flog. Dann schien etwas zweimal gegen die Hauswand geprallt zu sein, bevor ein Stein ein Fenster erheblich beschädigte, aber nicht durchschlug.

»Die Frau ist verängstigt. Das verstehe ich bei der Vorgeschichte.« Cornilsen hatte umgehend eine Streife nach Schobüll geschickt. Jetzt wartete er auf deren Antwort.

Große Jäger berichtete von seinem Besuch auf der Kreisverwaltung. »Es ist bemerkenswert, wenn selbst loyale Beamte ihr Unverständnis über die Situation formulieren. Es gibt diese Bürgerinitiative«, fügte er hinzu, »die sich in ähnlich kritischen Tönen wie De Haardt äußert.«

»Du meinst die ABM.«

Große Jäger lachte. »Das steht für Arbeitsbeschaffungsmaßnahme. Hoffentlich ist das nicht wörtlich zu nehmen. In unserem Fall heißt es aber ›Aktion Bürger für Menschen‹.«

»Komischer Name.«

»Das finde ich nicht. Da steckt fast etwas Philosophisches dahinter. Ich interpretiere es so, dass sich engagierte Menschen dieses Landes, eben die Bürger, für Menschen einsetzen.«

»Bürger sind doch Menschen.«

»Richtig, aber nicht alle Menschen engagieren sich als Bürger.«

Cornilsen sah ihn ratlos an.

»So ist es, wenn Abiturienten heutzutage Gemeinschaftskunde nach der vierten Klasse abwählen können.«

»Du bist ein vorurteilsbehafteter Westfale«, schimpfte Cornilsen.

»Die ABM ist Wortführer in manchen Dingen, die unseren Fall betreffen.«

»Besserwisser?«

»Das lassen wir uns erklären«, beschloss Große Jäger und streckte den Zeigefinger aus. »Du beschaffst uns den Termin.«

»Immer ich«, maulte Cornilsen.

Große Jäger drehte sich auf seinem Bürostuhl einmal im Kreis. »Siehst du sonst noch jemanden?«

»Ja. Mich«, meldete sich Cornilsen mit verstellter Stimme.

Große Jäger drehte sich zum leeren Schreibtisch hinter seinem Rücken um.

»Moin, Christoph.«

»Moin.«

»Wie würdest du in unserem Fall vorgehen?«

»Tja. Ich war heute auf der Milchstraße unterwegs. Da herrscht viel Verkehr. Lauter Sterne.«

»Gibt es noch andere Fahrzeuge außer Mercedes?«, fragte Große Jäger.

»Ja. Große und Kleine Wagen.«

»Wenn du den Blick von oben auf uns richtest ... Was übersehen wir?«

»Das müsst ihr schon selbst herausfinden.«

»Du hattest auf viele Fragen eine Antwort.«

»Richtig. Aber seit ich Gottes Sicherheitsberater bin, haben die Kieler die Pensionszahlungen eingestellt.«

»Dann werden wir mit unseren eigenen Mitteln vorgehen.«

Große Jäger sah zu, wie Cornilsen etwas am Rechner suchte, dann zum Telefon griff und auf den Teilnehmer wartete.

»Frau Ehrenberg?« Cornilsen stellte sich vor und bat darum, den Ehemann sprechen zu dürfen. Dann legte er enttäuscht auf.

»Der ist heute Abend unterwegs. Wir sollen es morgen wieder versuchen.«

Sie warteten eine Dreiviertelstunde, bis sich die Wache im Erdgeschoss meldete und sagte, dort säßen zwei Steinewerfer, die die Streife eben aus Schobüll mitgebracht habe.

»Donnerwetter. Das nenne ich einen Erfolg«, staunte Große Jäger. »Könnt ihr die zu uns hochbringen?«

»Geht nicht«, erwiderte der Uniformierte. »Müsst ihr abholen. Es reicht, wenn einer runterkommt.«

Große Jäger zeigte auf Cornilsen, dann auf die Tür. »Du bist dran.«

»Ich tu das machen.«

Wenige Minuten später führte der Kommissar die beiden Übeltäter ins Büro. Sönke war elf Jahre alt, Lasse zehn. Die beiden Jungen hatten die Köpfe gesenkt und waren sich ihrer Schuld bewusst.

»Die Eltern sind benachrichtigt und auf dem Weg hierher«, sagte Cornilsen. Er übernahm es auch, die beiden zu beschäftigen, bis die Erziehungsberechtigten eintrafen. Ohne deren Anwesenheit durften sie die Kinder nicht befragen.

Große Jäger traf die beiden Beamten der Streife im Aufenthaltsraum bei einer Tasse Kaffee an. Sie berichteten, dass sie auf eine verängstigte Dr. Grimm gestoßen waren und sich das Haus angesehen hatten. Im Fensterglas fand sich ein Loch. Es war nur der mangelnden Kraft der Kinder zuzuschreiben, dass der eine Stein die Scheibe nicht durchschlagen hatte. Die Jungen hatten sich auf das Grundstück geschlichen und aus etwa acht Metern Entfernung auf das erleuchtete Fenster geworfen.

»Wie habt ihr die Knaben so schnell gefunden?«, wollte Große Jäger wissen.

Der männliche Polizist lachte. »Wir haben routinemäßig die Gegend mit der Taschenlampe abgesucht und die beiden hinter einem Busch gefunden. Dort hatten sie sich versteckt und beobachteten die Szenerie. Es ist eine alte Erfahrung, dass Täter, häufig sind es Brandstifter, sich in der Nähe des Tatorts aufhalten, um das Ergebnis ihres Tuns zu beobachten. Dass wir es hier mit Kindern zu tun haben … Damit hatten wir nicht gerechnet. Die beiden sind widerstandslos mitgekommen. Sie wohnen im Umfeld des Tatorts. Ganz in der Nähe.«

Große Jäger lobte die uniformierten Kollegen und kehrte in sein Büro zurück. Er hielt auf dem Flur einen Moment inne, als er lautes Lachen und fröhliche Stimmen vernahm. Cornilsen und die beiden Jungen verstummten schuldbewusst, als Große Jäger eintrat. Alle drei fühlten sich ertappt. Cornilsen hatte Sönke und Lasse mit Zauberkunststücken unterhalten. Sie setzten diesen Zeitvertreib fort, bis Sönkes Mutter und Lasses Vater eintrafen.

Die Eltern wirkten überfordert und konnten das Treiben vor Ort nicht in Einklang mit den gegen ihre Kinder erhobenen Vorwürfen bringen. Lasses Vater schüttelte sprachlos den Kopf. Er war irritiert, als sein Sohn sofort die gegen ihn erhobenen Vorwürfe bestätigte. Sönke stimmte zu.

Um diese Jahreszeit wurde es zeitig dunkel. Die beiden waren in der Nähe ihrer Elternhäuser herumgestromert, als sie von einem Mann angesprochen wurden, der ihnen je zehn Euro anbot, wenn sie einer »alten Hexe«, wie er sich ausdrückte, einen Schrecken einjagen würden. Er beschrieb ihnen das Haus, auf das sie ein paar Steine werfen sollten. Sönke bestätigte, dass er die Bewohnerin vom Sehen her kannte, aber nie mit Dr. Grimm persönlich zu tun gehabt hatte. Lasse hatte die Frau – angeblich – nie zuvor gesehen. Mit Tannenzapfen werfen – das war nach Jungenart. Faustgroße Steine aus einem benachbarten Ziergarten waren nach Meinung der Kinder kein allzu großer Unterschied. So hatten sie sich mit einer Handvoll Steine bewaffnet und vom Rasen aus auf das Haus gezielt. Als einer von ihnen die Fensterscheibe getroffen hatte, hatte sie es mit der Angst zu tun bekommen und sich versteckt. Dort hatte die Polizei sie aufgegriffen.

Natürlich, versicherten die Eltern, würden sie für den entstandenen Schaden aufkommen. Dr. Grimm sollte ihnen den Betrag nennen. Das würde sofort beglichen werden. Da beide Jungen noch nicht strafmündig waren, war der Vorgang damit abgeschlossen.

Fast.

»Wie sah der Mann aus, der euch zum Steinewerfen animiert hat?«, fragte Große Jäger die Kinder.

Die beiden wechselten einen schnellen Blick.

»Ein Mann«, sagte Lasse schließlich.

Es folgten Fragen zum Alter, zur Größe, zur Kleidung und zum Aussehen. Die Angaben waren nicht sehr aufschlussreich. Lediglich in einem Punkt waren sich die Jungen einig. Der Mann war groß, sah finster aus, fast ein wenig unheimlich, und habe komisch gesprochen. Beide stimmten darin überein, dass es sich um einen Ausländer gehandelt habe.

»Das sind zielführende Informationen«, stöhnte Cornilsen, als sie wieder allein im Büro saßen. »Ohne den geheimnisvollen Mann hätte ich vermutet, dass es sich um einen Dummejungenstreich handeln würde. Die beiden haben, wenn auch ungern, die Geldscheine abgeben müssen. Vielleicht finden wir darauf Spuren.«

»Ich sehe eine eindeutige Verbindung zu unserem Fall. Irgendjemand ist dabei, Frau Dr. Grimm zu mobben. Ein Militär würde sagen, die Festung soll sturmreif geschossen werden. Man will die Ärztin in Angst versetzen. Die ersten Erfolge stellen sich bereits ein. Ich bin davon überzeugt, dass auch die Sachbeschädigung am Auto vom selben Täter ausgeführt wurde.«

»Wie glaubwürdig sind die Kinder?«

»Hm«, knurrte Große Jäger. »Die haben nicht nachgedacht, als sie zu dem vermeintlichen Streich aufgefordert wurden. Warum sollten sie uns belügen? Und ihre Geschichte passt zu unseren anderen Ermittlungen. Da braut sich etwas zusammen.« Er sah auf die Armbanduhr. »Den Rest erledigen wir morgen.« Dann begann der Feierabend.

VIER

Ein dichter Dunstschleier lag über Nordfriesland. Der beginnende Tag zeigte sich nicht von seiner besten Seite. Graue Wolken hingen tief unter dem unsichtbaren Himmel. Selbst das Licht schreckte an diesem Tag davor zurück, bis nach Husum vorzudringen. Wenn Petrus für das Wetter verantwortlich war, präsentierte er sich heute von seiner missmutigen Seite. Und diese Übellaunigkeit wirkte ansteckend.

Ausgerechnet Hauptkommissar Hundt lief Große Jäger auf dem Flur über den Weg.

»Lass deine Frühstücksdose Schappi zu«, riet er dem Kollegen. »Die wird ungenießbar, wenn sie in diesen Tag blinzelt.«

»Hat sie dich nicht rangelassen?«, knurrte Hundt zurück.

»Ich bin müde. Wir haben bis vor zehn Minuten Party gemacht.«

»Glaube ich gern.« Hundt rümpfte die Nase. »Da war keine Zeit zum Duschen.«

»Das ist der Unterschied zwischen uns«, erwiderte Große Jäger. »Ich kann dich nicht riechen.« Er blieb stehen, drehte sich um und ging zwei Schritte zurück. Ehe der Hauptkommissar reagieren konnte, hatte Große Jäger zwei Finger zwischen Hemdkragen und Hals gesteckt und zu einem Spalt geöffnet. Er stieß einen leisen Pfiff aus. »Kompliment. Gute Qualität.«

Hundt sah ihn fragend an.

»Die Leine. Man sieht nichts am Hals.« Dann klopfte er Hundt auf die Schulter. »Du bist noch einer von den Alten, den Kernigen. Früher hatten alle Kripoleute eine Dienstmarke. Heute bist du übrig geblieben. Nur nennt man es jetzt Hundemarke.«

Große Jäger beeilte sich, in sein Büro zu gelangen, bevor Hundt antworten konnte.

»Moin«, sagte er gut gelaunt zu Cornilsen, der an seinem Schreibtisch saß und etwas am Computer erfasste.

»Äh … Moin.« Cornilsen sah irritiert auf. »Was ist los? Du grüßt sonst nie.«

»Mir geht es gut. Ich habe eben etwas für den Tierschutz getan.«

»Verstehe ich nicht.«

Große Jäger bellte. Dann ließ er sich in den Sessel fallen.

»Und?«, fragte Cornilsen.

»Was – und?«

»Ich sorge mich um dich.«

»Hosenmatz!«

»Hast du einen Termin beim Orthopäden?«

»Den muss man beim hiesigen Facharztmangel mit der Konfirmation vereinbaren. So lange dauert es, bis du einen bekommst.«

»Und da du nicht konfirmiert bist, hast du es versäumt. Ich mache mir Sorgen, weil du deine Füße nicht in der Schublade parkst.«

»Das gehört sich nicht«, belehrte ihn Große Jäger mit ernster Miene. »Schon gar nicht bei dem Wetter. Übrigens stehen nicht alle so spät auf wie du. Ich habe heute Morgen bereits mit Johann Ehrenberg telefoniert und für zehn Uhr einen Termin für uns beide vereinbart.« Große Jäger sah auf die Uhr. »Das ist in einer halben Stunde.«

»Ich wusste ja nicht, dass du heute Spätschicht hast.«

Große Jäger fuchtelte mit dem Arm in der Luft herum. »Ruf ihn an. Wir kommen später. Es ist etwas Unvorhergesehenes dazwischengekommen.«

»Was soll das sein?«

Große Jäger griff zu dem fleckigen Kaffeebecher auf seinem Schreibtisch, schwenkte ihn, stand auf und verließ das Zimmer.

Als er zurückkehrte, fluchte er erbärmlich. »Hunderttausend Jahre hat es funktioniert. Natur und Evolution sind klüger als Menschen. Und jetzt sollen die Frauen plötzlich gleichberechtigt sein.« Er stellte den dampfenden Kaffeebecher auf dem Schreibtisch ab und pustete gegen seine Hand. »Kaffee kochen können sie immer noch nicht.«

»Das hindert dich aber nicht daran, dir täglich mehrere Tassen bei Hilke zu schnorren.«

»Seit Jahren geht das so. Ständig verbrenne ich mich an dem heißen Zeug.«

Er wartete, bis die Temperatur ein Schlürfen gestattete. Bevor sie aufbrachen und in den Dienstwagen einstiegen, musste er auch noch eine Zigarette rauchen. Cornilsen konnte ihn mit Mühe davon abhalten, eine zweite folgen zu lassen. Unterwegs kommentierte Große Jäger vom Beifahrersitz aus die Fahrkünste der anderen Verkehrsteilnehmer.

Sie fuhren über die Bundesstraße und passierten die Jans-Kurve. Nur die verbeulte Leitplanke erinnerte an den Unfall. Kaum einer der anderen Autofahrer hielt sich an die Geschwindigkeitsbegrenzung. Als Cornilsen das Tempo auf knapp über siebzig Stundenkilometer reduzierte, kam ihnen der Hintermann bedenklich nahe.

»So ein Spinner«, schimpfte Cornilsen. »Jetzt setzt er auch noch die Lichthupe in Betrieb.«

Der Kommissar bog vor Tönning ab und durchkreuzte die urgemütliche kleine Stadt an der Eider. »Ob die ...? Oder die ...? Oder die da ...?«, fragte Große Jäger.

»Ich verstehe dich nicht«, erwiderte Cornilsen und fuhr über den Marktplatz.

»Mich würde interessieren, ob unter den Passanten Leute sind, die sich damals das Maul über die tote Seglerin aus dem Wattenmeer zerrissen haben. Schließlich ist ihre Art der Lebensgestaltung doch noch publik geworden. Und nicht nur die ehemals so angesehenen Kleinstadtbürger, sondern auch der Ehemann, der Sparkassenleiter, war Zielscheibe des Geredes.«

»Was ist aus ihm geworden?«

»Er hat Tönning verlassen und arbeitet jetzt in einer untergeordneten Position in der Sparkassenzentrale auf Föhr.«

Kurz vor dem Überqueren der Gleise am Bahnhof zeigte Große Jäger nach rechts. »Da war das Krankenhaus, für das sich die Tönninger und viele Eiderstedter mit Herzblut eingesetzt haben. Ich glaube, die Mehrheit der Menschen versteht nicht, weshalb das beliebte Krankenhaus mit fadenscheinigen Argumenten geschlossen wurde.«

»Geld regiert die Welt«, meinte Cornilsen.

»Zulasten der Menschen.«

Cornilsen lachte auf. »Haben dich Ehrenbergs in Publikationen und Medien oft geäußerte Worte so beeindruckt? Du klingst wie ein ABM-Aktivist.«

»Man darf auch als Polizist eine eigene Meinung haben. Und so unrecht haben die Menschen nicht, die davon betroffen sind. Von den vollmundigen Versprechungen, wie man der Schließung aus Personalmangel begegnen will, wurde nichts umgesetzt. Das medizinische Versorgungszentrum ist kein Ersatz.«

»Ehrenberg behauptet ständig, dass Landrat und Kreistag die Menschen belogen hätten.«

»So könnte man es interpretieren.«

»Wo bleibt deine Objektivität?«

»Die ist jetzt wieder da«, sagte Große Jäger entschieden mit einem Stoßseufzer.

Der Weg führte sie weiter über wenig befahrene Landstraßen. »Ist das nicht eine wundervolle Gegend?«, fragte Große Jäger mit schwärmerischem Unterton. »Wie gut, dass nur wenige Leute das Katinger Watt kennen. Der Wald, in dem man noch einsam spazieren gehen kann, besteht aus Eschen, Eichen und anderen Laubhölzern. Das ist nicht landestypisch, soll aber als Erholungsraum dem Tourismus dienen. Wenn die wüssten, dass es dort auch Wildschweine gibt. Na ja. Wildschweinen begegnen wir in unserem Beruf täglich. Allerdings zweibeinigen.«

Am Ende der Straße bogen sie auf die Landesstraße Richtung St. Peter-Ording ein. Von hier aus war es nicht mehr weit.

Die Gemeinde Grothusenkoog zählte nur eine Handvoll Häuser. Ehrenberg wohnte in einem davon. Es gab nur eine einzige Straße, die Koogchaussee. Hier war alles großzügig. Die Landschaft. Der Himmel, wäre er nicht so grau gewesen, die Grundstücke.

»Würde ich kundtun, welche Beleidigungen du unterwegs ausgestoßen hast, würde man dich sofort aus dem Dienst ent-

fernen. Du würdest auf Jahre nicht mehr aus dem – wie sagst du immer? – Zuchthaus herauskommen.«
»Und du würdest Hundt als Teampartner bekommen.«
Cornilsen begann laut zu lachen. »Fluche weiter«, sagte er und stieg aus.
Sie wurden bereits erwartet. In der geöffneten Haustür stand ein kleiner, untersetzter Mann, dessen grobe Cordhose von breiten Hosenträgern gehalten wurde. Das Flanellhemd spannte sich über seinem mächtigen Kugelbauch. Ein grauweißer Haarkranz umrankte den kahlen Schädel. Die Hornbrille mit den dicken Gläsern ließ seine Augen hervortreten.
»Ihr seid von Husum?«, fragte er.
Große Jäger nickte. »Moin.«
»Moin. Kommt man mit rein. Min Fru hat schon Kaffee gekocht. Is doch richtig, oder?«
»Klar doch«, bestätigte Große Jäger und folgte Ehrenberg ins Wohnzimmer.
Der Raum verströmte die Atmosphäre der sechziger Jahre des letzten Jahrhunderts. Große Jäger unterdrückte ein Grinsen. Des letzten Jahrtausends, dachte er. Ein mächtiger Schrank aus dunkler Eiche mit Fächern und Glastüren, hinter denen Accessoires und Erinnerungen an Reisen aufbewahrt wurden. Eine Anrichte mit Häkeldeckchen und Bilderrahmen, aus denen jüngere Leute und kleine Kinder entgegenlächelten. Kinder und Enkel, überlegte Große Jäger.
Ehrenberg bugsierte sie zu einem massiven Tisch mit Kacheln als Tischfläche. Sie nahmen in schweren Sesseln mit bunten Bezügen Platz. Ehrenberg schenkte aus der Kanne mit dem Blümchendekor in die passenden Tassen ein. »Milch? Zucker?«, fragte er und bediente sich selbst reichlich.
»Kaffee geht immer«, sagte er und ließ sich schwer atmend in die Polster fallen. »Ich kenn was davon. War Jahrzehnte aufm Amt. Eigentlich bin ich ja gelernter Bäcker, hab dann aber beim damaligen Amt Kirchspiel Garding/Osterhever als Arbeiter angeheuert.« Er zog ein Augenlid leicht herab. »Man meinte damals, ich sei 'n plietschen Jung, und so bin ich dann in die

Verwaltung gekommen. Hab da alles mitgemacht. Da sind die Tetenbüller zu uns gekommen, dann wurden wir zum Amt Eiderstedt-West. Schließlich kam alles dazu. Nun heißt es Amt Eiderstedt. Anfangs kanntest du noch jeden Einzelnen. Jetzt blickt keiner mehr durch.« Er tippte sich an die Stirn. »Jetzt wollen die in Kiel alles noch größer machen. Die Ämter abschaffen und die Kreise zusammenlegen. Die in Husum haben doch schon den Überblick verloren, als sie mit Südtondern und Tönning zusammengelegt wurden. Das ist doch das reinste Chaos. Damals, als wir noch selbstständig waren ... ja – da lief alles wie geschmiert. Aber jetzt?«

»Grothusenkoog ist überschaubar«, unterbrach ihn Große Jäger.

Ein Lächeln zog über das faltige Gesicht des Mannes. »Das kannst wohl sagen. Wir haben in der ganzen Gemeinde dreiundzwanzig Einwohner.« Er grinste. »Böse Zungen sagen, da sind die Katzen und Hunde schon mitgezählt. Nee. Da weißt du alles, sogar, wenn die Nachbarin Erbsensuppe kocht. Darum bin ich ja so sauer.« Er beugte sich vor, griff sich eine Pfeife aus dem Ständer auf dem Tisch, stopfte sie in aller Seelenruhe und zündete sie sich an. Dann paffte er genussvoll. »Ach so«, fiel ihm ein. »Wenn ihr Raucher seid ...«

»Nein, danke. Nichtraucher«, beeilte sich Cornilsen zu sagen, aber Große Jäger hatte das Kreuz durchgedrückt und klopfte mit der flachen Hand auf die Taschen seiner schmuddeligen Jeans. Mit spitzen Fingern angelte er eine zerknautschte Zigarettenpackung hervor und zündete sich einen Glimmstängel an. Die beiden Männer hüllten sich zufrieden in eine Wolke blauen Dunstes, während Cornilsen eine gequälte Miene aufsetzte.

»Das ist dieser Wahnsinn, dieser Größenwahn«, nahm Ehrenberg das Gespräch wieder auf. »Alles muss immer größer werden. Zuerst waren wir nur ein paar Leute. Und dann wurde immer weiter zusammengelegt. Mit jeder Erweiterung bekam ich einen neuen Schreibtisch in irgendeiner dunklen Ecke. Dann war der Laden so groß, dass sie mich vergessen hatten. Hätte ich nicht Bescheid gesagt, wäre ich bis heut nicht pensioniert worden. So ist das auf allen Gebieten. Wir hatten hier ein tolles kleines Krankenhaus in Tönning mit gutem Personal. Das haben die dichtgemacht, weil es angeblich hoch verschuldet war. Dabei wurde es von einem Förderverein unterstützt, der sich jetzt resigniert aufgelöst hat. Was haben die nicht alles gefördert. Jetzt gibt es keine stationäre Versorgung mehr auf Eiderstedt. Angeblich ...« Ehrenberg tippte sich an die Stirn. »Angeblich haben sich für Tönning keine Ärzte gefunden. So konnte das Vorhaben, das Krankenhaus zu erhalten, nicht verwirklicht werden. Geblieben sind ein medizinisches Versorgungs- und ein Therapiezentrum. Die haben uns doch nach Strich und Faden belogen, die Leute aus Husum. Als Ersatz sollte für die Notfallversorgung eine Ambulanz in einer Kurklinik in St. Peter-Ording eingerichtet werden. Und? Nix. Mit dieser Lüge hat man Valium unter das Volk gemischt. Ich möchte wetten, das haben die vorher gewusst, dass das nichts wird.« Ehrenberg hatte sich in Rage geredet. »Die stecken doch alle unter einer Decke. Wie sollst du beweisen, dass deren Zahlen nicht stimmen? Und überhaupt – was heißt ›Zahlen‹?« Der alte Mann musste eine Pause einlegen, weil die Erregung offensichtlich seinen Kreislauf strapazierte. Er griff zur Kaffeetasse, stellte sie aber wieder ab, ohne getrunken zu haben. »Das ist nicht gut für den Kreislauf«, meinte er. »Sie können sich nicht vorstellen, wie wütend ich bin. Mir geht es nicht allein so. Deshalb haben wir die ›Aktion Bürger für Menschen‹ gegründet, um etwas zu bewegen. Wie gesagt – für die Menschen, die in diesem wunderbaren Landstrich leben. Und für die Gäste, von denen viele unserer Mitbürger leben. Was wären wir ohne Tourismus?« Ehrenberg hielt für einen Moment inne. »Ist es nicht großartig, wenn wir das üppige Geschenk, das uns die Natur bereitet, mit anderen teilen können? Sie dürfen denen nur nicht sagen, dass es lebensgefährlich werden kann, wenn ihnen hier etwas zustößt«, übertrieb Ehrenberg.

»Ich verstehe Ihren Herzbluteinsatz«, unterbrach Große

Jäger. »Aber Ihre düstere Darstellung entspricht nicht der Realität.«

»Nein?« Ehrenberg schrie es heraus. »Wie viel ist ein Mensch wert? Da wird mit Zahlen gespielt, von Verlusten gesprochen. Fragen Sie jedes einzelne Opfer, die Hinterbliebenen oder auch nur die Traumatisierten, ob die das Leben gegen Euro aufrechnen wollen. Dafür setzen wir uns ein – für den Menschen. Ach!« Ehrenberg war vor Erregung aufgesprungen und ballte die Faust. »Man müsste es den Verantwortlichen heimzahlen. Wenn es nach mir ginge …«, ließ er den Satz unvollendet. Er wanderte im Zimmer auf und ab, hielt seine Pfeife in der Hand und schien alles um sich herum vergessen zu haben. »Hier spielt alles gegen uns, gegen die Bürger in diesem Landstrich. Was kümmert es einen bayerischen Verkehrsminister, wenn auf Nordfrieslands Straßen Blut vergossen wird? Ich weiß, es sind harte Worte, sicher nicht in jedem Fall gerecht, aber Verkehrsopfer auf einer seit Jahren als Unfallschwerpunkt bekannten Straße werden gegen Umgehungsstraßen bayerischer Dörfer aufgewogen. Die bringen Wählerstimmen im heimischen Wahlkreis. Tote Nordfriesen hingegen zählen nicht.«

»Sie glauben, schuld sind massive Unterlassungen der Politik?«, mischte sich Cornilsen ein. »Weshalb treten Sie nicht in eine Partei ein? Oder in eine Wählergemeinschaft, die vielerorts auf kommunaler Ebene aktiv an der Gestaltung des Alltags mitwirkt?«

Ehrenberg winkte ab. »Das bringt doch nichts. Die kochen doch ihr eigenes Süppchen.«

»Überzeugen Sie die Menschen mit Sachargumenten. So funktioniert Demokratie.«

Große Jäger warf Cornilsen einen erstaunten Blick zu. In ihrer Zusammenarbeit hatte sich der Kommissar bisher immer im Hintergrund gehalten. Jetzt maßregelte er Ehrenberg, aber auf relativ verhaltene Weise.

Der alte Mann maß Cornilsen mit einem langen Blick. »Wissen Sie, was eine Seilschaft ist, junger Mann?« Das »junger Mann« kam abschätzig über seine Lippen. »Selbst unsere angeblich freien Medien spielen bei denen mit. Weshalb wurde mein Leserbrief nicht abgedruckt? Die stecken alle unter einer Decke. Die sind alle korrupt. Da müsste man mit der Brechstange zwischenfahren.«

Große Jäger stand auf. »Ich verstehe Ihre Sorgen, zumindest zum Teil. Bei der Wahl Ihrer Worte und Mittel sollten Sie aber ein bisschen vorsichtiger sein. Man könnte es sonst gegen Sie auslegen. Und das wäre Ihrer Sache abträglich. Nehmen Sie das nicht als Belehrung, sondern als guten Ratschlag an.«

»Gehören Sie auch zu dieser Truppe, die sich nicht um den Menschen kümmert, die dessen Wohl nicht interessiert, sondern die technokratisch stur irgendwelchen Prinzipien folgt? Sie hätten sich den Besuch sparen können. Laufen Sie dem Landrat, den Politikern in Kiel und Berlin hinterher. Und denken Sie an meine Worte, wenn die nächsten Toten an der Leitplanke in der Jans-Kurve kleben. Oder wenn Menschen ihr Leben verlieren, ohne zu sterben, wie das Ehepaar Bentzin.«

»Was ist dem widerfahren?«, wollte Große Jäger wissen.

»Ach, lecken Sie mich doch am Arsch«, antwortete Ehrenberg grob. »Und nun raus, bevor ich mich vergesse.«

Das waren seine letzten Worte, bevor die Haustür krachend hinter ihnen ins Schloss fiel.

Große Jäger übernahm das Steuer.

»Da war eine eigentümliche Wandlung vom freundlichen älteren Herrn zum aggressiven Rausschmeißer«, meinte er.

»Wenn man seinen Worten Glauben schenkt, war er als Beamter immer ein Hinterbänkler, schien sich aber wohlgefühlt zu haben in dieser Rolle. Wie wird man vom Paulus zum Saulus? So heißt es doch?«

»Umgekehrt. Aber in diesem Fall trifft es wohl zu. Er scheint sehr engagiert zu sein. Sieh doch einmal nach, ob wir etwas über ihn in unseren Karteien haben.«

Cornilsen lachte laut auf. »Ständig korrigierst du mich, wie eben mit Saulus und Paulus. Jetzt bin ich dran. Karteien haben wir schon lange nicht mehr. Es sind Dateien.«

»Zwischen Bits und Bytes versickern viele Informationen. Los. Sieh nach.«

»Ich tu das machen«, brummte Cornilsen und beklagte sich, dass Große Jäger das Fahrzeug nicht ruhig halten konnte. Ständig rutschte er mit dem Finger ab. »Bei deiner Fahrweise bekommt man keine Eingabe getätigt.«

»Jetzt siehst du, wie es mir ergeht. Der Rüttelfalke steht in der Luft. Wenn er herabstößt, erwischt er seine Beute. Wäre er so ungeschickt wie wir beim Herabstoßen auf die Tastatur, wäre seine Art schon lange ausgestorben.« Große Jäger hatte seine Freude daran, Cornilsen ständig zu ermahnen, er solle nicht fluchen. »Wenn alle jungen Polizisten so ungeschickt mit den neuen Technologien sind, müssen wir doch bald wieder auf Karteien zurückgreifen«, lästerte er.

Sie waren schon an der Abzweigung Richtung Husum, als Cornilsen verkünden konnte, dass Ehrenberg ein unauffälliger Mitbürger war. Er war nicht vorbestraft. Es war nie gegen ihn ermittelt worden. Selbst als Autofahrer war er nicht aufgefallen.

»Außerhalb unserer Dateien«, betonte Cornilsen, »taucht er erst in Verbindung mit der ABM in der Öffentlichkeit auf. Unter dem Suchbegriff ABM gibt es eine Reihe von Einträgen.«

»In unseren Karteien?«, fragte Große Jäger und lachte.

»Im Internet.«

»Dann sollten wir unser POLAS durch das Internet ersetzen. Ich habe ohnehin den Eindruck, dass Mark Zockerbörch besser informiert ist als alle anderen zusammen. Was schreibt man über die ABM?«

Cornilsen protestierte. Das werde er nicht im Auto, sondern am Schreibtisch eruieren, verkündete er. Auch ein technikaffiner junger Kriminalkommissar stoße an seine Grenzen, wenn ein westfälisches Raubein am Steuer saß, das seine Fahrausbildung offenbar auf einer einachsigen Kutsche im westfälischen Morast genossen hatte.

»Auf einer Gig?«

»Einer – was?«

»Gig. Das ist eine zweirädrige offene Kutsche, sozusagen der

Vorläufer des Cabrios.« Er warf Cornilsen einen schnellen Blick zu. »Wo hast du dein Abitur gemacht? In Risum-Lindholm?«
»Da gibt es kein Gymnasium.«
»Eben. Das merkt man dir auch an.«

Sie hatten das Polizeigebäude in der Poggenburgstraße erreicht und stellten das Fahrzeug auf dem Parkplatz hinter dem Haus ab. Während Cornilsen ins Büro vorausging, nutzte Große Jäger die Zeit und befriedigte seine Nikotinsucht. Er stand am Hintereingang. Dort traf er Hundt.
»Husumer Schmuddelwetter. Nieselregen. Nasskalter Wind. Weshalb trägst keinen weißen Gummimantel?«
»Hä?«
»Das haben die Schupos vom Verkehrsdienst doch an«, meinte Hundt. »Endlich seid ihr dort, wo ihr hingehört. Aber auch das könnt ihr nicht.«
Große Jäger zeigte auf den Parkplatz. »Stell dich dahin. Fünf Meter weiter.«
»Wieso das?«
»Da stehst du im Regen, Hundt. Da gehörst du hin.«
»Arschloch«, sagte Hundt.
Große Jäger grinste breit. »Habe ich auch. Sag mal«, rief er Hundt hinterher. »Der Darm und das Gehirn weisen doch eine optische Ähnlichkeit auf.«
»Ja. Wieso?«
»Da hat man bei dir wohl etwas vertauscht. Dein Gehirn ist im Arsch, und im Kopf hast du nur Schei…«
»Wilderich«, wurde er von hinten angeraunzt und erhielt einen Schlag zwischen die Schulterblätter.
Erschrocken drehte er sich um. »Hilke?«
»Dein Vokabular ist unmöglich«, tadelte ihn Hilke Hauck.
»Aber … Wenn du mein Flehen endlich erhörst, verspreche ich …«
»Was sollen meine elf Kinder denken, wenn ich mit dir am Halsband aufkreuzen würde?«
»Elf? Ich weiß nur von zweien. Und Halsband … Das gehört

ihm.« Große Jäger zeigte auf Hundt und beeilte sich, ins Haus zu kommen, bevor Hilke antworten konnte.

Cornilsen saß an seinem Schreibtisch. »In großen Unternehmen gibt es eine sinnvolle Einrichtung«, sagte er. »Die haben Raucherecken eingerichtet. Wenn ein Kampfraucher wie du den halben Arbeitstag dort verbringt, muss er ausstempeln. Dann geht seine Zeit unter Dampf nicht zulasten der arbeitenden Kollegen.«

»Naseweis. Während du am Computer daddelst, habe ich ein Fachgespräch geführt.« Er zeigte auf die Rückseite des Bildschirms. »Was hast du herausgefunden?«

Die ›Aktion Bürger für Menschen‹ besteht seit drei Jahren. Sie hat ihren Ursprung in Eiderstedt und setzt sich – wie der Name sagt – für die Menschen ein, die nach Ansicht der ABM kein Gehör in der Politik finden. Hier findet sich all das, was Ehrenberg uns erzählt hat. Man kritisiert, dass die Gesundheitsversorgung mangelhaft ist. Natürlich spielt der Fachärztemangel ebenso eine Rolle wie das geschlossene Krankenhaus in Tönning. Die ABM verweist darauf, dass Versprechungen nicht eingehalten wurden, und will zahlreiche Beispiele kennen, in denen Menschen zu Schaden gekommen sind.«

»Werden dort Namen genannt? Ehrenberg sprach doch von einem Bentzin.«

»Namen sind nicht aufgeführt, aber Ereignisse. Im Vordergrund stehen die Unfälle auf der B 5. Natürlich ist da oft die Jans-Kurve dabei. Es gibt aber auch andere Beispiele, in denen die Rettungskräfte – angeblich – zu spät gekommen sind und dadurch Hilfebedürftige zu Schaden kamen. Man spricht auch von der zerbröselten Infrastruktur, von kaputten Straßen, maroden oder geschlossenen Schulen und vielem mehr. Zusammengefasst: Die ABM behauptet, dass sich weder die Politik noch der Landrat um die Probleme der Region kümmern. Gerade Landrat Henning Jansen wird massiv angegriffen. Und in allen Aktionen taucht Ehrenberg auf. Er ist das Sprachrohr der ABM.«

»Wissen wir, ob er oder Familienangehörige selbst betroffen sind?«

»Dazu habe ich nichts gefunden. Wie gesagt – Namen sind keine zu finden.«

»Dann versuche, etwas über die geheimnisvollen Bentzins herauszufinden.«

»Na denn dann«, brummte Cornilsen und zeigte damit, dass er nicht begeistert war.

Große Jäger nahm Kontakt zur Redaktion der Husumer Nachrichten auf. Natürlich war er dort bekannt, und so gab man ihm bereitwillig Auskunft. Johann Ehrenberg war ein schwieriges Thema. Zur Sache selbst wollte sich der Journalist nicht äußern. Man sei für die Meinungsfreiheit. Dazu gehöre auch, dass man konträren Ansichten Gehör verschaffe und unterschiedliche Standpunkte zu Wort kommen lasse. Es gebe Diskussionen in der Redaktion, aber Ehrenbergs letzter Leserbrief habe nicht veröffentlicht werden können. Er strotze vor Beleidigungen und Drohungen gegen den Landrat und andere Politiker. Das wolle man nicht drucken. Ehrenberg habe geschrieben, man sollte nicht mehr vom Landrat, sondern vom Landverräter sprechen.

Große Jägers Frage, ob er den Brief lesen dürfe, beschied man mit Nein. Die Entscheidung der Zeitung sei eine Sache, der Schutz von Leuten, die in irgendeiner Weise mit der Presse in Verbindung standen, eine andere.

»Das fällt doch nicht unter das Pressegeheimnis«, sagte Große Jäger.

»Nennen Sie es, wie Sie wollen. Aber wir behandeln auch so etwas vertraulich.«

Nach dem Telefonat sagte Große Jäger zu Cornilsen: »Es überrascht mich, wie aus einem tragischen Unfall ein sich ständig erweiternder Fall wird. Dass die Angehörigen betroffen sind, versehe ich. Ich billige auch Zorn und das Gefühl der Ohnmacht, plötzlich mit Tod und Elend konfrontiert zu werden. Auf eine solche Situation reagiert jeder Mensch anders. Das darf aber nicht in Gewalt gegenüber Dritten ausarten. Sachbeschädigung, Mobbing, Drohungen und Erpressung ... Das geht zu weit.«

»Und wenn es sich bei dem Erpresser um einen Trittbrettfahrer handelt?«, gab Cornilsen zu bedenken.

»Das wäre noch schlimmer, wenn jemand aus dem Leid anderer Kapital schlagen möchte. Aber kriminelle Hirne schrecken vor nichts zurück.«

»Ich glaube eigentlich nicht an einen Trittbrettfahrer«, warf Cornilsen ein.

»Die Vermutung, dass es sich bei dem Täter um jemanden handelt, der in einem Zusammenhang mit dem Unfall und dessen Beteiligten steht, ist naheliegend«, bestätigte Große Jäger.

»Der albanische Pizzabäcker ...«

»Hekuran Rashica«, warf Cornilsen ein.

»Und sein Sohn Atdhe ...«

»Der machte doch einen sehr besonnenen Eindruck.«

»Verstehen wir etwas von deren Kultur? Wie stark ist der Einfluss des Vaters? Du würdest auch alles für deine Oma machen.«

»Na ja«, gab Cornilsen zu.

»Rashica hat unverhohlen damit gedroht, das Blut seines Verwandten zu rächen.«

»Sind das nicht leere Worte in der ersten Erregung?«

»Die Aktionen gegen die Ärztin und den Notfallsanitäter Truels Erichsen besagen etwas anderes. Beiden wird vorgeworfen, am Unfallort versagt zu haben.«

Cornilsen legte die Unterarme auf den Schreibtisch und beugte sich vor. »Die Pizzeria scheint nicht sehr gut zu laufen. So sieht es zumindest aus. Durch den Unfall ist ihm ein materieller Schaden entstanden. Der Renault Kangoo. Es kann sein, dass ihm die Versicherung das Fahrzeug nicht ersetzt, weil es von einem Unberechtigten mit Rashicas Duldung gefahren wurde. Und selbst wenn er Schadenersatz erhält, wird es eine Weile dauern, bis das Geld bei ihm eintrifft. Zunächst muss die Schuldfrage geklärt werden.«

»Rashica unterstellt Tönne Christiansen Vorsatz. Darüber hinaus habe ich den Eindruck, dass Christiansens Chef, der

Heizungsbauer Mügge, auch nicht auf Rosen gebettet ist. Sein neuestes und größtes Fahrzeug war am Unfall beteiligt. Das ist ein kleiner Betrieb. Mügge trifft es hart. Nicht nur, dass ihm ein Mitarbeiter ausgefallen ist. Auch die rollende Werkstatt fehlt. Er kann Aufträge nicht mehr ausführen. Wenn die Heizung ausfällt – dann wartet bei diesem Wetter kein Kunde. Das muss sofort erledigt werden. Ich gehe davon aus, dass Mügge Wartungsverträge abgeschlossen hat. Die kann er unter Umständen nicht mehr erfüllen. Und zu allem Überfluss muss er Christiansen auch noch sechs Wochen das Gehalt zahlen.«

Cornilsen kratzte sich die Nase. »Mügge ist doch Unternehmer. Das ist sein Risiko.«

»Nicht jeder kleine Unternehmer ist ein Krupp.«

»Aber ...«

»Hosenmatz!« Das war ein Ordnungsruf. Cornilsen verstand es.

»Die Geldforderung gegen Dr. Grimm, also die Erpressung – Christiansens Partnerin und das gemeinsame Kind sind in arge wirtschaftliche Not geraten. Ihr Bruder, Hans-Werner Lankwitz, hat es mehrfach deutlich kundgetan. Er ist davon überzeugt, dass sein Fast-Schwager das Opfer ist, weil der Renault in den Crafter hineingefahren ist. Für mich ist Lankwitz der erste Verdächtige die Erpressung betreffend. Dafür könnte auch das fehlerhafte Deutsch des Erpresserbriefs sprechen.«

Große Jäger stöhnte laut auf. »Wenn das ein Kriterium ist, kommen siebzig Prozent der Bundesbürger als Täter in Frage. Hast du etwas über Bentzin herausgefunden?«

»Nichts.« Cornilsen zuckte resigniert die Schultern. »Der Name taucht weder in unseren Dateien noch in den sozialen Medien auf. Auch im Internet findet man nichts.«

»Ehrenberg sprach davon, dass Menschen ihr Leben verlieren, ohne zu sterben. Was meint er damit?«

»Ich hätte gedacht, dass es sich um weitere Unfallopfer handeln könnte. Aber auch dazu habe ich nichts gefunden. Es gibt lediglich ein Ehepaar Bentzin. Günter und Renate aus Westerhever.«

Große Jäger war enttäuscht. »Es könnte sein, dass es sich um Unfallbeteiligte handelt. In den Medien werden die vollständigen Namen nicht genannt.«
»Dann sollten wir die Familie Bentzin besuchen«, schlug Cornilsen vor.

Große Jäger wohnte schon lange in der Region. Er kannte sie und ihre Geheimnisse, war mit den kleinen Orten, den Straßen und Wegen und der Landschaft bestens vertraut. Trotzdem faszinierte sie ihn immer wieder, gleich zu welcher Jahreszeit. Auch heute, bei leichtem Nieselregen und grauem Himmel, war die Marsch hinterm Deich mit ihrer Weite von einem ganz besonderen Reiz. Bis zu ihrem Ziel Westerhever ganz im Westen Eiderstedts hatte er viel Gelegenheit, den Ausblick zu genießen.

Das kleine Dorf mit gerade einmal hundert Einwohnern versteckte sich an der Nordwestecke und schien nur aus der Kirche und dem Dorfkrug zu bestehen. Wäre eine Dornenhecke um den Ort gewachsen – es wäre der ideale Platz für Dornröschens hundertjährigen Schlaf. Im Sommer wälzten sich lange Autoschlangen durch die schmale Dorfstraße, um eineinhalb Kilometer weiter einen Parkplatz am Ende der Welt anzusteuern. Von hier ging es nur zu Fuß weiter zu Deutschlands bekanntestem und meistfotografiertem Leuchtturm mit den beiden weißen Häusern. Die Anlage war nach einem halbstündigen Marsch durch das Wattenmeer nur zu Fuß zu erreichen.

Das Ehepaar Bentzin wohnte in einem älteren Haus außerhalb des Dorfkerns. Am Vorgarten war schon lange keine Hand mehr angelegt worden. Zwischen den Fugen der Gehwegplatten spross das Unkraut hervor. Von den Fenstern war die Farbe abgeblättert. Hinter den Scheiben hingen Gardinen, deren Grau durch das schmutzige Glas hindurchschimmerte. In der Einfahrt stand ein VW Caddy, an dessen doppelter Hintertür ein Behindertenabzeichen und das Schild »Bitte zwei Meter Abstand« prangten.

Eine schrille Klingel ertönte nach Betätigung des Knopfes.

Nach einer gefühlten Ewigkeit öffnete sich die zerschrammte Tür. Ein Mann mit ungewaschenen Haaren, die ihm über die Ohren und den Hemdkragen hingen, sah sie an. Unter dem Pullover mit den abgestoßenen Ellenbogen lugte der Kragen eines Hemdes hervor, der ebenfalls durchgescheuert war. Die eingefallenen Wangen und das zurückspringende Kinn waren unrasiert. Auf der Nasenspitze klemmte eine schmale Brille. Große Jäger vermutete eine Sehhilfe aus dem Drogeriemarkt. Hinsichtlich der Fingernägel mit den schwarzen Rändern war der Mann Große Jägers Bruder im Geiste. Der Mann sah die beiden Besucher an. Ohne ein Wort zu sprechen.

»Herr Bentzin?«

Er reagierte nicht.

Große Jäger nannte seinen Namen und erklärte, sie seien von der Husumer Polizei.

In den matten Augen des Mannes blitzte es kurz auf.

»Polizei?«, fragte er, ohne die Lippen zu bewegen.

»Wir untersuchen Vorfälle, die in Verbindung mit einem Einsatz des Rettungsdienstes stehen.«

Bentzin schien wie verwandelt. »Ehrlich?« Er öffnete die Tür ganz und schob sie mit dem Fuß etwas zur Seite. »Kommen Sie rein. 'tschulde. Der Zeitpunkt ist gerade ungünstig. Ich meine, wegen Aufräumen.«

Im düsteren und engen Hausflur roch es muffig, als wäre seit Langem nicht mehr gelüftet worden. Schuhe standen einzeln herum, dazwischen Getränkekisten mit Wasser und Limonade. Ein offener Beutel enthielt Abfälle für den Gelben Sack. Auf den Treppenstufen, die ins Obergeschoss führten, war achtlos Kleidung abgelegt worden. Ein Blick durch die offene Küchentür zeigte, dass es dort nicht anders aussah. Das Chaos setzte sich auch im Wohnzimmer fort, das altbacken eingerichtet war. So etwas konnte einen Hauch von Gemütlichkeit vermitteln. Hier war es einfach nur unordentlich. Die Einrichtungsgegenstände waren nicht aufeinander abgestimmt, sondern wirkten zusammengestückelt. Bentzin zeigte auf den Esstisch. »Setzen wir uns man dahin«, sagte er und schob die aufgeschlagenen

Husumer Nachrichten achtlos zur Seite. Daneben lagen Briefe, die mit dem Fingernagel aufgerissen worden waren.

»Sie sehn ja, was das angerichtet hat«, sagte Bentzin und ließ sich auf einen der Stühle fallen.

»Wir möchten von Ihnen gern hören, was vorgefallen ist«, sagte Große Jäger neutral.

»Was vorgefallen ist?«, echote Bentzin. »Das alles hier ist der Rest von unserem Leben.« Mit einer ausladenden Handbewegung fuhr er durch die Luft und traf dabei die Kaffeetasse, die klirrend auf den Tisch fiel.

»Was ist passiert?«, blieb Große Jäger hartnäckig.

»Soll ich den Scheiß jetzt zum hundertsten Mal erzählen? Mir hängt das bis hier.« Bentzin führte seine Handkante an den Hals. »Alles haben die kaputtgemacht. Unser Leben.«

»Der Rettungsdienst?«

»Der. Und der Landrat. Die Ärzte. Alle.«

»Das ist ein Rundumschlag. Sie meinen, alle hätten sich gegen Sie verschworen?«

»Ja. Äh – nein. Nicht mit der Absicht gegen uns, also Renate und mich. Aber Leute wie wir – das geht denen doch am Arsch vorbei. So wie es uns getroffen hat, hat es auch andere erwischt. Kümmert das einen von denen da oben? Hauptsache, der eigene Hintern sitzt gut gepolstert.«

Bentzin wischte sich mit dem Hemdsärmel den Speichel aus den Mundwinkeln. »Warum gibt es hier keine Ärzte, hä? Angeblich brauchen wir die nicht. Renate hatte oft Kopfschmerzen. Da hat ihr der Kurpfuscher gesagt, sie soll 'n paar Tabletten reinwerfen. Da geht der Mist schon los. Wo kriegst du die Dinger her? In St. Peter hast du jede Menge Apotheken.«

»Soweit ich informiert bin, gibt es dort zwei.«

»Und hier keine.«

»Bei hundert Einwohnern lohnt es nicht.«

Bentzin fuhr in die Höhe und holte tief Luft, dann ließ er sich wieder fallen.

»Hau doch ab«, rief er. »Das ist es doch. Es lohnt nicht. Renate da oben«, dabei zeigte sein ausgestreckter Finger zur

Zimmerdecke,»war putzmunter. Sie hat in der Verwaltung eines
Busunternehmens gearbeitet, war im Chor. Das war ihre große
Leidenschaft. Jede freie Minute hat sie im Garten zugebracht.
Du glaubst doch nicht, dass wir den Gammel aus dem Super-
markt gegessen haben. Nix da. Fast alles hat Renate im Garten
selbst angebaut.«
Große Jäger hatte Zweifel, ob das alles im rauen Nordsee-
klima gedeihen konnte. Aber er wollte den Mann nicht unterbrechen.
»Und plötzlich – rums. Fängt sie an zu zucken. Hier haben
wir gesessen. Abends. Haben ›Verstehen Sie Spaß?‹ gesehen
mit dem Weißkohl da. Sie hatte schon zwei Gläser Rotwein
intus. Plötzlich fängt sie an zu lallen und verzieht das Gesicht.
›Scherzkeks‹, hab ich gesagt und mitgelacht. Sie hörte gar nicht
wieder auf.« Er seufzte.»Es hat 'ne ganze Weile gedauert, bis
ich begriffen habe, was da abgeht. Die hat keinen Joke gemacht.
Nee. Da war was. ›Mensch, Nate‹, hab ich zu ihr gesagt. ›Was is?
Hast du zu viel Rotwein gesüffelt?‹ Als das nicht aufhörte, hab
ich den Doktor angerufen. Die Dings da, na …« Er schnippte
mit dem Finger.»Krempl in Garding. Da ist sie immer hin-
gegangen. Aber da lief nur das Band. Die haben es ja nicht mehr
nötig. Dann hab ich die Hundertzwölf angerufen. Die haben
lauter blöde Fragen gestellt. Hinterher habe ich erfahren, dass
die gar nicht mehr in Husum sitzen, sondern fast in Dänemark,
drüben bei Flensburg. Kein Wunder, dass die nichts begriffen
haben. Das hat ewig gedauert, bis der Kerl es geschnallt hat
und den Krankenwagen losschicken wollte. Immerhin hat er
auch einen Notarzt in Marsch gesetzt. 'ne volle Stunde hat das
gedauert«, übertrieb Bentzin, »bis die eingetrudelt sind.«
    »Was fehlte Ihrer Frau?«
    »Blöde Frage. Das war ein Gehirnschlag. Aus heiterem Him-
mel. Von einem auf den anderen Augenblick bist du lebendig
tot.« Bentzin schnitt eine Grimasse und ließ die Zunge heraus-
hängen.»So saß sie da. Das ist bis heute so geblieben. Nate kann
nicht sprechen, nur lallen. Sie sieht alles verschwommen. Da
is nix mit Lesen oder Fernsehen. Nur das Hören geht so eben.

Die Finger kann sie noch ein wenig bewegen. Das ist alles. Und Schuld haben die.«

»Wer sind ›die‹?«

Bentzin klatschte sich mit der flachen Hand an die Stirn. »Das weiß doch jeder. Bei so was musst du mit Karacho ins Krankenhaus. Sonst bleiben unreparierbare Schäden zurück. So wie bei Nate. Wenn die fix in die Klinik gekommen wäre, dann …« Er vollendete den Satz nicht. Für einen Moment herrschte Stillschweigen im Raum. »Und dann karren die Nate nach Husum. Da können die so was gar nicht. Mensch, das müssen die Sanitäter doch wissen. Husum! Weshalb nicht in ein richtiges Krankenhaus?«

»Na, na«, warf Große Jäger ein. »Das sollten wir nicht im Raum stehen lassen.«

»Doch. Sonst wäre Nate nicht lebendig tot«, widersprach Bentzin. »Und mein Leben ist auch hin. Ich hatte so'n schönen Job. Hab den Milchwagen gefahren.« Er ließ den Arm kreisen. »Kannst alle Bauern in der Umgebung fragen. Ich war immer zuverlässig. Egal bei welchem Wetter. Und nun hocke ich hier und putze Nate den Hintern. Ich will nicht missverstanden werden. Für mich kommt nix anderes in Frage. Aber in mir«, dabei klopfte er mit der Faust aufs Herz, »da pocht es. So eine verdammte Scheiße, nur weil die da oben ihren Job nicht machen.« Er tippte Große Jäger auf den Unterarm. »Da kommt so ein Idiot von der Krankenkasse und will darüber diskutieren, ob Nate wirklich eine Pflegestufe hat oder sich noch selbst behelfen kann. ›Klar, du Trottel‹, habe ich ihm gesagt. ›Wenn du weg bist, steigt die Simulantin aus den Federn, und dann fahren wir Rollschuh.‹ Und was ist daraufhin passiert? 'nen Brief haben sie mir geschickt, dass ich nicht so mit ihren Leuten umgehen soll. Ich war so was in Brass, kann ich dir sagen. Ich wäre am liebsten hin und hätte denen was erzählt.« Bentzin ballte die Faust, dass die Knöchel weiß hervortraten. »Solche Klötenkasper. Alle, wie sie da sind. Der Fisch stinkt immer vom Kopf ab – sagt man doch. Das geht beim Landrat los. Der glotzt doch nur auf seinen Kontoauszug. Den interessiert das die Bohne, was mit den kleinen Leuten los ist. Dem hab ich 'nen fixen Brief geschrieben, dass er sich das mal angucken soll, was hier mit meiner Nate passiert ist. Und? Der Heini hat nicht mal geantwortet. Wenn der mir in die Quere kommt ...« Bentzin ballte beide Fäuste, legte sie an den Seitenkanten übereinander und vollführte die Bewegung des Auswringens. »Nicht nur Nate liegt da oben. Auch ich bin ein Opfer. Da kommt doch keiner mehr zu uns. Was sollen die auch hier? Mit uns schnacken? Worüber? Über unser Elend? Sieh dich doch um, wie das hier aussieht. Ich muss alles allein machen. Nate versorgen, den Haushalt, einkaufen, mich um den ganzen anderen Mist kümmern.« Er schluckte heftig. »Wie oft leben wir? Ich bin doch kein ... kein ... Na, so einer, der immer wiedergeboren wird. Und Gott gibt es auch nicht. Der hätte so was nicht zugelassen. So hocken wir beide hier am Arsch der Welt. Und keine Sau interessiert sich dafür. Stattdessen lese ich in der Zeitung, dass der Landrat und seine Kumpel durch die Gegend kajohlen, sich einen hinter die Binde kippen und am nächsten Tag irgendwo übers kalte Büfett herfallen, während wir mit unseren paar Mäusen nicht bis zum Zwanzigsten auskommen. Sag – ist das ein Leben?«

Die beiden Polizisten sahen betreten zu Boden, während Bentzin heftig atmete.

»Das Schicksal hat es nicht gut mit Ihnen gemeint«, unterbrach Große Jäger das lange Schweigen.

»Hör doch mit so'm Kokolores auf«, schimpfte Bentzin. »Der Arzt muss doch erkennen, dass da was im Busche ist. Aber nee. Nicht beim Kassenpatienten. Da sitzt Dr. Raffke und sagt, er untersucht dich nur, wenn du extra zahlst. Ist doch bescheuert, dass du beim Augendoktor blechen musst, damit er dir in die Pupille blinzelt, ob du 'nen Star kriegst. 'n Kumpel von mir pinkelt jetzt in Plastikbeutel, nur weil er noch nicht alt genug war für 'ne Prostatavorsorgeuntersuchung. Ich kenn einen, der ist fast draufgegangen, nur weil er keinen Termin beim CT gekriegt hat. Während er warten musste, ist der Scheißkrebs immer weiter gewuchert. Aber wenn der Landrat Hämorrhoiden hat, kommt der Professor persönlich.«

Große Jäger reichte es. Mit Sicherheit befand sich der Mann in einer emotional angespannten Lage. Da fällt es schwer, objektiv zu bleiben. Man sucht nach Schuldigen, die für die eigene Situation verantwortlich gemacht werden können. Weder sein Gegenüber noch dessen schwer geprüfte Ehefrau traf ein Verschulden an der schweren Erkrankung und deren Folgen. Es gab in Deutschland ein solidarisches Netz, damit Menschen in Notlagen nicht vollends durch die Maschen fielen. Ob es im Einzelfall ausreichend war – darüber konnte man diskutieren. Neben der individuellen Situation durfte man auch den Blick für das Gesamte nicht verschließen. Es wäre unbezahlbar, in jedem Dorf Rettungsmittel vorzuhalten. Aber das konnte man einem Betroffenen nicht erklären, der eine andere Sicht der Dinge hatte. Natürlich. Bentzins Hass – Ärger konnte man es kaum noch nennen – gegenüber dem Landrat als Repräsentanten der Verwaltung wollte Große Jäger auch nicht tolerieren. Es tat ihm leid, dass er den Mann mit groben Worten zurechtwies.

»Ist doch klar«, schimpfte Bentzin. »Ihr gehört doch auch zu denen, seid die Büttel des Landrats. Aber«, dabei bewegte er drohend seinen Zeigefinger, »wenn es Gott gibt – wenn! –, dann bestraft er die Verantwortlichen. Und wenn es Gott nicht macht, tut es hoffentlich ein anderer.«

»Sind Sie in der ABM engagiert?«

Bentzin stutzte einen Moment. »In der Sache von dem Ehrenberg aus Grothusenkoog? Wenn ich nicht ans Haus gefesselt wäre, würde ich da mitmischen und Fensterscheiben einwerfen. Die haben doch recht, die Leute. Was soll das denn? Machen die uns das Krankenhaus in Tönning zu. Glaubt mir. Da rollt noch was auf uns zu.«

»Das kleine Krankenhaus wäre nicht in der Lage gewesen, Ihre Frau erstzuversorgen.«

»Papperlapapp. Die waren richtig klasse in Tönning. Alle haben das Krankenhaus geliebt. Tolle Ärzte. Erst haben sie Betten abgebaut, dann Stationen geschlossen. Und jetzt ist es ganz dicht. Oh Mann. Ich kann Ihnen sagen ...«

Zum Abschied versicherte ihm Große Jäger noch einmal das

volle Verständnis für den Groll, riet ihm aber, bei aller Kritik maßvoll zu bleiben.

»Mein Maß liegt da oben«, sagte Bentzin und zeigte erneut zur Zimmerdecke. »Und davon lass ich mich auch nicht abbringen.«

Die beiden Polizisten fuhren schweigend nach Husum zurück.

»Jetzt wäre es gut, wenn wir den viel gescholtenen Landrat um seine Meinung bitten würden«, meinte Große Jäger und dirigierte Cornilsen zur Kreisverwaltung, die in der Husumer Marktstraße ihren Sitz hatte.

Üblicherweise vermutet der Besucher die Marktstraße im Zentrum einer Stadt. In Husum lag sie fast am nördlichen Stadtrand, dort, wo früher der Viehmarkt beheimatet war. Große Jäger hatte einmal festgestellt, dass an dieser historischen Stätte heute immer noch ein »Kuhhandel« stattfand.

Ihr Ansinnen, den Landrat zu sprechen, konnte allerdings nicht erfüllt werden. Henning Jansen war nicht im Haus.

»Und morgen?«

»Sie glauben doch nicht, dass Sie hier hereinplatzen und mit dem Landrat sprechen können«, entrüstete sich eine Mitarbeiterin. »Herr Jansen hat einen dicht getakteten Zeitplan.«

»Wir auch. Um das Gespräch aber in ungestörter Atmosphäre ablaufen zu lassen, kann uns Herr Jansen morgen früh in der Poggenburgstraße besuchen. Um acht Uhr? Oder früher?«

»Unmöglich.«

»Suchen Sie nach einer Möglichkeit. Es ist wichtig. Für ihn. Für uns. Und für Nordfriesland. Und das Wohlergehen des Kreises und seiner Menschen sollte ihm am Herzen liegen.«

Mit spitzen Fingern nahm die Angestellte Cornilsens Visitenkarte entgegen.

»Wenn der Landrat nicht am Arbeitsplatz ist, können wir uns auch den Feierabend leisten«, beschloss Große Jäger. »Und Oma wird sich freuen, wenn du sie wieder einmal besuchst.«

Cornilsen knurrte etwas Unverständliches. Er überlegte eine Weile und schlug dann vor, man könne doch wieder einmal gemeinsam zu Abend essen und dazu Mommsen, Karlchen und Anna einladen.

»Das wird sich nicht ermöglichen lassen«, erwiderte Große Jäger.

»Warum nicht?«

»Hosenmatz. Erstens heißt es: ›Weshalb nicht?‹ Außerdem ...« Er druckste eine Weile herum. »Anna hat übrigens still und heimlich geheiratet«, sagte Große Jäger.

»Wie bitte?« Cornilsen sah ihn mit offenem Mund an. »Du scherzt.«

»Nein. Ich habe es auch nur durch Zufall erfahren.«

»Wen?«

»Ihren Chef Dr. Hinrichsen, zu dem sie nach dem Verkauf des Nordstrander Hauses gezogen ist.«

»Dann wünschen wir den beiden alles Gute«, sagte Cornilsen. Ihm war anzusehen, dass er nur mühsam einen Kommentar unterdrückte.

Nach der Rückkehr zur Dienststelle stieg Große Jäger in seinen Smart um und fuhr nach Garding. Es war halb fünf Uhr. Viele Arbeitnehmer hatten ihren Arbeitstag abgeschlossen und befanden sich jetzt auf dem Heimweg. Heidi Krempl würde er noch nicht zu Hause antreffen. Sie hatte bis fünf Uhr Sprechstunde. Erfahrungsgemäß dauerte es dann noch anderthalb bis zwei Stunden, bis sie wirklich die Praxis verlassen konnte. Er wollte sie mit dem Abendessen überraschen. Kochen war nicht seine Stärke. So suchte er mehrere Geschäfte rund um die Husumer Tine auf und kaufte Leckereien. Mit dieser Beute traf er in Garding ein. Moritz, Heidis sechzehnjähriger Sohn, sah ihn irritiert an.

»Ist euch der Nachschub an Gangstern ausgegangen?«

»Wir sind so gut, dass wir es in Kurzarbeit schaffen«, behauptete Große Jäger.

Moritz interessierte sich mehr für die mitgebrachten Tüten.

»Was'n das?«

»Abendbrot.«

Der Junge warf einen Blick in die Tüten. »Das nennst du Essen? Das ist Gruftifutter.«

»Super. Dann haben wir Ollen umso mehr, wenn du nicht darüber herfällst.«

»Ich kann ja mal probieren.«

Es entstand ein freundschaftliches Gerangel, in dem Große Jäger Moritz davon abhielt, sich schon jetzt der mitgebrachten Dinge zu bemächtigen.

Den Beleidigten spielend zog sich Moritz in sein Reich zurück.

»Ich hätte in der Husumer Neustadt bleiben sollen«, murmelte Große Jäger und sah dabei Blödmann an. Die Dachsbracke lag in ihrem Korb und hatte nur müde den Kopf gehoben. Dachsbracke. Wenn er die Rasse erklären sollte, sagte er: »Das ist eine Art SUV unter den Dackeln. Also höhergelegt.«

Er beugte sich nieder und streichelte den Hund. »Du bist ganz schön alt geworden«, meinte er. »Du? Wir beide.«

Heidi Krempl zeigte sich ebenso überrascht wie erfreut, als sie nach Hause kam. Das Glück wäre vollkommen gewesen, wenn er mit ihr den Weißwein genossen hätte. Große Jäger zog ein kühles Bier vor. Eins?

Zwischen Vitello tonnato und Striemellachs fragte er sie: »Kennst du Renate Bentzin aus Westerhever?«

»Wie bitte?« Heidi Krempl verschluckte sich und musste sich freihusten. Nach einem Schluck Wein fragte sie: »Weshalb fragst du?«

»Ich habe in einem Fall mit ihr zu tun. Sie sagt, du seist ihre Ärztin.«

»Ich spreche nicht über meine Patienten, auch nicht, indem ich etwas bestätige.«

Große Jäger lächelte. »Mit dieser Formulierung hast du dich schon verraten.«

»Ich?« Sie zog die Augenbrauen in die Höhe. »Wieso?«

»Du hättest sonst gesagt: ›Sie ist nicht meine Patientin.‹ Außerdem kann sie mir gar nichts gesagt haben. Sie kann nicht sprechen. Ich habe heute mit ihrem Ehemann Günter gesprochen. Der ist hochgradig frustriert über das, was seiner Frau und damit auch ihm widerfahren ist.«

Heidi holte tief Luft. »Ein schweres Los. Man fragt sich, nach welchen Kriterien solche Dinge vom Schicksal verteilt werden.«

»Der Mann behauptet, dich träfe eine Mitschuld. Du hast ihre Erkrankung nicht rechtzeitig erkannt.«

Heidi Krempl schob den Teller von sich. »Läuft da irgendetwas gegen mich? Eine Anzeige? Und du sollst mich aushorchen?«

»Wenn das der Fall wäre, hätte ich es abgelehnt.« Er berichtete in knappen Worten von seinem aktuellen Fall und in welchem Zusammenhang er auf das Ehepaar Bentzin gestoßen war.

»Es kommt gelegentlich vor, dass man uns Ärzte bei unverhofften Ereignissen verantwortlich macht. Das erfolgt aus der Not heraus. Die Menschen verstehen nicht, dass ausgerechnet sie oder ein Angehöriger betroffen sind. Eine oft gestellte Frage beim Überbringen der Krebsdiagnose ist: ›Warum ausgerechnet ich?‹ Darauf gibt es keine Antwort. Genauso ist es im Fall Renate Bentzin. Ein Schlaganfall trifft den Patienten meistens aus heiterem Himmel ohne jede Vorwarnung.«

»Bentzin wirft vielen etwas vor. Der Rettungsdienst wäre zu spät gekommen ...«

»Das ist in der Tat ein Problem in einem dünn besiedelten Flächenkreis wie unserem. Da gibt es lange Anfahrtswege.«

»Außerdem hat der Notarzt die Frau nicht richtig behandelt.«

»Das kann ich mir nicht vorstellen, auch wenn ich nicht dabei war.«

»Zudem unterstellt er, dass Husum nicht das richtige Krankenhaus für einen Schlaganfall ist. Tönning hätte seiner Frau eher geholfen.«

»Da irrt er. Tönning hat einen guten Ruf gehabt, konnte aber nur in bestimmten Fällen die Erstversorgung übernehmen. Mit einem Apoplex wäre ich nicht nach Tönning gefahren.«

»Sondern wohin?«

»Heide«, antwortete sie spontan.

»Weshalb nicht Husum?«

Heidi Krempl hob das Glas. »Genug davon. Jetzt genießen wir das Abendessen.«

Große Jäger stutzte, als er das Büro betrat. Der Kaffeebecher stand auf der linken Seite des Schreibtisches. Außerdem glänzte der Becher merkwürdig. Ihm fehlten die dunklen Streifen herabgelaufenen Kaffees. Dafür war er gefüllt. Er stellte ihn rechts ab, damit er griffbereit war.

»Hm?«, fragte er erstaunt.

»Moin«, sagte Cornilsen fröhlich. »Ich dachte, ich bereite dir eine Freude.«

Große Jäger blieb vor dem Arbeitsplatz stehen. »Ist irgendetwas mit Oma?«

»Weil ich nett zu dir bin?«

Der Hauptkommissar sah misstrauisch auf den Kaffee, dann zu Cornilsen und wieder zurück. Bedächtig setzte er sich auf den Stuhl, ohne sich entsprechend seiner sonstigen Gewohnheit hineinfallen zu lassen. Mit spitzen Fingern griff er den Henkel und führte den Becher an den Mund. Dann nippte er daran. Ruckartig nahm er das Trinkgefäß zurück, verzog das Gesicht und rief entsetzt: »Pfui Spinne.«

Cornilsen sah ihn mit großen Augen an.

»Der ist von gestern.«

»Von gestern? Den habe ich vorhin von Hilke für dich besorgt. Und zuvor habe ich den Becher ausgespült.«

»Vorhin? Das Zeug ist eiskalt.«

Jetzt entspannten sich Cornilsens Gesichtszüge. »Wenn du erst mittags kommst, ist das dein Problem.«

Große Jäger sah auf die Armbanduhr. »Halb neun.«

»Ist das Eiderstedter Zeit? Ich weiß – auf Eiderstedt hängt man in vielen Dingen hinterher. Aber die MEZ gilt auch dort. Und bei den achtzehn Kirchen der Halbinsel sollte es eine genaue Uhrzeit geben. Bei mir ist es neun Uhr durch. In Tönning ...«

Große Jäger winkte ab. In der Tat war die Turmuhr der

St.-Laurentius-Kirche ein Kuriosum. Immer wieder ging sie falsch.

»Ich habe den Kaffee besorgt, als ich kam. Die Kollegen in den Nachbarbüros waren auch anwesend. Wer glänzte durch Abwesenheit?«

»Ich habe schon ermittelt«, behauptete Große Jäger und berichtete in Kurzform von seinem Gespräch mit Heidi.

»Soso«, erwiderte Cornilsen mit spitzen Lippen. »Ich habe uns einen Termin beim Landrat beschafft.«

»Schwindler. Die Tante von gestern hat sich gemeldet, nachdem ich Druck gemacht habe.«

»Da siehst du es. Wir sind ein tolles Team.«

Das traf zu. Cornilsen war Christophs »Entdeckung« gewesen. Er war von der kleinen Niebüller Dienststelle für die Ermittlungen beim Mord während des Biikebrennens ausgeliehen worden und hatte sich gut eingearbeitet. Damals zeichnete sich Christophs bevorstehende Pensionierung ab. Dass es anders kam … Große Jäger verdrängte den Gedanken an die damaligen Geschehnisse. In diesem Beruf gab es Licht- und Schattenseiten. Und die Geiselnahme im einsamen Haus hinterm Deich war die schwärzeste Stunde seiner Zeit bei der Polizei.

»Hast du mit dem Landrat gesprochen?«

»Er wollte nur mit dem besten Polizisten des Landes reden«, antwortete Cornilsen.

»Und? Weshalb bist du nicht hingefahren?«

Cornilsen warf sich in die Brust. »Das ist wie mit dem lieben Gott. Das ist auch nicht nur einer. Und der beste Polizist Schleswig-Holsteins sind eben wir beide.«

»Schleswig-Holsteins? Du meinst, der nördlichen Halbkugel.«

»Dann hätten wir das auch geklärt. Kehren wir zum Profanen zurück und fahren wir zur Kreisverwaltung.«

Landrat Henning Jansen war ein asketisch wirkender hochgewachsener Mann. Aus den Medien war bekannt, dass er Marathon lief. Er war Anfang fünfzig, hatte sich in Ostholstein in der Verwaltung hochgedient und bekleidete dieses Amt schon ein paar Jahre. Er kam ihnen in seinem Dienstzimmer, in das man sie geführt hatte, entgegen, reichte beiden die Hand und fragte nach dem Grund ihres Besuchs. Große Jäger zeigte auf Cornilsen. »Mein Kollege erklärt es Ihnen.«

Der Kommissar hatte es sich auf dem angebotenen Besucherstuhl bequem gemacht und die Beine übereinandergeschlagen. Er war überrascht, öffnete den Mund, als wolle er widersprechen, schluckte heftig, nahm das oben liegende Bein herunter und stellte es neben das andere. Dann begann er von dem Unfall zu berichten, davon, dass der getötete Fahrer zunächst unbekannt war, man aber seine Identität lüften konnte. Er verzichtete auf Details wie dessen unbefugten Aufenthalt in Deutschland. Cornilsen schlug den Bogen zum Mobbing gegen zufällig anwesende Zeugen und Rettungskräfte. Er machte seine Sache gut, fand Große Jäger. Cornilsen sprach das Problem an, ohne sich in Einzelheiten oder Personen zu verlieren. Zum Schluss kam er darauf zu sprechen, dass ihnen im Zuge der Ermittlungen immer wieder massive Kritik an der Gesundheitsversorgung in Nordfriesland vorgetragen worden war.

Jansen lehnte sich zurück und schloss für einen Moment die Augen.

»Sehen Sie«, begann er. »Wir leben im vermutlich schönsten Landkreis Deutschlands. Nicht nur geografisch ganz oben. Die einhundertsechzigtausend Nordfriesen verteilen sich auf eine Fläche, die fast so groß ist wie das Saarland. Das sind achtzig Einwohner pro Quadratkilometer. Im Hamburger Bezirk Eimsbüttel wohnen rund einhunderttausend Einwohner mehr, und das auf einer Fläche, die etwa so groß ist wie Nordstrand. Da tummeln sich fünftausend Menschen auf einem Quadratkilometer. Dort gibt es zwei Rettungswachen. Wir haben zehn. So viel zur Statistik. Dabei lassen wir unberücksichtigt, dass sie in der Großstadt überall unproblematisch hinkommen. Wir haben noch fünfzehn Inseln und Halligen zu versorgen. Diese Herausforderung hat kein anderer deutscher Landkreis.«

»Statistik hilft aber nicht, Menschenleben zur retten«, gab Große Jäger zu bedenken.

»Die Mitarbeiter im Rettungsdienst sind kompetent und engagiert. Es ist aber auch eine Frage der Finanzierbarkeit. Die Bürger wollen alles. Freie Kitas, gut ausgebaute Straßen, an jeder Ecke eine Rettungsstation und das Krankenhaus mit Hochleistungsmedizin in Sichtweite. Wenn es aber an die Kostenfrage geht, zuckt jeder mit der Schulter. Wenn Sie sehen, dass der Bürger rund ein Drittel seines Einkommens für Vorsorgeleistungen aufwenden muss, verstehen Sie den Unmut.«

»Der Unfriede herrscht im Land, weil es bei uns so weite Wege sind …«

»Diese Großzügigkeit genießen wir, wenn wir uns durch das Land bewegen oder am Deich entlangwandern. Wir haben das Weltnaturerbe Wattenmeer direkt vor der Haustür. Irgendwo muss man Kompromisse machen.«

»Naturgemäß sehen das Betroffene anders. Die fragen sich: Kann man ein Menschenleben wegen eines verspätet eintreffenden Rettungswagens gegen Geld aufwiegen?«

Jansen schwieg und sah die Polizisten nachdenklich an. »Ich verstehe. Sie haben sich die Meinung der ABM zu eigen gemacht. Die haben einen Tunnelblick. Es gibt einen Krankenhausbedarfsplan. Der wird vom Land erstellt. Das ist die eine Seite der Medaille. Zum anderen kennen Sie die Diskussion, dass man kleine Krankenhäuser schließen und die Versorgung in großen Zentren konzentrieren möchte. Wenn jemand eine bestimmte Operation nur viermal im Jahr ausführt, kann er nicht so viel Routine entwickeln wie eine Klinik, die diese Behandlung täglich mehrfach vornimmt. Es ist ein Balanceakt, wenn der Kreistag zwischen all diesen konkurrierenden Determinanten das Optimum für die Bevölkerung herausholen möchte. Es führt uns nicht weiter, wenn wir das Klinikum Nordfriesland in die Insolvenz treiben.«

»Und deshalb haben Sie Tönning geopfert?«

Der Landrat zuckte kurz zusammen. »Dieser Blödsinn wird

immer wieder kolportiert. Wir mussten das Krankenhaus schließen, weil wir keine Ärzte mehr gefunden haben.«

»Ich dachte, weil das Krankenhaus nicht mehr wirtschaftlich zu betreiben war.«

»Das auch.« Jansen wirkte merklich genervt.

»Die Existenzgrundlage Tönnings wurde peu à peu ausgehöhlt.«

Ein langer Blick traf Große Jäger. »Sagen Sie mal: Was wollen Sie eigentlich von mir? Es hört sich an, als hätten Sie sich die unzutreffenden Argumente der ABM zu eigen gemacht. Ist das Aufgabe der Polizei?«

»Es gibt massive Drohungen gegen Leute, die im Rettungsdienst oder Gesundheitswesen tätig sind. Denen gehen wir nach. Im Moment ist es bei Sachbeschädigungen geblieben.« Die Erpressung der Ärztin verschwieg Große Jäger.

»Das sollte man nicht ernst nehmen«, versuchte der Landrat abzuwiegeln. Er schien ein wenig erleichtert, weil er nun den Grund für den Besuch der Polizei und Große Jägers unangenehme Fragerei erfahren hatte. »So etwas passiert mir auch öfter. Da ist jemand mit dem Bescheid zur Sozialhilfe nicht zufrieden, andere halten diesen oder jenen Verwaltungsakt für falsch. In unserem Rechtsstaat hat jeder Bürger die Möglichkeit, sich dagegen zu wehren. Aber nicht mit Drohungen gegen Beamte, den Landrat oder Kommunalpolitiker.«

Große Jäger stutzte. »Ist Ihnen so etwas widerfahren?«

»Das kommt gelegentlich einmal vor«, wich Jansen aus.

»Aktuell in letzter Zeit?«

»Das ist nicht der Rede wert.«

»Deshalb sind wir hier und suchen das Gespräch. Hängt es mit dem Unfall in der Jans-Kurve zusammen?«

»Vergessen Sie es.«

»Nein!«

»Es reicht. Ich werde das nicht weiter ausführen.« Es klang endgültig.

»Ist es gefährlich, in Nordfriesland zu leben?«

»So ein Blödsinn.« Jansen war zornig geworden. »Erwiesenermaßen lebt es sich nirgendwo gesünder als bei uns an der See.«

»Sofern man nicht in einen Notfall gerät. Sie bekommen keinen Facharzttermin ...«

»Das ist kein spezifisches nordfriesisches Problem«, unterbrach ihn der Landrat.

»Erklären Sie einem Menschen, dass er drei Monate auf eine CT-Untersuchung warten muss, die ihm Gewissheit gibt, ob er an Krebs erkrankt ist.«

»Das sind Einzelfälle«, behauptete Jansen.

»Sagt Ihnen das Ehepaar Bentzin aus Westerhever etwas?«, wechselte Große Jäger das Thema.

Jansen zog die Stirn kraus. »In welchem Zusammenhang?«

»Es geht um einen sehr tragischen Fall, in dem gleich zwei Leben zerstört wurden.«

Der Landrat zögerte mit der Antwort. »Jeder Fall ist für die Betroffenen tragisch. An diesen Dingen werden wir nichts ändern können. Nein. Der Name sagt mir nichts.«

Es klang geschäftsmäßig. Große Jäger wunderte sich, dass Jansen keine weiteren Fragen stellte. Er schien nicht interessiert zu sein.

»Möchten Sie nicht hören, was den Bentzins widerfahren ist?«

»Ach«, winkte der Landrat ab. »Bei so vielen Menschen ereignen sich viele Dinge, die – jedes für sich – ein persönliches Drama darstellen. Man kann nicht alles an sich heranlassen.«

Große Jäger räusperte sich. »Und wenn man Ihnen ein Verschulden anlastet?«

Jansen drehte sich halb zur Seite. »Dann hätte ich von diesem Fall gewusst. Glauben Sie mir. Ich weiß, welche Verantwortung auf meinen Schultern lastet. Nicht jeder wäre bereit, diese Bürde zu tragen.«

»Diese Bürde wird mit neuntausend Euro aber erträglich gemacht«, meinte Große Jäger.

Jansen warf ihm einen schnellen Blick zu. »Wollen Sie eine Neiddebatte starten?«

Große Jäger nickte Cornilsen zu. Unausgesprochen ließ er, dass der Kollege für so viel Geld mehr als ein Vierteljahr arbeiten musste.

»Mich interessiert nur der Fall. Können Sie uns wirklich nichts zu Vorfällen sagen, in denen der Vorwurf erhoben wurde, Menschen wären zu Schaden gekommen, weil ihnen nicht optimal geholfen wurde?«

»Sie wissen, dass der Kreis einer der größten Arbeitgeber in der Region ist. Da kann ich nicht jedes Detail kennen. Wir haben über siebenhundertfünfzig hoch qualifizierte Mitarbeiter, die verantwortungsbewusst ihre Aufgabe erfüllen. Ich kann nicht jeden Vorgang persönlich kennen.«

Große Jäger erhob sich. »Falls Ihnen noch etwas einfällt – melden Sie sich bitte bei uns.«

»Gut«, sagte der Landrat einsilbig und legte die Visitenkarte, die ihm Cornilsen reichte, achtlos zur Seite.

»Überzeugt haben mich seine Ausführungen nicht«, meinte Große Jäger, als sie zum Auto zurückkehrten.

Auf der Dienststelle wurden sie von Mommsen erwartet. »Ich weiß, dass ihr nicht frühstücken wart«, sagte der Kriminalrat. »Dr. Grimm wird allmählich zu einem Dauerbrenner.«

»Möchte sie wissen, wie weit wir gekommen sind?«

Mommsen schüttelte den Kopf. »Nein. Sie ist heute Nacht überfallen worden.«

Große Jäger und Cornilsen waren sprachlos.

»Weshalb haben wir das nicht erfahren?«, fragte der Hauptkommissar.

Mommsen winkte ab. »Heute ist viel los. Der Notruf ging um ein Uhr siebzehn ein. Elf Minuten später war die Streife in Schobüll vor Ort. Der Vorgang ist bei uns gelandet, als ihr schon außer Haus wart.«

»Wir fahren sofort hin.«

Der Kriminalrat hob die Hand. »Die Frau war sehr aufgebracht. Wir mussten schnell handeln. Deshalb ...«

»Hundt!«, fuhr Große Jäger wütend dazwischen.

Mommsen bestätigte die Vermutung.

»Wir fahren trotzdem hin«, entschied Große Jäger.

Er hatte es so bestimmt gesagt, dass Mommsen nur resigniert nickte.

Vor dem Grundstück stand einer der Polizeidienstwagen.

»Wir sollten ihn künftig mit ›Frau Hundt‹ ansprechen«, sagte Große Jäger.

Cornilsen sah ihn fragend an.

Der Hauptkommissar zeigte auf das Fahrzeug. »So, wie der parkt ...«

»Chauvi«, sagte Cornilsen lachend.

»Hört ja keiner.«

Die Haustür stand offen. Mit einem lauten »Hallo« traten sie ein und trafen Frau Dr. Grimm und Hauptkommissar Hundt im Obergeschoss. Die beiden standen in einem Raum mit schrägen Wänden. Die Ärztin hatte sich hier ein Arbeitszimmer eingerichtet.

»Moin«, grüßte Große Jäger und sah seinen Kollegen an. »Na, Bello? Hast du schon herumgeschnüffelt?«

Frau Dr. Grimm öffnete sprachlos den Mund. Hundt lief rot an. Große Jäger legte ihm freundschaftlich den Arm um die Schulter.

»Das ist der Umgangston unter lieben Kollegen«, sagte er mit einem Lächeln. »Klingt rau, ist aber herzlich gemeint.« Dabei knuffte er dem Kollegen in die Seite.

Hundt räusperte sich. »Was sollt ihr hier? Ich habe schon alles aufgenommen.«

»Prima«, entgegnete Große Jäger und sah die Ärztin an. »KHK Hundt ist einer unserer Besten. Vor allem steht alles haarklein im Protokoll, wenn er es schreibt. Nicht wahr?«

Bevor Hundt antworten konnte, zeigte Große Jäger auf das Regal mit medizinischen Fachbüchern. »Ist das die Schweinerei?« Jemand hatte ein großes schwarzes Kreuz über die Bücherwand und deren Inhalt gesprayt. »Wie sind die ins Haus gekommen?«

Frau Dr. Grimm war aschfahl geworden. »Die ... die ...«, stammelte sie.

»Der oder die Täter, ich gehe im Moment von einem Einzelnen aus, sind über die Terrassentür eingestiegen. Er hat die Tür aufgebrochen, indem er einen großen Schraubendreher am Holz angesetzt hat. Das ist an der Klingenbreite erkennbar.« Mit einem Seitenblick auf die Hausherrin fuhr Hundt fort: »Das Haus ist schon älter. Seit dem Bau wurde nichts an Sicherheitsmaßnahmen errichtet. Die Tür wie die Fenster werden durch einfache Zapfen gehalten. Das Ganze sieht nicht wie ein professioneller Einbruch aus«, schloss Hundt seine Analyse.

Große Jäger nickte ihm anerkennend zu. Der Kollege hatte alles richtig erkannt. Dann zeigte er auf die Schmierereien. »Dem Täter kam es nicht darauf an, etwas zu stehlen.«

»Hat er aber«, mischte sich Frau Dr. Grimm ein. »Ein Notebook, das hier lag«, dabei zeigte sie auf die Schreibtischecke, »und fünfzig Euro, die da für die Putzfrau lagen.«

»Sonst nichts? Wurden Schränke und Schubladen durchwühlt?«

Hundt und Dr. Grimm schüttelten einträchtig den Kopf.

Große Jäger wollte Hundt gerade für die Arbeit loben, als der Hauptkommissar sagte: »Da ist noch etwas.« Er ging voran ins Schlafzimmer und wies auf den Nachttisch. »Das da.«

Große Jäger beugte sich über ein zusammengefaltetes DIN-A4-Blatt, das mit einem Tintenstrahldrucker beschriftet worden war.

»Wenn Sie nicht zahlen sterben sie wie die Menschen denen sie nicht geholfen haben. Dies ist die letzte Warnung«, stand dort in fehlerhaftem Deutsch.

»Wieder die Schreibfehler. Ist das Absicht? Oder weiß es der Verfasser nicht besser?«, überlegte Große Jäger laut.

Dr. Grimm begann leise zu weinen. Ein Beben erfasste ihren Körper. »Ich halte das nicht mehr aus«, sagte sie. »Ich habe nichts bemerkt. Wenn ich daran denke, dass er neben meinem Bett gestanden hat. Er hätte alles machen können. Man muss die Drohungen ernst nehmen.«

»Wir nehmen jede ernst«, erwiderte Große Jäger. »Ich glaube aber nicht, dass der Täter es auf Ihre Gesundheit abgesehen hat.«

»Da bin ich mir nicht sicher«, mischte sich Hundt ein. »Wir sollten es nicht auf die leichte Schulter nehmen.«

Große Jäger atmete tief durch. Natürlich zehrte es an Dr. Grimms Nerven. Es half aber nichts, wenn Hundt die Ängste auch noch schürte.

»Soll ich ausziehen? Mich woanders einquartieren?« Sie sah sich demonstrativ um. »Ich werde aus meinem eigenen Haus vertrieben. Hier kann ich nicht bleiben. Ich bekomme nachts kein Auge mehr zu. Das kleinste Geräusch erschreckt mich. Mir ist klar, dass Sie keinen Beamten vor meine Tür stellen können. Und wenn sporadisch die Streife vorbeikommt, hilft das wenig. Hier in Schobüll sind die Grundstücke so dicht zugewachsen, dass Sie von draußen kaum einen Einblick haben. Das macht den Reiz dieser Wohngegend aus.« Sie versuchte, das Zittern ihrer Hand dadurch zu verbergen, dass sie die Finger mit der anderen Hand fest umschloss. »Was ist das für eine Welt, in der man aus seinem eigenen Heim vertrieben wird?«

»Die Polizei arbeitet mit Hochdruck an der Aufklärung«, erklärte Große Jäger.

»Wir legen ganz besonderes Augenmerk auf Ihren Fall«, versicherte Hundt. »Ich werde mich persönlich dahinterklemmen.«

Ach du grüne Neune, dachte Große Jäger. Das hat Frau Dr. Grimm nicht verdient. »Haben Sie eine Adresse, wo Sie vorübergehend unterkommen können?«

Es schien, als hätte die Ärztin seine Frage nicht gehört. Nach einer gefühlten Ewigkeit antwortete sie aber: »Nein. Das möchte ich auch nicht. Ich führe ein selbstbestimmtes Leben. Ich möchte mich nicht dem Mobbing und der Drohung beugen«, sagte sie trotzig. Zwei Atemzüge später hatten die Zweifel sie aber eingeholt. »Ich fürchte aber, das Mobbing und die Drohung sind stärker als mein Wille. Wo kann man sich Hilfe holen? Bei einem Sicherheitsdienst?«

»Sie sollten grundsätzlich eine Beratung in Anspruch nehmen, wie Sie Ihr Haus besser absichern«, schlug Hundt vor.

»Ein Sicherheitsdienst wäre eine Option. Aber die kämen auch nur sporadisch vorbei.«

Dr. Grimm versuchte das Vibrieren ihrer Hände nicht mehr zu verbergen. »Ich hab doch niemandem etwas getan. Warum nur?«

Die Frage können wir auch nicht beantworten, dachte Große Jäger. Noch nicht! Laut sagte er: »Wurden Sie auch telefonisch bedroht? Oder über Internet? Mail?«

»Nein«, erwiderte die Ärztin leise.

Große Jäger zeigte auf Hundt. »Der Kollege wird das Protokoll aufnehmen und alles Weitere mit Ihnen besprechen.«

»Ich werde … Du musst …«, setzte Hundt an, aber Große Jäger schenkte ihm ein breites Lächeln und sagte: »Danke.«

Dann zerrte er Cornilsen am Ärmel und beeilte sich, ins Freie zu kommen.

Auf dem Weg zum Auto runzelte er die Stirn.

»Das ist Mobbing der übelsten Art«, sagte er. »Ich möchte mich jetzt dringend mit Hans-Werner Lankwitz unterhalten. Schließlich hat der keinen Hehl aus der wirtschaftlichen Notlage gemacht, in die seine Schwester durch die angebliche unterlassene Hilfeleistung der Ärztin geraten ist.«

»Der Vorwurf ist doch substanzlos«, widersprach Cornilsen.

»Natürlich. Aber so weit denken Leute wie Lankwitz nicht. Hekuran Rashica von der Hattstedter Pizzeria hat auch Drohungen ausgesprochen, weil sein Neffe angeblich mit Vorsatz getötet wurde. Er hat davon gesprochen, dass Christiansen einen Selbstmord inszeniert hat, um seiner Partnerin die Versicherungsleistung zukommen zu lassen. Diese Unterstellung ist aus der Luft gegriffen, wie wir inzwischen festgestellt haben.«

»Bleibt noch Christiansens Chef. Mügge hat auch erklärt, dass ihm durch den Unfall ein erheblicher wirtschaftlicher Schaden entstanden ist, der ihn in Bedrängnis bringt.«

»Das ist zutreffend. Aber ich habe Zweifel daran, dass Mügge Erpresserbriefe schreibt. Zudem ist Mügge der deutschen Sprache so weit mächtig, dass ihm nicht die groben Schnitzer unterlaufen, die wir in den Schreiben vorgefunden haben.«

»Und wenn das Vorsatz ist? Wenn wir genau das glauben sollen?«, warf Cornilsen ein.

»Dann wäre Mügge ein verbrecherisches Genie«, antwortete Große Jäger. »Du rufst bei Lankwitz' Arbeitgeber an und lässt dir erklären, wo wir den Herrn jetzt antreffen.«

»Der ist mit dem Müllwagen unterwegs.«

»Prima. Dann müssen wir nicht die Stecknadel im Heuhaufen suchen.«

Sie hatten ihren Wagen erreicht, und Cornilsen suchte die Telefonnummer der Abfallwirtschaftsbetriebe heraus. Dort erfuhr er den Namen des Unternehmens, das im Auftrag des Kreises die Müllabfuhr ausführte. Es bedurfte weiterer Telefonate, bis er einen kompetenten Gesprächspartner am Apparat hatte, der etwas zu Lankwitz' Toureneinteilung sagen konnte. Cornilsen verzog das Gesicht. »Lankwitz arbeitet heute nicht.«

»Das soll er uns erklären«, stellte Große Jäger hoffnungsfroh fest.

»Okay«, griente Cornilsen. »Dann fahren wir jetzt zum Klinikum und befragen ihn.«

»Hä?«

»Lankwitz liegt seit gestern im Krankenhaus.«

»Das ist nicht wahr.«

Cornilsen hielt Zeige- und Mittelfinger seiner rechten Hand unter die Augen. »Können diese Sterne dich belügen?«

»Mich haben schon ganz andere belogen. Alle vergeblich«, brummte Große Jäger. »Auf zum Erichsenweg.«

Dort herrschte das gewohnte Chaos. Seitdem neben dem Krankenhaus ein Ärztehaus errichtet wurde, war die Parkplatzsuche noch schwieriger geworden.

»Husum ist wunderschön und keine Weltstadt, aber das Parkplatzangebot ist eine Katastrophe«, schimpfte Große Jäger.

»Wenn man bereit ist, ein paar Schritte zu laufen, ist es kein Problem«, meinte Cornilsen.

»Wer als Gast Husum besucht, will keinen Wandertag einlegen.«

Cornilsen stellte den Wagen vor der Bürgerschule ab und fütterte den Parkscheinautomaten.

»Hier war früher kostenfreies Parken möglich«, stichelte Große Jäger weiter. »Jetzt saniert sich die Stadt auf Kosten der Gäste und des Landes und lässt uns das Groschengrab.«

»Wir gehen zum Klinikum, ich liefere dich in der Notaufnahme ab und besuche dann Lankwitz.«

»Du – mich?«

Cornilsen machte ein ernstes Gesicht. »Wegen akuter Meckeritis.«

»Dödelnase«, erwiderte der Hauptkommissar.

An der Rezeption erfuhren sie die Zimmernummer des Patienten.

Lankwitz lag in einem Dreierzimmer im mittleren Bett. Er erkannte die Beamten wieder, als sie den Raum betraten. Sein Bein steckte in einem Streckverband.

»Ah, siehe da. Die Bullen. Habt ihr nichts zu tun und jagt einem Arbeitsunfall hinterher?«

»Ist es ein Arbeitsunfall, wenn man andere Leute mobbt, sie verfolgt und hässliche Drohungen ausspricht?«

Lankwitz wandte den Blick ab. »Ich versteh nicht. Ist das Bullengewäsch?«

»Sie haben Drohungen gegen Zeugen und Helfer des Unfalls ausgesprochen, bei dem der Partner Ihrer Schwester schwer verletzt wurde.«

»Helfer. Lächerlich. Wenn die wirklich zugepackt und geholfen hätten, würde es Tönne jetzt nicht so beschissen gehen. Und Dorle ist auch am Ende. Wenn Tönne nicht wieder auf die Beine kommt … Was wird aus ihr und der Kleinen? Darüber denkt keine Sau nach.« Er klopfte gegen den Verband. »Wenn ich könnte, würde ich allen in den Arsch treten.«

»Also – der Hintern würde es auch machen«, mischte sich Cornilsen ein.

»Ihr Sesselfurzer habt doch keine Ahnung. Ich muss bei jedem Wetter raus und steh hinten auf dem Brett der Müllkutsche. Bei dem Mistwetter hier, Regen und so, ist das sauglatt dahinten. Wir sind also unterwegs. Der Typ da vorn fährt an und bremst sofort wieder. Ich verlier den Halt, rutsch ab und – zack. Das Schienbein ist durch.«

»Wo war das?«

»Wir hatten 'ne Tour in Rantrum.«

»Als das passierte, hat jemand den Rettungsdienst angerufen.«

»Logo.«

»Und die sind gekommen, trotz des mistigen Wetters, haben Sie versorgt und hierhergebracht«, fuhr Große Jäger fort.

»Klar.«

»Hat alles gut geklappt? Oder mussten Sie wiederbelebt werden?«

»Seid ihr beknackt?«

»Sie sehen, wenn jemand in eine Notlage gerät, wird ihm unverzüglich geholfen.«

»Das ist doch was anderes. Bei Tönne war das nicht der Fall.«

»Auch da wurden umgehend die notwendigen Maßnahmen eingeleitet. Leider gibt es tragische Umstände, bei denen die Hilfe zu spät kommt.«

»Das sind doch hohle Phrasen. Erzähl das mal den Leuten von der Bank, wenn die auf die Hypothekenzahlung warten.«

»Und deshalb versuchen Sie, Dr. Grimm zu erpressen?«

»Ich? Erpressen?« Er warf einen schnellen Blick zu seinen Zimmernachbarn, die gar nicht erst den Versuch unternahmen, desinteressiert zu wirken. »Und wer ist das überhaupt? *Herr* Dr. Grimm.« Er machte den Fehler, das »Herr« überpointiert auszusprechen, damit die Beamten mitbekamen, dass er Dr. Grimm für einen Mann hielt.

»So nicht«, fuhr ihn Große Jäger an. »Wir haben uns erkundigt.« Er fing sich dafür einen erstaunten Blick Cornilsens ein. »Sie sind auch in Schobüll unterwegs. Da gibt es eine großzügige Bebauung. Und wenn man dort alle zwei Wochen vorbeikommt – so wie Sie –, dann kennt man die Namen. Also? Was sollen die Drohungen?«

»Ich habe niemandem gedroht. Schon gar nicht mit dem Ding hier.« Er zeigte auf das lädierte Bein. »Nun wollt ihr wissen, wo ich gestern war? Also. Gleich nach dem Unfall war ich joggen, dann habe ich Tischtennis gespielt, und abends war ich bis heute früh in der Disco. Alles roger?«

In der Tat konnte Lankwitz in der vergangenen Nacht nicht in Dr. Grimms Haus eingedrungen sein. »Würden Sie uns eine freiwillige DNA-Probe abliefern?«

»Ich?« Lankwitz bekam einen künstlichen Lachanfall. »Bin ich bescheuert?«

»Ja«, sagte Große Jäger, beließ es aber dabei. »Haben Sie zu Hause einen Computer?«

»So'n Tablett?«

»Einen richtigen Computer.«

»Nö. Was soll ich damit?«

»Wie drucken Sie Ihre Sachen aus?«

Lankwitz schloss die Augen zu schmalen Schlitzen. »Ich muss nix drucken. Hab alles auf dem Handy. Oder dem Tablett.«

»Und der Drucker?«

»Das ist ein uraltes Ding. Steht da rum, wird aber nicht mehr benutzt.«

»Dürfen wir uns den einmal ansehen?«

»Aber ja doch. Selbstverständlich.«

Große Jäger war über die schnelle Einwilligung überrascht. »Bei Ihnen zu Hause?«

»Ich sag meinen Eltern Bescheid, damit Sie reingelassen werden. Nun brauch ich meine Ruhe. Ich werd heute Nachmittag operiert.«

Große Jäger schlug mit der flachen Hand gegen das Bein. »Dann viel Glück. Sie werden es benötigen.«

»Eh, Mann. Was soll das heißen?«

»Die Ärzte des Krankenhauses sind heute zu einer Fortbildung. Alle!«

»Geht doch nicht. Ich habe einen OP-Termin.«

»Der findet auch statt. Wenn die Ärzte verhindert sind, so

wie heute oder am Wochenende, werden Sie von Amateuren vertreten.«

»Schwachsinn.«

»Doch, da merken Sie nichts von. Sie sind ja unter Narkose. Keine Sorge, auch die haben eine Art Ausbildung und müssen alle im Verband der Hobbychirurgen organisiert sein. Hoffentlich geht alles gut. Nicht dass man Ihr Bein aus Versehen amputiert. Dann man. Hals- und Beinbruch.«

Große Jäger konnte nur mit Mühe eine gewisse Genugtuung unterdrücken, als er beim Hinausgehen sah, wie ihm Lankwitz verstört hinterherblickte.

Er empfand keine Schadenfreude bei dem Gedanken, dass Lankwitz durch seinen Arbeitsunfall selbst auf die Hilfe des Rettungsdienstes angewiesen war und ihm diese zuverlässig zuteilwurde. Der Mann stand im Verdacht, im Interesse seiner bedürftigen Schwester die wenig professionell wirkenden Erpresserbriefe verfasst zu haben. Mit seinem Beinbruch hatte er aber in der vergangenen Nacht nicht in das Haus der Ärztin eindringen können. Die beiden Kinder, die von einem Unbekannten überredet worden waren, Dr. Grimms Anwesen mit Steinen zu bewerfen, hatten außerdem von einem ausländisch wirkenden Mann gesprochen. Das traf auf Lankwitz nicht zu. Im Zuge der Ermittlungen gab es nur zwei Personen, die diesen Eindruck erwecken konnten. Es widerstrebte Große Jäger, mit solchen Vorurteilen zu arbeiten und die Menschen in diese Kategorien einzusortieren. Er kannte nur zwei Gruppierungen: Unschuldige und Straftäter. Aber Hekuran Rashica und sein Sohn Atdhe waren auf der Liste der Verdächtigen weiter nach oben gerutscht.

»Wir fahren nach …«

»Hattstedt«, fiel ihm Cornilsen ins Wort.

»Gut, Hosenmatz. Du wirst immer besser.«

Der Kommissar strahlte. »War ich nicht schon immer gut?«

»Darüber lassen wir Oma befinden«, schlug Große Jäger vor.

Die Pizzeria Siziliana hatte geöffnet. Mittagstisch. Sie war mäßig besucht, als die Beamten eintraten.

Rashica stand hinterm Tresen und warf ihnen einen finsteren Blick zu.

»Moin«, sagte Große Jäger und enterte einen Barhocker. Er tippte gegen den Zapfhahn.

»Ein Bier. Und für meinen Kollegen eine Cola. Der muss noch arbeiten.«

Der Wirt zögerte einen Moment, als wolle er sich weigern, die neuen Gäste zu bedienen. Dann griff er wortlos ein Glas und ließ es volllaufen. Anschließend tauchte er ab und kam mit einer Flasche Cola wieder zum Vorschein.

»Können wir uns hier unterhalten?«, fragte Große Jäger.

Rashica tat, als sei er beschäftigt. Es wirkte wie eine Ablenkung, als er fahrig Utensilien auf dem Tresen hin und her schob.

»Sie haben unverhohlen Drohungen ausgesprochen, als Sie vom Tod Ihres Neffen erfuhren.«

»Hab ich das?«, presste der Wirt zwischen den Zähnen hervor.

»Sie erwähnten, dass es Ihrer albanischen Kultur geschuldet sei.«

»Wir kommen aus dem Kosovo«, antwortete er.

»Von der Ethnie her sind Sie Albaner.«

Rashica hielt kurz inne mit seiner Arbeit. »Und deshalb verdächtig? Haben Sie etwas gegen Ausländer? Auch gegen die, die hier Steuern zahlen?«

»Ja«, sagte Große Jäger und ließ die Antwort auf sein Gegenüber wirken.

Der öffnete den Mund und wollte zu einer scharfen Replik ansetzen, als der Hauptkommissar den Zeigefinger auf den Mund legte. »Lassen Sie mich ausreden. Ich habe etwas gegen Leute, die unsere Gesetze missachten. Dabei spielt die Herkunft, Hautfarbe oder Religion keine Rolle.«

»Und Sie verdächtigen mich?« In seinem Blick war etwas Lauerndes. Rashica wich aus, als ihn Große Jägers Blick traf.

»Wo waren Sie letzte Nacht?«

Der Wirt lachte bitter auf. »Das ist nicht ernst gemeint, oder?«

»Ihre Pizzeria ist nicht der Ort, um Vergnügungen nachzugehen.«

Rashica tippte sich gegen die Brust. »Wo ich heute Nacht war?«

Der Hauptkommissar nickte.

»Das ist ehrverletzend, wenn Sie mir unterschwellig etwas unterstellen.«

»Steht das genauso auf dem Index wie der Unfalltod Ihres illegal eingereisten Verwandten? Folgen Sanktionen gegen mich wie gegen Personen, die Sie im Zusammenhang mit dem Unfall sehen?«

»Nennen Sie das Recht und Gesetz, dass der Sachverhalt so lange verdreht wird, bis er ins Schema passt?«

»Was richtig oder falsch ist, entscheidet bei uns ein unabhängiges Gericht.«

»Dem Sie einflüstern, was es sagen soll. Ich kenne das System.«

»Nun hören Sie mit der Weltverschwörung auf«, forderte Große Jäger.

Sie wurden von zwei Handwerkern unterbrochen, die nach der Rechnung verlangten. Rashica schien über die Unterbrechung froh zu sein. Er nahm das Kellnerportemonnaie, ging zu den Gästen und wickelte den Vorgang ab.

»Wie ist es nun mit Ihrem Alibi für die letzte Nacht?«, erinnerte der Hauptkommissar an seine Frage. »Und wo war Ihr Sohn?«

»Lassen Sie Atdhe aus dem Spiel, sonst ...« An Rashica wirkte alles drohend. Sein Blick. Seine Mimik. Seine Gesten. Und der Tonfall.

Große Jäger beeindruckte das nicht. »War er heute Nacht in Schobüll?«

»Mein Sohn war in Flensburg. Sie wissen, dass er dort studiert.«

»Von Flensburg nach Husum … Das ist keine unüberbrück-
bare Distanz.«

»Atdhe hat nichts damit zu tun.«

»Sooo«, antworte Große Jäger gedehnt. »Aber Sie.«
Der Wirt wurde plötzlich so laut, dass die wenigen Gäste
in der Pizzeria aufgeschreckt zu ihnen herübersahen. »Raus«,
schrie Rashica und zeigte mit ausgestrecktem Arm Richtung
Tür.

Große Jäger blieb ungerührt sitzen. »Sie könnten sich die
ganze Aufregung sparen, wenn Sie uns sagen, wo Sie die Nacht
verbracht haben.«

»Das ist lächerlich. Allein der Verdacht …«, ereiferte sich
der Wirt. Dann kam er um den Tresen herum und baute sich
vor Große Jäger auf. Es sah aus, als würde er ihn am Kragen
packen wollen.

»Okay. Wir gehen. Aber das Thema ist noch nicht vom
Tisch.« Große Jäger zog seine arg mitgenommene Geldbörse
aus der Gesäßtasche und fingerte einen Schein sowie ein Zwei-
Euro-Stück hervor. »Der Rest ist eine kleine Anerkennung für
den liebenswerten Service in diesem Haus.« Er nickte Cornilsen
zu. »Komm.«

»Weshalb weigert er sich, uns Auskunft zu erteilen?«, überlegte Cornilsen laut, als sie vor dem Wagen standen und Große
Jäger gierig eine Zigarette inhalierte. »Fühlt er sich ertappt und
versucht, uns mit aggressivem Verhalten zu begegnen? In diesem
Fall würde ich der Polizei eine Lüge auftischen, behaupten, ich
sei zu Hause gewesen und meine Frau könne das bestätigen.
Wir wissen, wie wir solche Gefälligkeitsbekundungen zu werten
haben.«

»Wir haben noch einen Trumpf im Ärmel«, sagte Große
Jäger.

Cornilsen nickte versonnen. »Das ist aber eine Fehlfarbe.
Wir dürfen ihn nicht ausspielen.«

Große Jäger lachte laut auf. »Als Hobbymagier müsstest du
wissen, wie man Illusionen schafft, ohne die Gesetze der Physik
aufzuheben.«

Cornilsen schien ihn nicht verstanden zu haben. Plötzlich hellte sich seine Miene auf.

»Es ist mir schon klar. Du meinst die beiden Jungs, die Steinewerfer.«

»Sönke und Lasse. Wir können Rashica nicht zu einer Gegenüberstellung einladen. Aber wer hindert die Kinder daran, in die Pizzeria zu fahren?«

Cornilsen zeigte sich skeptisch. »Das ist nicht ungefährlich. Weder die Kinder noch die Eltern können sich so ungezwungen verhalten, dass die Aktion unbemerkt bleibt. Wie reagiert Rashica, der die Kinder auch wiedererkennen wird?«

»Als Gastronom steht er im Blickpunkt einer gewissen Öffentlichkeit. Er muss damit rechnen, dass Leute zufällig in sein Restaurant kommen. Weshalb nicht die Eltern mit ihren Kindern?«

Sie suchten die Eltern der Kinder auf und baten um Mithilfe. Die Eltern sollten mit den Jungen und Geschwistern, falls es die gab, zum Pizzaessen nach Hattstedt fahren. Nichts weiter. Sönke und Lasse sollten sich nur den Wirt ansehen und hinterher Bescheid geben, ob es der Mann war, der sie zum Steinewerfen animiert hatte.

Die erste Mutter wollte das Vorhaben mit ihrem Mann abstimmen. Der hatte Bedenken. Große Jäger wischte sie nicht vom Tisch.

»Natürlich«, schob er nach, »übernehmen wir die Kosten.«

Darauf komme es nicht an, versicherte die Mutter. Sie würden sich am Nachmittag telefonisch melden.

Das geschah, nachdem die Beamten zur Dienststelle zurückgekehrt waren. Beide Elternpaare hatten ihr Einverständnis erklärt.

Die Nachricht aus dem Westküstenklinikum Heide hingegen klang nicht erfreulich. Tönne Christiansen war nicht ansprechbar. Der komatöse Zustand hielt weiter an. Die Ärzte bestätigten, dass er ein schweres Schädel-Hirn-Trauma habe. Es sei nicht auszuschließen, meinten die Mediziner vorsichtig, dass dauerhaft eine schwere Behinderung eintreten könnte, sofern er überhaupt wieder das Bewusstsein erlangte. Mit dieser Perspektive gerieten Dorle Lankwitz und die gemeinsame kleine Tochter noch mehr unter Druck. Ihre Lage schien aussichtslos. Viele würden verständnisvoll nicken, ihre Situation bedauern, aber helfen würde ihnen niemand. Es war eine Frage der Zeit, bis sie das Haus verlassen mussten. Die Unterstützung des Sozialstaats würde greifen. Aber Dorle Lankwitz stand als mittellose Alleinerziehende ein Leben am Rande des Existenzminimums bevor.

Die zweite Nachricht, die eintraf, kam vom LKA aus Kiel. Die Kriminaltechnik hatte den ersten Erpresserbrief analysiert. Es handelte sich um einen handelsüblichen Umschlag, der in Zwanziger-Gebinden in Verbrauchermärkten verkauft wurde. Das galt auch für das Druckerpapier. Billige Massenware, siebzig Gramm. Interessanter war die Druckertinte. Sie stammte vermutlich von einem Drucker der Marke Epson. Der Briefschreiber war sehr vorsichtig vorgegangen und hatte keine Fingerabdrücke hinterlassen. Leider war es ein Selbstklebeumschlag gewesen, sodass sich auch keine DNA vom Befeuchten der Klebelasche mit Speichel fand.

»Wir fahren zu Hans-Werner Lankwitz' Wohnung«, beschloss Große Jäger. »Er hat uns die Einwilligung erteilt, dass wir uns in seiner Wohnung umsehen dürfen.«

Cornilsen zeigte sich nicht begeistert, als er den Kontakt zu den Eltern herstellen sollte, während Große Jäger mit seinem schmutzigen Kaffeebecher verschwand.

Der Hauptkommissar suchte Hilke Hauck auf und plauderte mit ihr über deren Familie, erfuhr, dass Herr Hauck mit seiner Landmaschinenwerkstatt derzeit gut ausgelastet war und die beiden Töchter gleichermaßen Freude und erzieherische Korrekturmaßnahmen bedeuteten. Letztere, so versicherte Hilke, seien gegenwärtig aufwendiger als der Stolz über den Nachwuchs. Die Mädchen hatten entdeckt, dass es auch noch ein anderes Geschlecht gab. Das veranlasste Vater Hauck, nach Einbruch der Dunkelheit am Gartenzaun mit einer Schrotflinte im Arm zu patrouillieren und die brunftige Dorfjugend fern-zuhalten. Na ja. So ähnlich, schränkte Hilke ein.

Große Jäger traf auf einen ungnädig wirkenden Cornilsen, als er in sein Büro zurückkehrte. »In zehn Minuten in der Her-mann-Tast-Straße«, sagte Cornilsen.

Vor dem Eingang des Mehrfamilienhauses aus Rotklinker erwartete sie ein älteres Ehepaar. Die rundliche Frau hatte sich in einen Wollmantel gehüllt, den sie oben am Kragen zusammenhielt. Die Haare mussten schon vor geraumer Zeit rötlich eingefärbt worden sein. Etliche Zentimeter Grau waren inzwischen nachgewachsen. Beim Mann neben ihr, der sich mit einer Schiebermütze vor dem Nieselregen schützte, ragte eine mächtige Kugel anstelle des Bauchs hervor. Er zog noch einmal hastig an seiner Zigarette und versuchte, die brennende Kippe wie ein erwischter Schüler in der hohlen Hand zu verbergen.

»Moin«, sagte Große Jäger und zeigte auf den Glimmstängel. »Das ist nicht verboten.«

Die beiden fragten nicht nach, ob die Besucher von der Polizei waren. Die Frau zog ein Schlüsselbund aus der Manteltasche und hielt es in die Höhe.

»Das hat uns Hans-Werner gegeben. Nun isser im Krankenhaus, unser Jung. Läuft im Moment alles nich gut. Die Sache mit Tönne. Und was aus unserer Deern werden soll … ich mag da nich dran denken.« Sie schloss die Haustür auf. »Komm Sie man mit.«

Die kleine Prozession stiefelte in die erste Etage. Frau Lankwitz zog sich am Geländer aufwärts. Ihr folgten der Ehemann und Große Jäger. Beide schnauften um die Wette. Nur Cornilsen nahm die Treppe ohne jede Mühe.

Die Zwei-Zimmer-Wohnung war klein. Frau Lankwitz suchte den Lichtschalter. Draußen war es so trübe, dass die Räume im Dämmerlicht lagen.

»Was wolln Sie denn sehn?«

»Doch nich etwa alles durchsuchen und so?«, mischte sich der Mann ein.

»Uns interessiert seine Computeranlage«, erklärte Große Jäger.

»So was hat der Jung gar nich.« Sie zeigte beide Handflächen im Abstand weniger Zentimeter. »Er hat so'n kleines Dings. So'n Handy.«

»Im Wohnzimmer, Mathilde«, sagte der Mann. »Da steht sein Kram.«

»Im Wohnzimmer?«, echote die Mutter und öffnete eine Riffelglastür. »Das is hier.«

Die Möbel, Spanplatte mit Kunststoffkorpus, waren nicht aus einem Programm. In der Mitte stand ein abgenutzter Ohrensessel, daneben zwei Stühle mit Kunstlederbezug. Ein winziger Esstisch unter dem Fenster diente zusätzlich als Arbeitsplatz. Zumindest lagen dort die Eingangsbriefe. Lankwitz hatte sie geöffnet, gelesen und achtlos liegen lassen.

Große Jäger warf einen Blick auf die Post. Ein paar Rechnungen, Mahnungen und Werbung. Cornilsen interessierte sich für eine kleine Anrichte, auf der ein Epson-Drucker stand. »Treffer«, sagte er gut gelaunt. Auf der Rückseite des Druckers hing ein USB-Kabel, das im Nirgendwo endete. Einen PC fanden sie nicht.

»Kannst du mit deinem Smartphone einen Probedruck starten?«, wollte Große Jäger wissen.

Cornilsen lachte laut auf. »Das funktioniert über WLAN. Dieses Modell hier ist prähistorisch. Ich möchte wetten, darauf hat schon Napoleon sein Kriegstagebuch ausgedruckt.« Er suchte das Stromkabel, schloss es an, beugte sich über den Drucker und öffnete die Klappe. Vorsichtig fingerte er am Druckkopf herum, bis er die Tintenpatronen herausgenommen hatte. Mit zusammengekniffenen Augen sah er sie an.

»Die stammen noch aus dem letzten Jahrhundert«, murmelte er. »Sie sind seit ewigen Zeiten nicht benutzt worden und total eingetrocknet.«

»Das heißt …«, setzte Große Jäger an.

»Richtig. Mit diesem Gerät wurden die Briefe nicht gedruckt.«

Der Hauptkommissar war enttäuscht.

»Was suchen Sie eigentlich?«, wollte Frau Lankwitz wissen. »Unser Jung hat auch nix gesagt.«

»Wir haben schon alles gefunden, was wir benötigen«, sagte Große Jäger.

»Schlimm?«, wollte sie wissen. »Unser Hans-Werner ist ein Guter. Fleißig. Beim Müll. Der tut nix Böses. Ganz im Gegenteil. Wie der sich um seine Schwester kümmert. Da passt kein Blatt nich zwischen die beiden. Sie hätten mal sehn solln, als die noch jünger warn. Wehe, da hat mal einer Dorle schräg angesehn. Da war Hans-Werner da.« Sie knuffte ihren Mann in die Seite. »Weißt noch, Heini, damals, der komische Kerl von nebenan, der ihr mal auf den Trockenboden nachgeschlichen is?«

Herr Lankwitz gab einen unverständlichen Laut von sich, der alles bedeuten konnte.

Die Beamten bedankten sich für die Unterstützung.

»Da nich für«, tat Frau Lankwitz es ab, während ihr Mann sichtlich froh um den Abschied war und sich umgehend die nächste Zigarette anzündete.

»Das war wenig erfolgreich«, sagte Große Jäger unzufrieden. »Als ich den Epson sah, glaubte ich uns am Ziel. Aber dies – und der Beinbruch. Es scheint, als könnten wir Hans-Werner Lankwitz vorerst als Verdächtigen streichen.«

»Und wer steckt dahinter?«

Große Jäger zuckte nur mit den Schultern.

Den Rest des Arbeitstages verbrachten sie mit Büroarbeiten auf der Dienststelle.

Es war kurz vor zehn Uhr abends, als sich Lasses Vater auf Große Jägers Handy meldete.

»Ich hoffe, Sie sind nicht enttäuscht«, begann er, »aber Sönke und Lasse haben niemanden wiedererkannt. Wir haben zu Hause noch einmal mit den Jungs gesprochen. Der Unbekannte, der sie angestiftet hat, war jünger und sah, so der Originaltext der beiden, gefährlich aus. Die zwei waren fast ein wenig enttäuscht. ›Der sieht nicht wie ein Verbrecher aus‹, hat mein Sohn gesagt.«

Ja, dachte Große Jäger. Straftätern steht es selten auf der Stirn geschrieben. Und wer war nun der Unbekannte mit dem – angeblich – ausländischen Aussehen? Hatten sie etwas übersehen? Mit dieser ungelösten Frage beschloss er den Tag.

SECHS

»Das Wetter ist ein Äquivalent – Moin«, begrüßte ihn Cornilsen, als Große Jäger ins Büro stapfte.

»Hat Oma dir gestern Milchreis gekocht? Oder weshalb bist du so munter?« Er ließ sich in seinen Schreibtischstuhl fallen. »Ah«, gab er sich selbst die Antwort. »Du hast auf den Kalender gesehen. Heute ist der 28. Februar. Ein arbeitnehmerfreundlicher Monat. Man bekommt die gleichen Bezüge für weniger Tage.«

»Ich dachte eigentlich daran, dass sich unsere Ermittlungsansätze leider in Luft aufgelöst haben, es zum Ausgleich aber einmal nicht regnet.«

»Das Wetter kommt einen Tag zu früh. Der meteorologische Frühlingsanfang ist erst morgen.«

»Ob Petrus das auch weiß?«

Cornilsens vordergründig gute Stimmung kippte, als Große Jäger ihm vom Besuch der beiden Kinder mit ihren Eltern in der Pizzeria berichtete.

»Kann man das glauben?«, fragte Cornilsen.

»Wenn wir nur wachsame Kinder als Zeugen hätten, wäre unsere Arbeit halb so aufwendig«, behauptete der Hauptkommissar. »Was gibt es Neues von Frau Dr. Grimm?«

»Offenbar nichts.«

Doch Cornilsen irrte. Die Ärztin hatte früh um halb sieben erneut den Notruf betätigt.

Der Wachleiter der Schutzpolizei, der ihnen das mitteilte, wirkte ein wenig genervt. »Sollen wir morgens prophylaktisch einen Besuch bei der Dame einplanen?«, fragte er spitz.

»Wenn ihr besser aufpassen würdet, könnten wir uns die Folgearbeiten sparen«, meinte Große Jäger und musste eine Schimpftirade über sich ergehen lassen.

Er wusste, sein Vorwurf war ungerecht. Die Kollegen waren unterbesetzt und schoben eine Menge Überstunden vor sich her. Sie hatten nachts ein Riesengebiet zu betreuen. Allein die weiten Anfahrtswege kosteten Zeit. Das ist wie im Rettungsdienst, dachte Große Jäger. Wie lösten andere Länder dieses Problem? Wer sich in Dorotea in Mittelschweden das Bein brach, konnte sich aussuchen, ob er nach Östersund oder nach Umeå ins Krankenhaus gebracht werden wollte. Beides war etwa zweihundert Kilometer entfernt. Und wie sah es in Australien aus?

Bis Schobüll war es kürzer. Sie trafen die Ärztin in ihrer Küche sitzend an. Das Gesicht war aschfahl. Die Augen lagen tief in den Höhlen. Ihre Hände zitterten, die Knöchel traten weiß hervor, sie umklammerte die Kaffeetasse, die leicht vibrierte. »Ich halte es nicht mehr aus«, sagte Dr. Grimm. »Ich habe meinen Beruf lange und gern ausgeübt und mich auch vor Verantwortung nicht gescheut. Wenn ich Dienst hatte und nachts ein Notfall kam, ist man von null auf hundert. Sie wissen nicht, was Sie erwartet. Noch schlimmer ist es, wenn Sie als Notarzt unterwegs sind. Das habe ich früher auch gemacht. Aber dieses hier … Das geht an die Substanz.«

Große Jäger setzte sich ihr gegenüber. »Haben Sie neue Drohungen erhalten?«

»Es wird jedes Mal schlimmer«, hauchte sie. »Heute Morgen lag ein Kaninchen vor der Terrassentür. Mit durchgeschnittener Kehle. Ich scheue mich nicht vor Blut und habe schon alles im Leben gesehen, aber das … das war zu viel.« Sie kämpfte gegen den Würgereflex.

»Gab es noch eine schriftliche Drohung?«

Sie nickte. »Die haben die Polizisten mitgenommen.«

Cornilsen nickte und zog sich zurück. Er würde Kontakt zum Husumer Polizeirevier aufnehmen.

»Sie waren im Husumer Krankenhaus tätig?«, fragte Große Jäger, obwohl er das bereits wusste.

»Ich war Oberärztin in der Inneren. Ich bin Internistin.«

Große Jäger wollte die Wartezeit überbrücken.

»Haben Sie eine persönliche Meinung zur Diskussion um die Schließung des Tönninger Krankenhauses?«

Dr. Grimm wiegte den Kopf. Ihre angespannten Gesichtszüge entkrampften sich. Die Gesprächstherapie schien zu wirken.

»Das wurde sehr emotional diskutiert. Ich denke, beide Seiten haben Fehler gemacht. Es ist richtig, dass man nicht jedem kleinen Krankenhaus eine wirtschaftliche Überlebensgarantie geben kann. Es ist aber nicht nur eine Frage des Geldes. Wenn Sie an Schwerpunktkliniken mehr Fälle ausführen, ist die Routine natürlich größer. Stellen Sie den Kritikern einfach die Frage, ob sie sich in Tönning oder Husum einer Herztransplantation unterziehen würden.«

»Das ist eine absurde Frage. Ich glaube, das ist nicht vergleichbar«, warf Große Jäger ein.

»Ich habe es mit Bedacht überzeichnet. Nehmen wir etwas Konkretes. Einen Apoplex.«

»Einen Schlaganfall«, unterbrach Große Jäger die Ärztin. Das war Renate Bentzin widerfahren. Ihr Ehemann machte die – angeblich – unzureichende medizinische Versorgung für den Zustand seiner Frau verantwortlich.

»Der Notarzt erkennt die Symptome und kann erste Maßnahmen einleiten. Dann gehört der Patient aber auf eine Stroke-Unit in die Hände der Spezialisten. Die Neurologen. Eventuell benötigen Sie auch einen Neurochirurgen. Diese Ressourcen kann ein kleines Krankenhaus nicht vorhalten.«

»Ist eine Notfallbehandlung in einem kleinen Krankenhaus nicht besser als gar keine?«, widersprach Große Jäger.

»Sie meinen, ein Arzt müsste alles können? Dafür ist die Medizin viel zu komplex.« Große Jäger war erstaunt, als ein leises Lächeln ihre Mundwinkel umspielte. »Ein Gynäkologe ist ein hoch qualifizierter Spezialist. Trotzdem würden Sie sich von ihm nicht am grauen Star operieren lassen. Oder?«

»Kann man die Gesundheit oder gar das Leben eines Menschen in Geld aufwiegen?«

Sie spitzte nachdenklich die Lippen. »Je nachdem, aus welcher Perspektive Sie das betrachten, kommen Sie zu unterschiedlichen Antworten.«

Große Jäger war überrascht. Von einer »Ärztin aus Leidenschaft«, wie sie sich selbst bezeichnete, hatte er eine andere Antwort erwartet.

»Es gibt einen Krankenhausplan, der von der Landesregierung festgelegt und fortgeschrieben wird. Darin sind die Schließung des kleinen Tönninger Hauses und die Übertragung von dessen Bettenkapazität auf Husum enthalten.«

»Ich weiß«, zeigte sich Große Jäger gut informiert. »Es bleibt aber offen, wer an diesem Rad gedreht hat. Für mich sieht es so aus, als würde sich die Kommunalpolitik hinter dem breiten Kieler Rücken verstecken. Wie sonst ist es zu erklären, dass auf den Inseln und in Niebüll keine Entbindungen mehr möglich sind, weil die Gynäkologie dort geschlossen wurde?«

»Sie kennen das Thema der nicht mehr bezahlbaren Versicherungsprämien der Hebammen.«

»Weshalb stellt der Kreis keine Hebammen ein und sieht sich nicht in der Verpflichtung für diesen Teil der Daseinsvorsorge?«

Dr. Grimm holte tief Luft. »Auch hierzu gibt es unterschiedliche Betrachtungsweisen. Wenn Komplikationen auftreten, kann eine große Kinderklinik in der Nähe hilfreich sein.« Sie winkte ab. »Ich möchte dieses Thema nicht weiterverfolgen. Weshalb interessiert es Sie?«

»Es gibt Menschen, die sind von einer – ihrer Meinung nach – mangelhaften Gesundheitsfürsorge in unserer Region betroffen.« Er legte den Zeigefinger an die Schläfe. »Nicht nur, weil sie oder Angehörige berührt sind, sondern auch, weil sie sich sorgen. Nach der Schließung Tönnings wurde vollmundig eine Vierundzwanzig-Stunden-Notfallversorgung für Eiderstedt versprochen. Eine dortige Kurklinik sollte diese Funktion mit ihrer vorhandenen Infrastruktur übernehmen.«

»Das hat nicht geklappt«, antwortete Dr. Grimm lapidar.

»Ist es an den Kosten gescheitert? Es hätte jeden Nordfriesen keinen Euro gekostet, sondern nur die Leasingrate für den Dienstwagen des Landrats aufgewogen.«

»Na, nun werden Sie polemisch«, mahnte die Ärztin. »An solchen Gesprächen möchte ich mich nicht beteiligen.«

»Würden wir alles nur idealistisch betrachten, würde man Ihnen unterlassene Hilfeleistung …«

Die Ärztin schlug mit der rechten Faust in ihre linke Handfläche. »Verdammt noch mal! Ich habe schon mehrfach erklärt, dass ich bei meiner zufälligen Anwesenheit in der Jans-Kurve keine andere Möglichkeit zum Helfen hatte. Wie denn?«

»Ich denke daran, dass Sie erpresst werden.«

Dieser Einwand hatte sie in die Wirklichkeit zurückgeholt. Schlagartig veränderte sich ihre Miene. »Das ist doch Wahnsinn, was man mit mir treibt. Wenn der Urheber aus der Anonymität heraustreten würde, könnte ich es ihm erklären.«

»Das ist das Bedrückende an solchen Situationen, dass man es mit einem unsichtbaren Gegner zu tun hat«, bestätigte Große Jäger. »Deshalb ist es auch für uns schwierig. Oft gibt es Ansatzpunkte, da man zuvor schon angefeindet wurde.«

Dr. Grimm sah ihn lange an. Dann verschränkte sie ihre Finger ineinander und hielt sie vor der Brust. »Ich habe niemandem etwas getan. Und mit niemandem Streit. Nicht einmal mit den Nachbarn. Hier in Schobüll gibt es noch die heile Welt.«

»Wir sehen den Grund für die Drohungen schon in Ihrer Anwesenheit am Unfallort.«

»Aber ich habe doch nichts damit zu tun, sondern bin zufällig dort vorbeigekommen. Dort war nur eine überschaubare Anzahl von Menschen. Einer von denen muss es sein, der mir diese unberechtigten Vorwürfe unterbreitet. Das ist doch nachprüfbar und kein Hexenwerk.«

»Der Täter muss nicht unbedingt dort präsent gewesen sein. Es kann sich auch um einen Angehörigen handeln.«

»Es gab ein Opfer …«

»Zwei«, korrigierte sie Große Jäger.

»Der andere ist doch nicht Opfer, sondern Täter, ich meine damit, dass er den Unfall verursacht hat.«

»Die Ermittlungen sind sehr komplex. Und kompliziert«, wich Große Jäger aus.

»Und?«, fragte die Ärztin mit zittriger Stimme. »Wie soll es jetzt weitergehen?«

Große Jäger konnte nur ratlos mit den Schultern zucken.
»Sie müssen es doch wissen«, forderte Dr. Grimm eine Antwort.

»Wir tun unser Bestes.«

»Phrasen. Nichts als hohle Phrasen«, sagte sie unzufrieden zum Abschied.

Cornilsen zeigte Große Jäger das Display seines Smartphones.
»Das haben mir die Kollegen vom Revier geschickt.« Ein zerknitterter handschriftlich erstellter Zettel war dort abgebildet:
»Du bist die nächte«.

»Nächte?«, sagte Große Jäger laut. »Er meint wohl ›Nächste‹.
Wir haben erneut das Phänomen des fehlerhaften Deutsch. Aber weshalb jetzt mit der Hand geschrieben?«

»Weil der Drucker nicht mehr funktioniert«, erwiderte Cornilsen.
»Nach deiner Expertise war das auch zuvor der Fall, zumindest bei dem, den wir im Verdacht hatten. Und wenn es doch Lankwitz ist, der jetzt verhindert ist, an sein Equipment zu kommen? Undenkbar. Wie sollte ein Frischoperierter hierherhumpeln?« Große Jäger kramte sein Handy hervor und warf einen routinemäßigen Blick darauf. »Harm«, sagte er und rief Mommsen zurück.

»Seid ihr fertig in Schobüll?«, fragte der Kriminalrat.
Große Jäger berichtete in Kurzform von ihrem Besuch bei Dr. Grimm.

»Es geht munter weiter«, sagte Mommsen. »Kennst du den schmalen Weg am Deich entlang zwischen Wobbenbüll und der Arlau-Schleuse?«

Große Jäger bestätigte es.
»Dort wurde auf einen Pkw geschossen.«
»Opfer? Verletzte?«
»Nein. Auch am Fahrzeug ist nichts ersichtlich.«
»Kann es eine Fehlzündung gewesen sein?«
»Das wissen wir nicht. Es sind drei Streifenwagen vor Ort.
Fahrt dort vorbei.«

»Wieso?«, protestierte Große Jäger.»Wir können nichts ausrichten.«

»Es geht um den Fahrer des Pkw.«

»Ich denke, er hat nichts abbekommen.«

»Es handelt sich um Peter Meyer.«

»Meyer – Meyer. Den Namen habe ich schon einmal gehört. Hättest du ›Hansen‹ gesagt, wäre ich irritiert gewesen. So heißen hier alle. Aber Meyer. Mit ›e‹ und ›y‹?«

»Wilderich. Wir haben keine Zeit für Scherze.«

»Immerhin heißt er Peter. Stell dir vor, wir würden nach einem Etienne Maputo Meyer suchen. Den findest du nie.«

»Wilderich!« Das war eindeutig eine Ermahnung.

»Was ist mit Peter Meyer? Weshalb sollen wir zum Händchenhalten an den Deich fahren?«

»Meyer ist Fraktionsvorsitzender im Kreistag. Sein spezielles Thema ist das Gesundheitswesen. Er ist auch Mitglied im Aufsichtsrat des Klinikums Nordfriesland.«

»Okay. Ich verstehe«, sagte Große Jäger und schaltete auf Profimodus.»Wir sind unterwegs.« Dann wies er Cornilsen an, durch Schobüll zu fahren und kurz vor dem Nordstrander Damm rechts abzubiegen.

»Wobbenbüll ist eine der flächenmäßig kleinsten Gemeinden Deutschlands«, erklärte er, als sie über die frisch renovierte Dorfstraße fuhren.

Der Ort war beliebt als Wohnquartier. Davon zeugten auch die gepflegten Grundstücke. Er dirigierte Cornilsen in eine kleine Gasse, an deren Ende sich die weite Marsch öffnete. Zu dieser Jahreszeit konnte man die raue Schönheit der Landschaft nur erahnen. Der über den Wiesen schwebende Dunst ließ nur eine begrenzte Sichtweite zu.

»Man glaubt es nicht, dass im beschaulichen Wobbenbüll der nördlichste Karnevalsverein Deutschlands beheimatet ist«, sagte Große Jäger, während sie über das schmale Asphaltband Richtung Deich fuhren.»Die ›Hard Core Friesen‹ sind jedes Jahr als Fußgruppe im großen Kölner Rosenmontagsumzug unterwegs.«

»Das ist nicht meine Welt«, erwiderte Cornilsen.

Sie folgten dem Deichweg. Bei Sterdebüll zeigte Große Jäger stumm mit dem Daumen nach links.

»Das ist wirklich am Ende der Welt«, meinte Cornilsen. »Käme uns jetzt ein Missionar entgegen, wäre ich nicht überrascht.«

Niemand begegnete ihnen. Linksseitig begleitete sie der Deich. Weit auseinanderliegend kuschelten sich kleine Höfe in die Marsch. Weit und breit war kein Mensch zu sehen.

»Leben hier nur im Sommer Leute?«, wollte Cornilsen wissen.

»Klötenkasper«, erwiderte Große Jäger auf die Provokation. Vor der letzten Kurve vor dem Arlau-Siel stand ein Mercedes-Kombi an der Seite.

»E-Klasse T-Modell«, kommentierte Cornilsen und stellte ihren Dienstwagen Stoßstange an Stoßstange davor ab. »Wo sind die Streifenwagen?« Er sah sich um.

»Die suchen die Gegend ab«, vermutete Große Jäger, stieg aus und näherte sich dem silberfarbenen Fahrzeug. Der Mann mit der Goldrandbrille, dem grau melierten Haar und dem gepflegten Bart schien hinter dem Lenkrad abzutauchen. Erst nach Große Jägers Aufforderung ließ er die Scheibe einen Spalt herab.

»Wir sind von der Husumer Kripo«, sagte Große Jäger und stellte sich vor.

»Wirklich?«

»Nee. Ich bluffe.« Er fingerte seinen Dienstausweis hervor und hielt ihn gegen das Glas. »Und Sie?«

»Kennen Sie mich nicht?«, fragte der Mann, nachdem er das Dokument ausführlich studiert hatte.

»Nee. Sie mich auch nicht.«

»Meyer.«

»Aha. Welcher Meyer?« Große Jäger missfiel, dass Meyer voraussetzte, jeder würde ihn erkennen.

»Peter Meyer. Fraktionsvorsitzender.«

Sie leiden nicht unter Selbstüberschätzung?, unterdrückte

Große Jäger zu fragen. Laut sagte er: »Sie sind mir nicht bekannt. Seien Sie froh darüber. Ich kenne überwiegend schräge Vögel. Sind Sie wichtig?«

»Wie man's nimmt.«

»Nun ja. ›Wichtig‹ kommt von ›Wicht‹«, murmelte der Hauptkommissar. »Sie haben einen Knall ... gehört?«, fügte er nach einer Kunstpause leiser an.

»Man hat auf mich geschossen.«

»Sind Sie sich sicher? Es könnte auch eine Fehlzündung gewesen sein.«

»Die kann ich von einem Schuss unterscheiden.«

»Wie denn?«

»Ich kann das«, behauptete Meyer. »Was soll hier sonst knallen? Und eine Jagd findet auch nicht statt. Bleibt also nur ein Anschlag auf mich.«

»Wo war das genau?«

Meyer zeigte mit dem Daumen über die Schulter. »Hinter der Kurve. Ich habe meine Tochter besucht und unseren Enkel zurückgebracht, der ein paar Tage bei uns in Wobbenbüll war. Lene wohnt drüben in den Reußenkögen, genau im Sönke-Nissen-Koog. Ich fahre diese Strecke oft. Ist ja nicht weit so hintenrum. Als ich am Siel vorbeikam, also um die Kurve zum Pumpengebäude und dann zur alten Schleuse, war noch alles in Ordnung. Ein kurzes Stück danach dann ... Der Knall. Ich habe mich vielleicht erschrocken.« Die Erinnerung übermannte Meyer so sehr, dass er das Lenkrad umfasste und sich zusammenduckte.

»Wie oft wurde geschossen?«

»Einmal. Das reicht doch, oder?«

»Und dann?«

»Habe ich Gas gegeben und bin weg.«

»Haben Sie jemanden gesehen?«

»Ich sagte doch: Ich bin auf und davon. Erst auf Höhe des Jelstroms, fünfhundert Meter nach der Kurve, habe ich angehalten und die Polizei angerufen. Das hat ewig gedauert, bis die erste Streife eintraf.«

»Haben Sie etwas gesehen? Ist Ihnen irgendetwas aufgefallen?«

»Nein. Ich habe aber auch nicht auf Besonderheiten geachtet.«

»Warum sind Sie so weit gefahren? Unterwegs sind noch zwei Anwesen.«

»Ich sagte es doch. Ich wollte nichts wie weg.«

»Und dann sind Sie wieder zurückgefahren?«

»Als die Polizei eintraf.«

Große Jäger strich sich mit der Außenseite der Finger über die kratzenden Stoppeln an der Wange. »Können wir das Weitere in Ihrem Wagen besprechen?«

Meyer zog die Stirn kraus und ließ seinen Blick am Hauptkommissar abwärts- und wieder zurückgleiten.

»Wir können das Gespräch auch gern auf unserer Dienststelle in Husum fortsetzen.«

»Nee. Ist in Ordnung«, sagte Meyer und öffnete die Türverriegelung, während Große Jäger den Mercedes umrundete. Ein Streifenwagen näherte sich. Der Hauptkommissar zeigte auf das Fahrzeug und nickte Cornilsen zu. Dann stieg er zu Meyer in den Mercedes.

»Gibt es einen Grund, dass Sie so ängstlich sind?«

»Ich bin nicht ängstlich«, behauptete Meyer mit trotzig klingender Stimme. Fast automatisch sah er sich aber um. Den zivilen Kriminalbeamten schien er nicht zu trauen, während der Anblick der Uniformierten ihn beruhigte. »Es kommen immer wieder dumme Sprüche bis hin zu Verleumdungen und Drohungen bei uns Politikern an.«

»Davon hören wir wenig.«

»Vielleicht nicht bei jedem. In jüngster Zeit häufen sich die Anfeindungen gegen den Landrat und mich.«

»Gegen Jansen?« Der Landrat hatte eine Andeutung gemacht, es aber nicht vertiefen wollen.

Meyer nickte.

Große Jäger forderte ihn auf, Beispiele zu nennen.

»Sich in der Kommunalpolitik oder auf einem anderen Feld

ehrenamtlich zu engagieren fällt den wenigsten ein. Sich am Stammtisch aufzuregen und alles besser zu wissen ... davon gibt es genug Leute. Was wir im Kreistag oder in den Gemeinderäten beschließen, wird kritisiert. Doch keiner bedenkt dabei, von welchen Faktoren wir die Entscheidungen abhängig machen müssen. Nehmen Sie die medizinische Versorgung, mein Gebiet. Täglich wird von Ärzten und Pflegepersonal, Hebammen und vielen anderen Großartiges geleistet, damit Erkrankungen geheilt werden und Leid gemindert wird. Wir haben weltweit eines der besten Gesundheitssysteme. Wer es sich leisten kann, kommt zur Behandlung nach Deutschland. Darauf dürfen wir uns nicht ausruhen.«

In den Bereichen Pflege, Vergabe von Arztterminen und bei den Beiträgen gibt es noch viele Verbesserungsmöglichkeiten, dachte Große Jäger. »Dem steht entgegen, dass dieses System immer teurer wird. Wer soll das noch bezahlen? Und vor diesem Spagat stehen alle Politiker, die sich mit diesem Thema befassen, gleich ob auf Bundesebene oder im kommunalen Bereich. Es ist kein Geheimnis, dass unser Klinikum kurz vor der Insolvenz stand. Da musste etwas geschehen. Wir haben versucht, das Beste daraus zu machen.«

Heute bin ich als Polizist und nicht als Wähler hier, dachte Große Jäger, du kannst dir deine Wahlkampfrede also sparen. »Es ist immer sehr einfach, mehr zu fordern. Vieles wäre wünschenswert wie die Sicherstellung der ambulanten Versorgung und Geburtshilfe im ländlichen Raum, eine Verbesserung des Pflege- und Hospizwesens und die Ermöglichung des Sterbens in Würde. Aber wie?« Meyer breitete die Hände mit den Handflächen nach oben aus.

»Ich verstehe, dass Sie es nicht jedem recht machen können«, meinte Große Jäger.

»So ist es. Einigen können Sie es erklären, andere wollen es nicht begreifen. Schließlich sind da noch jene, die meinen, mit Drohungen und Verwünschungen gegen Politiker ihrer Meinung Nachdruck verleihen zu können.«

»Werden Sie konkret«, forderte Große Jäger ihn auf.

Meyer legte die Hände auf den oberen Rand des Lenkrads und starrte stumm durch die Scheibe auf Cornilsen und die beiden Streifenpolizisten, die etwas weiter am Fuß des Deiches standen.

»Das ist ein weites Feld, das von Anfeindungen auf politischer Ebene oder auf der Straße bis zu hässlichen Leserbriefen reicht. In diesen Fällen kennt man die – sagen wir einmal – Gegner. Kritisch wird es, wenn es anonyme Drohungen sind.«

»Kommt das oft vor?«

»Es hält sich in Grenzen. Ich schenke dem im Allgemeinen keine Beachtung. Jetzt gab es aber Anrufe, natürlich mit unterdrückter Rufnummer, oder SMS, in denen man mir Vergeltung dafür androhte, dass Menschen durch mein politisches Fehlverhalten zu Schaden gekommen sind.«

»Wie war der Wortlaut?«

Meyer zog die Stirn kraus. »Ich habe nur halb zugehört. Man ist natürlich in diesem Moment erregt. Der Anrufer ...«

»Ein Mann?«

»Ja. Er sagte, mir soll es nicht anders ergehen als jenen, denen nicht rechtzeitig Hilfe zuteilgeworden ist. Ich soll mich dafür eingesetzt haben, dass notwendige Einrichtungen nicht erhalten blieben ...«

»Wie das Tönninger Krankenhaus?«

»Das. Und die Geburtshilfe auf den Inseln und in Niebüll. Es ging letztlich darum, dass die Erstrettung sich – angeblich – aus Kostengründen immer weiter zurückzieht und es unerträglich lange dauert, bis die Hilfe vor Ort eintrifft. Durch die Medien ist bekannt, dass ich ein Fürsprecher der jetzigen Lösung ...«

»Der Konzentration auf die weit entfernte Husumer Klinik ...«

»Sehen Sie – genau das ist es. Diese verdeckten Nadelstiche. Die weit entfernte Klinik. Was soll das? Ich habe schon erklärt, vor welchem Problem wir standen.«

»So habe ich es nicht gemeint«, versuchte Große Jäger richtigzustellen.

»Wir leben in einem dünn besiedelten Landstrich. Ein bayerischer Landrat in Mainfranken hat gut lachen. Wir haben fünfzehn Inseln und Halligen. Auch bei zwei Schülern müssen wir für einen geordneten Schulbetrieb sorgen. Es gibt den Hochwasserschutz, den Nahverkehr und vieles mehr. Wie soll eine Gemeinde wie Hallig Hooge mit einhundert Einwohnern den Neubau einer Brücke über einen Sielzug für eine Million Euro stemmen?«

»Das ist nicht unser Thema«, sagte Große Jäger. »Aber man bezichtigt Sie der Lüge.«

Meyer schüttelte den Kopf. »Das wird von manchen interessierten Kreisen hochgekocht. Sie meinen, weil es zunächst hieß, für die Erstversorgung wird es in St. Peter-Ording eine Lösung geben.«

Große Jäger nickte.

»Ich bin es leid, ständig mit solchen Sachen konfrontiert zu werden. Der Landrat und ich – wir sind die Buhmänner.« Er klopfte sich heftig gegen die Brust. »Ich mache das ehrenamtlich. Wofür? Um beschimpft und jetzt bedroht zu werden? Ich und meine Familie?«

»Die auch?«

Meyer drehte sich zu Große Jäger um. »Die SMS kam gestern. ›Jetzt wird es ernst‹, schrieb der Unbekannte.«

»Haben Sie die Nachricht noch?«

»Ich habe sie sofort gelöscht. Meine Enkel, aber auch meine Frau nutzen mein Handy. Ich telefoniere damit und gehe ins Internet. Manchmal. Die Kids haben einen anderen Bezug zu diesen Techniken und probieren tausend Dinge aus. Ich wollte nicht, dass es jemand mitbekommt. Es scheint ernster zu sein, als ich wahrhaben wollte.« Ein Schauder durchfuhr Meyer. »Sonst hätte man nicht auf mich geschossen. Und? Wie soll es weitergehen?«

»Wir werden es auf unserer Dienststelle besprechen«, wich Große Jäger aus.

Es war schwer abzuschätzen, ob der Politiker akut gefährdet war. Wie sollte man ihn und seine Familie schützen? Ihm empfehlen, die Öffentlichkeit zu meiden? Aber auch das eigene Haus bot keinen hinreichenden Schutz, wie die Übergriffe auf Dr. Grimm zeigten. Große Jäger bat Meyer, die Husumer Polizei zur Unterzeichnung des Protokolls aufzusuchen. Dann würde man mit ihm über die weitere Vorgehensweise sprechen. Er trug ihm zudem auf, alles Ungewohnte sofort der Polizei zu melden. »Seien Sie achtsam. Ich will keine Angst schüren, aber Vorsicht ist angezeigt.«

»Das ist unbefriedigend, was Sie von sich geben«, sagte Meyer. »Ist der Landrat genauso betroffen wie Sie?« Der Hauptkommissar ging nicht darauf ein.

»Auch Jansen wird bedroht. Wir beide gelten als diejenigen, die federführend bei der Rettungsaktion des Husumer Klinikums tätig waren.«

»Melden Sie sich«, wiederholte Große Jäger und stieg aus. Cornilsen stand allein am Deich. Die beiden Polizisten waren in der Zwischenzeit weitergefahren.

»Bei mir gibt es nichts Neues«, sagte ein enttäuscht wirkender Cornilsen. »Die Schutzpolizei ist die Gegend abgefahren, hat aber nichts Verdächtiges feststellen können. Sie haben auch die Bewohner der beiden Häuser am Deich befragt. Die haben weder etwas gehört noch gesehen. Die Kollegen haben auch an der mutmaßlichen Stelle gesucht, aber keine Spuren gefunden.«

Große Jäger runzelte die Stirn. »Nach dem Gespräch mit Meyer bin ich mir immer noch nicht sicher, ob er sich den Schuss nicht nur eingebildet hat. Bei der Ausgangslage bekommen wir keine Genehmigung, das große Geschirr aufzufahren und hundert Meter Deich nach einer Geschosshülse abzusuchen. Und wenn – wenn! – wirklich ein Schuss abgegeben wurde, kann der Schütze die Hülse mitgenommen haben. Das ist alles sehr dürftig.«

»Da wäre noch ein anderer Punkt«, warf Cornilsen ein. »Hier ist wirklich nicht viel los. Da kommt kaum jemand vorbei, schon gar nicht in dieser Jahreszeit. Ich frage mich, woher der Schütze wusste, dass Meyer den Weg zu dieser Zeit nutzen wird.«

»Wir haben drei Antworten«, erwiderte Große Jäger. »Erstens: Meyer hat es sich eingebildet. Zweitens: Es hat jemand in der Gegend herumgeballert, und Meyer hat den Schuss gehört. Du sagtest bereits, hier ist es einsam. Da kann man ungestört schießen. Und drittens: Der Schütze hat auf Meyer gewartet und wusste, dass er hier vorbeikommen würde. Dann finden wir ihn in Meyers unmittelbarer Umgebung, zum Beispiel ein Nachbar. Ich glaube nicht, dass wir es mit einem Täter zu tun haben, der Meyer beobachtet oder ihm gar folgt. Er hat ihm ja, wenn wir These drei annehmen, aufgelauert und ihn nicht verfolgt. Und hier auf Meyers Rückkehr aus den Reußenkögen zu warten, ist eine gewagte Annahme. Nimmt er diesen Weg? Und wann kommt er zurück?« Große Jäger bewegte zweifelnd den Kopf. »Das halte ich für unwahrscheinlich. Allerdings«, widersprach er sich selbst, »würde eine solche Warnung, wenn ich den Schuss als solche verstehe, in das Schema passen. Wir erleben eine Bedrohung von Leuten, die in irgendeinem Zusammenhang mit der Erstversorgung stehen.«

Große Jäger holte sein Handy hervor. »Meyer sagte, dass auch der Landrat bedroht wird. Wir werden noch einmal mit Jansen sprechen.« Er wählte und wartete. Nach einer Weile nahm er den Apparat vom Ohr und wählte neu. »Da meldet sich niemand«, merkte er erklärend an. Auch der zweite Versuch blieb erfolglos. »Beamter müsste man sein«, sagte er grinsend. »Fahren wir nach Husum zurück.«

Auf der Dienststelle erfuhren sie den Grund für die Nichterreichbarkeit der Kreisverwaltung. Dort herrschte der Ausnahmezustand. In der Poststelle der Behörde war aufgefallen, dass aus einem an den Landrat adressierten Brief weißes Pulver rieselte. Man hatte die Notfallmaßnahmen ergriffen, den Teil des Gebäudes geräumt und Polizei und Feuerwehr alarmiert. »Sollen wir da auch noch hin?«, fragte Große Jäger den Kriminalrat. »Heute ist der Tag der merkwürdigen Einsätze.«

Mommsen bat darum, dass die beiden sich der Sache annahmen. »Vor Ort könnt ihr nichts bewirken. Der Gefahrgutzug der Feuerwehr ist vor Ort. Und aus Kiel kommen Spezialisten.« Er sah auf seine Armbanduhr.»Vielleicht sind sie schon eingetroffen.«

»Wir stehen vor einem Rätsel. Da gab es das mögliche Attentat auf den Kreispolitiker Meyer. Und jetzt der Brief an den Landrat.« Große Jäger berichtete, dass Meyer erwähnt hatte, auch Jansen habe Drohungen erhalten.»Und Dr. Grimm sollten wir auch nicht vergessen.«

»Der Bogen scheint mir sehr weit gespannt«, sagte Mommsen zweifelnd.»Allerdings zielen alle Aktionen auf das Thema Gesundheitsversorgung hin. Könnte es sein, dass wir es mit mehreren Tätern zu tun haben?«

»Das wäre ein großer Zufall«, gab Große Jäger zu bedenken. »Weshalb sollten sie zur selben Zeit Drohungen gegen dieselbe Zielgruppe vorbringen?«

»So homogen ist die Gruppe nicht«, sagte Mommsen. »Meyer und Jansen sind Politiker, na ja, der Landrat nicht im eigentlichen Sinne, aber man kann ihn dazuzählen. Dr. Grimm ist zufällig in die Sache verwickelt worden. So ähnlich wie der Notfallsanitäter Erichsen. Insofern haben wir zwei Opfergruppen.«

»Wir werden diese Spur verfolgen«, versprach Große Jäger.

»Peter Meyer – Peter Meyer«, dachte Mommsen laut nach. »Ist es Zufall? Mir sind immer wieder Autos mit diesem Schriftzug in der Stadt aufgefallen.«

»Stimmt«, pflichtete ihm Große Jäger bei.»Das ist ... das ist ...« Plötzlich fiel es ihm ein.»Heizung, Klima, Sanitär.«

»Die gleiche Branche wie Mügge, dessen Firmenwagen in den Unfall verwickelt war«, ergänzte Cornilsen.

Große Jäger drängte darauf, dass sie in ihr Büro zurückkehrten. Dort begann Cornilsen umgehend mit der Recherche. Nach zwanzig Minuten zeigte er sich bedingt zufrieden.

»Peter Meyer ist ein alteingesessener Betrieb«, erklärte er. »Ursprünglich war es eine Klempnerei, die sich zur heutigen Größe weiterentwickelt hat. Die sind auch im Bereich der Solartechnik aktiv. Ich habe nur ungefähre Zahlen, aber mit über siebzig Mitarbeitern hat das Unternehmen eine respektable Größe.«

»Und Peter Meyer?«

»Der hat sich schon vor zehn Jahren aus dem Geschäft zurückgezogen. Er ist noch Gesellschafter der GmbH, aber die Geschäftsführung liegt bei einem ...« Cornilsen sah auf den Bildschirm. »Sorry. Bei einer Frau. Ulrike Meyer von Burg.«

»Das klingt wie eine Verwandte, möglicherweise die Tochter.«

Cornilsen wollte sich bemühen, etwas über die Lage des Betriebs in Erfahrung zu bringen. Dazu benötigte er die nächste halbe Stunde.

»Die sind gut im Geschäft, sei es bei Neubauten, im Wartungsbusiness und auch erfolgreich bei öffentlichen Aufträgen.«

»Kann man auf abwegige Gedanken kommen, wenn der Senior sich in der Kommunalpolitik tummelt und seine Firma mit öffentlichen Aufträgen versorgt wird?«

Cornilsen bewegte kaum merklich den Kopf und hatte die Zunge ein Stück zwischen den Lippen herausgestreckt. So sahen kleine Kinder aus, wenn sie etwas mit Eifer ausführten. Er griff zum Telefon und führte ein paar Gespräche. »Leider ohne Ergebnis«, sagte er enttäuscht.

»Lass mich mal«, meinte Große Jäger und rief einen »Spezi«, wie er es nannte, in der Stadtverwaltung an. Er sprach vom »letzten« gemeinsamen Absturz in einer Kneipe in der Neustadt. Fast beiläufig fragte er, wie zuverlässig das Unternehmen Peter Meyer sei.

Erfahren. Zuverlässig. Solide. Und preislich auch immer im akzeptablen Rahmen, erfuhr er. Der Betrieb habe auch eine Größe, um komplexere Aufträge abwickeln zu können. Kleinere Anbieter mochten auch gute Arbeit leisten, aber wenn es dort personelle Ausfälle gäbe, würde der Auftrag stillstehen. Das könne man sich nicht leisten. Deshalb habe Meyer auch einen Großteil der Arbeiten für die städtischen Einrichtungen und andere Auftraggeber gewonnen.

»Auch für das Krankenhaus?«

Auch dafür, bestätigte Große Jägers »Spezi«. Mit dem Versprechen, das gemeinsame Leberbefeuchten demnächst zu wiederholen, verabschiedete sich der Hauptkommissar.

»Wenn ich einmal laut denke …«, setzte Cornilsen an, der über den Lautsprecher mitgehört hatte, »ist Mügge der Gebissene. Bei seiner Betriebsgröße kommt er nicht an die großen lukrativen Aufträge heran. Und jetzt fehlt ihm auch noch Kapazität durch den Ausfall des Wagens und des Mitarbeiters. Das ist eine blöde Situation.«

»Willst du darauf hinaus, dass er sich an Meyer rächen will?« Große Jäger war skeptisch. »Meyer hat nichts mit dem Unfall zu tun. Und wenn Mügge zuvor nicht an die großen Vorhaben herangekommen ist, hat der Unfall an dieser Tatsache nichts geändert.«

»Mügge hat keinen Zweifel daran gelassen, dass er sich in einer schwierigen geschäftlichen Lage befindet. Wenn jemand labil ist, kann er im Zorn schon zu sonderbaren Reaktionen neigen.«

»Weshalb zieht sich ein erfolgreicher Unternehmer aus dem Geschäftsleben zurück, um sich überwiegend ehrenamtlich in der Kommunalpolitik zu engagieren?« Große Jäger hielt die Hände in die Höhe. Er sah zuerst zur linken, dann zur rechten und lachte dabei. »Eine Hand wäscht die andere.«

Nach zwei Stunden erhielten sie die Nachricht, dass der Brief an den Landrat ein übler Scherz war. Das aus Kiel herbeigeeilte Team des LKA konnte noch vor Ort analysieren, dass es sich um harmloses Backpulver handelte.

»Wer spielt eine so üble Karte?«, fragte sich Große Jäger.

»Hoffentlich können wir den Absender ermitteln. Der wird erstaunt sein, wenn ihm die Rechnung mit den Einsatzkosten präsentiert wird. Solche Leute haben keine Vorstellung davon, was sie mit diesen Taten auslösen.«

Sie erfuhren auch, dass dem Brief ein Schreiben beigefügt war. Ein DIN-A4-Blatt, mit einem Tintenstrahler bedruckt. Die

Kieler hatten es mitgenommen, um es im LKA erkennungsdienstlich zu behandeln. Große Jäger musste sich eine weitere Stunde gedulden, bis er ein Foto des Textes übermittelt bekam. »Ihr tragt die Schuld am Tod und Elend von Menschen. Nun seid Ihr die Opfer. Der Rächer«.

Er betrachtete lange den Text und zog die Stirn kraus. »Auch Papier. Auch Tintenstrahl. Aber das Deutsch ist korrekt.« Cornilsen umrundete den Schreibtischdoppelblock und sah ihm über die Schulter.

»Ein älterer Mensch«, stellte er fest.

»Wie kommst du darauf?«, wollte Große Jäger wissen.

»Er hat ›Ihr‹ großgeschrieben. Ich habe es in der Schule anders gelernt. Man nennt es wohl Rechtschreibreform«, sagte er spitzbübisch.

»Ob Reform oder nicht … Davon habt ihr in Niebüll doch nichts mitbekommen.«

Cornilsen lachte. »Du Altwestfale kennst dich da aus. Na denn dann.«

»Nix ›Na denn dann‹«, antwortete Große Jäger. »Die Ermittlungen in Sachen Kreisverwaltung hat Flensburg an sich gezogen. Damit müssen wir uns nicht befassen, obwohl wir glauben, dass es einen Zusammenhang gibt.« Er versuchte erneut, den Landrat zu erreichen. Jetzt hatte er Glück. Jansen wirkte genervt.

»Die Tat eines Einzelnen hat unseren ganzen Rhythmus durcheinandergebracht«, schimpfte der Landrat. »Das ist mehr als ein übler Scherz.«

»Sind Sie sich sicher, dass es nur ein Scherz war? Oder eine weitere Warnung?«

»Eine weitere Warnung?«, echote Jansen.

Große Jäger erwähnte, dass der Fraktionsvorsitzende Meyer heute ebenfalls glaubte, Opfer eines Anschlags geworden zu sein.

»Meyer? Unmöglich.« Überzeugend klang das nicht.

»Es war nicht die erste Drohung, die Meyer erreichte. Sie sind auch betroffen. Haben Sie das den Kollegen von der Bezirkskriminalinspektion erzählt?«

»Das steht doch in einem anderen Kontext«, behauptete Jansen. »Weshalb rufen Sie mich überhaupt an? Sie sind doch gar nicht involviert. Die BKI hat sich der Sache angenommen. Mit Verlaub: Die Flensburger haben eine andere Struktur als die kleine Dienststelle vor Ort. Ich will Ihre Arbeit nicht herabwürdigen, aber mit so etwas sind Sie doch überfordert.«

»Wir sind für die kleinen und unbedeutenden Sachen zuständig. Wie alle Behörden in Husum«, stichelte der Hauptkommissar. »Trotzdem liegt uns das Wohlergehen unserer Bürger am Herzen. Soll ich Herrn Meyer ausrichten, dass wir in seinem Fall nicht weiterkommen, weil Sie nicht mit uns kooperieren wollen?« Große Jäger senkte die Stimme. »Ich müsste noch einmal nachlesen, welche Fraktionen im Kreistag Ihre Wiederwahl unterstützt haben. War Meyers Verein nicht auch daran beteiligt?«

Zwei Atemzüge herrschte Stille in der Leitung.

»Gut«, sagte der Landrat. »Ich möchte aber eine diskrete Behandlung. Ich komme in einer halben Stunde zu Ihnen in die Poggenburgstraße.«

Es verging eine Stunde, bis die Oberklassenlimousine auf den Hof hinter dem Dienstgebäude rollte. Als Jansen das Büro betrat und sich umsah, rümpfte er die Nase.

»Das Land stattet die Arbeitsplätze seiner Diener nicht so üppig aus wie der Kreis das Büro seines Fürsten«, begrüßte ihn Große Jäger und fing sich dafür eine harsche Erwiderung Jansens ein. Große Jäger antwortete wortlos mit einem breiten Grinsen, bevor er berichtete, dass Meyer angedeutet hatte, auch der Landrat habe schon Drohungen erhalten.

»Das kommt selten vor«, erklärte Jansen. »Natürlich werden immer wieder einmal Mitarbeiter des Kreises angefeindet, weil Bürgern Verwaltungsentscheidungen nicht passen. Es geht oft um Bauanträge, aber auch Sozialleistungen. Die Menschen verstehen nicht, dass wir an Gesetze gebunden sind und nicht willkürlich entscheiden.«

»Das ist im Fall des Krankenhauses aber anders.«

Jansen begann noch einmal ausführlich das zu erklären,

was sie von anderer Seite auch schon gehört hatten. »Husum schreibt als Einziges schwarze Zahlen. Gerade eben. Unsere Sorgenkinder sind Niebüll und Wyk auf Föhr. Um nicht alle Standorte in den Abgrund gleiten zu lassen, mussten wir Tönning schließen und auch in Niebüll und auf Föhr korrigierend eingreifen. Es gab die Volksabstimmung, in der sich eine Mehrheit der Einwohner für unser Konzept und den Ausbau des Klinikums Husum entschieden hat. Wir bauen die hiesige Klinik zu einem Haus der Regel- und Grundversorgung mit Schwerpunktbildung aus und investieren in dieses Vorhaben vierzig Millionen. Das ist für einen Landkreis wie unseren eine gewaltige Bürde, die wir uns aufhalsen. Alle Verantwortlichen sind sich aber einig, dass wir das der Bevölkerung schuldig sind. Das ist vernünftig, und diesen Weg verfolgen wir konsequent.«

»Diese Ansicht teilen aber nicht alle.«

»Es gibt immer Querulanten, die aus diesem oder jenem Grund mit obskuren Vorstellungen an die Öffentlichkeit treten und sich auch durch sachliche Argumente nicht überzeugen lassen. Mit solchen Gegebenheiten muss man in meiner Position, aber auch als gewählter Volksvertreter rechnen und umgehen können. Das gehört mit zu meinem Beruf.«

»Die Drohungen sind aber massiver«, vermutete Große Jäger.

Jansen nickte in Zeitlupe und zog ein zusammengefaltetes Blatt Papier hervor. »Das hier ist die vorerst letzte Drohung, die ich erhalten habe.«

Große Jäger bedeutete dem Landrat, es auf den Schreibtisch zu legen.

»Sie meinen – wegen Fingerabdrücken und so? Sie werden keine finden. Nur meine.«

Der Hauptkommissar sah ihn fragend an.

»Die bekam ich per Mail. Ich habe sie auf meinem Handy gelesen, von dort ausgedruckt und dann gelöscht. Ich wollte keine Unruhe unter meinen Mitarbeitern verbreiten und auch nicht meine Familie beunruhigen.«

Der Hauptkommissar nahm das Blatt auf und las laut vor: »›Nachdem du andere ins Elend gestürzt hast, bist du dran. Es geht Dir und Deinesgleichen nur um den eigenen Arsch. Aber den reissen wir dir jetzt auf. Sieh dich um. Hinter jeder Ecke könnte der Rächer lauern.‹« Große Jäger schob den Zettel über die Schreibtische Cornilsen hinüber. Der Kommissar warf einen Blick darauf. »Das ist identisch«, sagte er. »Die Sache mit der Rechtschreibung. Und ›reißen‹ schreibt sich jetzt mit ›ß‹. Auch die Signatur ›Der Rächer‹ ist gleich. Wir haben es mit demselben Täter zu tun.« Jansen sah die beiden Polizisten ratlos an.

»In dem Brief, der Ihrer Poststelle aufgefallen ist und der Auslöser für die Räumung der Kreisverwaltung war, lag auch eine Drohung. Wir können davon ausgehen, dass es sich um den Täter handelt, der Ihnen die Mail zukommen ließ.« Er streckte die Hand aus. »Können wir das Handy behalten? Unsere Spezialisten könnten versuchen, den Absender zu identifizieren.«

»Ausgeschlossen«, wies Jansen die Frage brüsk zurück. »Das ist mein Diensthandy. Das kann ich nicht aus der Hand geben. Wenn es Ihnen gelänge, den Absender zu entschlüsseln, hätten Sie auch Zugriff auf andere Mails und deren Inhalte, die höchst vertraulich sind.«

»Wir sind die Polizei und keine Pressestelle«, erwiderte Große Jäger, aber der Landrat blieb bei seiner Weigerung.

»Haben Sie in der letzten Zeit bemerkt, dass man Ihnen gefolgt ist? Haben Sie Besonderheiten rund um Ihr Haus festgestellt?«

»Auf solche Dinge achte ich nicht. Glauben Sie wirklich, dass ich die Drohungen ernst nehmen muss? Das ist doch schizophren. Ich leite eine Verwaltung und führe das aus, was die Politiker beschlossen haben oder das Gesetz uns vorgibt.«

»So ganz ohne Einfluss sind Sie doch nicht«, widersprach Große Jäger. »Außerdem sind Sie Vorsitzender des Aufsichtsrates des Klinikums. In dieser Funktion haben Sie viel Gestaltungsmöglichkeit.« Ihn störte, dass Jansen seine Rolle plötzlich kleinreden wollte. »Wer kennt Ihre Mailadresse? Die ist nicht öffentlich.«

Der Landrat blies die Wangen auf. »Das weiß ich beim besten Willen nicht. So geheim ist sie auch nicht.«

»Die Mails müssten doch über den Server der Kreisverwaltung laufen«, mischte sich Cornilsen ein.

Der Landrat hob beide Hände abwehrend in die Höhe. »Zur Technik dürfen Sie mich nicht befragen.«

»Da ziehen wir den IT-Experten der Kreisverwaltung hinzu.«

»Nein! Ich gehe davon aus, dass außerhalb dieses Raumes niemand eingeweiht wird. Es hat auch eine politische Dimension, wenn jemand in meiner Position bedroht wird.«

»Vorhin haben Sie gesagt, Sie würden nur an der Spitze der Administration stehen«, widersprach Große Jäger.

»Nehmen Sie es als gegeben hin«, wich Jansen aus.

Große Jäger zeigte auf das Blatt Papier vor sich. »Das ist alles, was Sie uns präsentieren können?«

Der Landrat nickte. Dann sah er den Hauptkommissar lange an, bevor er unmerklich den Kopf schüttelte. Seine Mundwinkel zuckten leicht. »Ich habe auch einen Anruf bekommen.«

»Was wollte der Anrufer?«

»Er hat gedroht, mich zu ermorden.«

»Damit kommen Sie erst jetzt?« Große Jäger war zornig. »Wir versuchen, uns ein Gesamtbild zu machen. Und Sie servieren uns die Fakten häppchenweise.«

Jansen sah stumm zum Boden. Dann wanderte sein Blick weiter zu seinen Schuhspitzen. »Ich sagte schon, es hat auch eine politische Dimension. Ich kann doch nicht vor die Presse treten und sagen, ich habe Angst. Wenn uns irgendwann einmal eine Katastrophe in Nordfriesland treffen sollte, was Gott verhüten möge, erwartet man von mir als Landrat, dass ich dem Stab vorstehe und den Einsatz mit kühlem Kopf leite. Das nimmt man aber niemandem ab, der sich um sein eigenes Wohlergehen sorgt, zumal es alles nichts Konkretes ist.«

»Und der Drohbrief mit dem weißen Pulver, der die Kreisverwaltung temporär lahmgelegt hat?«, wandte Große Jäger ein.

Jansen ließ ein gequältes Lachen hören. »Hören Sie den Spott, der über uns ausgeschüttet wird? Nordfriesland, wo die Menschen sich vor Backpulver fürchten?«

»Das ist doch Blödsinn«, schimpfte Große Jäger. »Niemand lacht vor Schadenfreude. In Hameln wurde Ihr dortiger Amtskollege erschossen. In Rendsburg ein Finanzbeamter im Dienst. Den Bürgermeister von Altena und die Bürgermeisterkandidatin in Köln griff man mit einem Messer an. Andere Amtsträger sind zurückgetreten, weil sie den Drohungen nicht mehr standhalten wollten oder konnten.«

»Das mag zutreffend sein«, sagte Jansen. »Aber das waren oft politische Motive, die den Täter leiteten. Ich kann doch nicht an die Öffentlichkeit treten und sagen: ›Man droht, mich zu ermorden, wenn nicht umgehend die Jans-Kurve entschärft wird.‹«

»Moment«, unterbrach Große Jäger. »Das ist eine andere Baustelle. Dem Anrufer ging es nicht um die Gesundheitsversorgung?«

»Nein. Er sprach von der Todeskurve auf der B 5, in der sich der schwere Unfall ereignet hat. Dabei habe ich auf den Ausbau der Kurve keinen Einfluss. Das ist eine Bundesstraße. Da ist das Land gefragt.«

»Sie können sich aber mit gewichtiger Stimme zu Wort melden«, meinte Große Jäger. »Weshalb hört man Sie nicht? Es gäbe noch mehr Baustellen, bei denen sich die Menschen im Kreis einen fulminanten Einsatz ihres Landrats wünschen würden. Die Probleme mit der Marschbahn. Nordfriesland per Eisenbahn zu erreichen ist ein Glücksspiel. Die Umgehungsstraße, die seit Jahrzehnten abrupt bei Husum endet ...«

»Ist gut«, rief Jansen dazwischen. »Ich habe keine Lust, Ihnen noch einmal zu erklären, welche Aufgaben einem Landrat zufallen und wo seine Grenzen sind.«

Große Jäger lehnte sich zurück. »Zu Anfang unseres Gesprächs haben Sie selbst gesagt, Sie halten unsere Husumer

Dienststelle für überfordert. Trotzdem kümmern wir uns um den Fall. Und wir werden auch unbürokratisch die Bezirks-kriminalinspektion in Flensburg in Kenntnis setzen.« Er sicherte Jansen zu, dass die Husumer Polizei jederzeit ansprechbar sei, bevor der Landrat mit gesenktem Haupt das Büro verließ.

SIEBEN

Der Nieselregen der vergangenen Tage hatte sich zu einem unangenehmen Dauerregen entwickelt. Der Wind war aufgefrischt. Man nannte es »frischer bis starker Wind«. Binnenländer bezeichneten die Windstärke sechs gelegentlich schon als »Sturm«. Für die Einheimischen war es erst Sturm, wenn die Schafe auf den Deichen keine Locken mehr hatten. Dennoch empfanden sie dieses Wetter als unfreundlich. Im Hintereingang stehend hatte Große Jäger seine obligatorische Zigarette halb geraucht, bevor er sich auf den Beifahrersitz des Opel Astra klemmte. Durch den Regen und die tief hängenden Wolken war es so schummrig geworden, dass nicht nur in den Häusern die Lampen brannten, sondern auch die Autos sich mit Scheinwerfern durch das Husumer Grau tasteten.

»Eh«, schimpfte Große Jäger, als ihnen ein Wagen ohne Licht entgegenkam. »Das war ein Bayer.«

»Der kam aus Goslar«, widersprach Cornilsen.

»Das Fahrzeug ist dort zugelassen, aber der Fahrer kam aus Bayern. Deren Fürsten verkünden doch landauf und landab, dass sie erleuchtet seien. Deshalb fahren sie ohne Licht.«

»Klugschnacker«, antwortete Cornilsen und konzentrierte sich auf den dichten Verkehr. Es schien, als wären heute alle Husumer Richtung Mildstedt unterwegs und hätten sich verabredet, vor der Zufahrt zum Einkaufszentrum Dreimühlen einen Stau zu veranstalten. Schließlich erreichten sie ihr Ziel.

Das Büro der Heizungsbau Mügge GmbH war verschlossen. Sie gingen zum Gelbklinkerhaus mit dem Messingschild »Mügge« hinüber und klingelten. Eine wohlproportionierte Frau mit kurzen dunklen Haaren öffnete und sah sie fragend an.

Große Jäger stellte die Beamten vor und bat darum, ihren Mann sprechen zu dürfen, nachdem er sich vergewissert hatte, dass Frau Mügge vor ihm stand.

»Holger? Der ist draußen beim Kunden«, sagte sie. »Wir haben im Augenblick viel zu tun. Uns ist der Servicewagen ausgefallen sowie ein Monteur. Ein anderer hat sich krankgemeldet. So ist Holger mit unterwegs.«

»Wo steckt er gerade?«, wollte Große Jäger wissen.

»Momang«, sagte sie, griff hinter sich, nahm ein Mobilteil zur Hand und rief ihren Mann an.

»Wo büst all?«, fragte sie. »De vunne Polente wörrn her. De will mit di sacken.« Sie lauschte einen Moment, dann sah sie Große Jäger an.

»Holger sagt, das ist im Augenblick schlecht. Er ist mit unserem Azubi gerade in Norderstapel. Da ist ein Heizkörper leck, den muss er austauschen.«

Es bedurfte einiger Überredungskünste, bis sie die Adresse nannte. Sie waren schon im Gehen, als Große Jäger noch etwas einfiel. Er streckte die Nase ins Haus und schnupperte übertrieben.

»Backen Sie gerade einen Kuchen?«, wollte er wissen.

Sie sah ihn irritiert an. »Nein. Wie kommen Sie darauf?«

»Ich dachte, es riecht so wundervoll.«

Sie lächelte. »Ich backe oft und gern Kuchen. Aber heute nicht.«

»Ich bin in diesem Metier nicht sehr bewandert. Welches Backpulver nehmen Sie? Haben Sie einen Tipp für mich?«

»Ich nehme Dr. Oetker. Es gibt sicher noch viele andere Marken, aber bei uns ist es fast eine Art Familientradition.«

»Danke. Dann versuche ich es auch einmal. Schließlich hat der das Pulver erfunden. Das sind doch diese … diese … blauen Packungen?«

Jetzt lachte sie schallend. »Die Packung kennt doch jedes Kind. Warten Sie. Ich hole Ihnen ein Muster.« Ohne die Antwort abzuwarten, verschwand Frau Mügge ins Hausinnere. Als sie zurückkehrte, machte sie ein enttäuschtes Gesicht. »Komisch. Ich habe immer einen Vorrat da, falls ich mal zwischendurch backen möchte. Aber jetzt ist alles weg.« Plötzlich schien ihr etwas einzufallen. »Kann sein, dass Holger das genommen hat. Wir haben Ameisen im Haus. Die vertreibt man am besten mit Backpulver.«

»Ah, logisch«, bestätigte Große Jäger und wünschte der Frau noch einen schönen Abend.

»Das war aber trickreich«, merkte Cornilsen auf dem Weg zum Auto an. »Jetzt müssen wir nur noch herausfinden, ob in der Briefsendung an den Landrat dieses Fabrikat benutzt wurde.«

»Wir?« Große Jäger kniff Cornilsen in den Oberarm. »Du!«

»Tun wir das machen«, stöhnte Cornilsen.

Ihr Weg führte sie von Mildstedt über die Dörfer nach Norderstapel. Inzwischen war es dunkel geworden.

»Im Juni sind wir die Lichterkönige«, stellte Cornilsen unterwegs fest, als sie über die Beleuchtung sprachen, »aber um diese Jahreszeit herrscht hier Mangel an Tageslicht.«

Vor einem älteren Einfamilienhaus stand ein VW Caddy mit der Aufschrift »Heizungsbau Mügge GmbH«. Die hinteren Türen waren geöffnet.

Sie klingelten an der angelehnten Haustür. Eine grauhaarige Frau im Pullover, über dem sie eine Strickjacke trug, öffnete ihnen.

»Herr Mügge ist bei Ihnen«, sagte Große Jäger, ohne sich als Polizist auszugeben. »Wir müssten ihn dringend sprechen.«

»Das geht jetzt aber nicht«, antwortete die Frau bestimmt. »Der ist mit unserer Heizung beschäftigt.«

»Das wissen wir. Trotzdem wäre es wichtig.«

»Nichts kann so wichtig sein wie unsere Heizung. Seit heute Morgen ist die ausgefallen. Mein Mann hat Rheuma. Wir warten schon eine Ewigkeit auf den Monteur. So geht das nicht«, wiederholte sie.

»Ich verstehe das, Frau, äh … Kasten. Trotzdem. Es geht auch ganz schnell. Bitte«, schob er mit Schmollmund hinterher.

»Eigentlich nicht«, grollte Frau Kasten und verschwand ins Hausinnere.

Sie kehrte mit Holger Mügge zurück.

»Sie?«, fragte er unwirsch, als er die Beamten entdeckte. »Das ist ungünstig.«

»Das habe ich auch schon gesagt«, ergänzte Frau Kasten.
»Wir sind dabei, die Welt zu retten«, meinte Große Jäger.
Die Frau schien das falsch verstanden zu haben. »Sind Sie
von einer Sekte?«

»Schlimmer«, stellte Mügge fest. »Polizei.« Dann sah er sich
genötigt, der Frau zu erklären, dass es um den Unfall ging, in
den eines seiner Fahrzeuge verwickelt war. Den Mitarbeiter
ließ er unerwähnt, fiel Große Jäger auf.

»Schlimm«, sagte Frau Kasten betroffen. »Ich habe das in
der Zeitung gelesen. Wirklich schlimm. Die müssen endlich
mal was tun auf der B 5. So geht das nicht weiter. Es vergeht
keine Woche, in der es dort nicht ordentlich kracht. Die armen
Menschen. Mein Mann fährt ungern die Strecke.«

»Können wir kurz allein mit Herrn Mügge sprechen?«

»Ja, sicher«, sagte sie, machte drei Schritte rückwärts und
blieb in Hörweite stehen.

»Frau Kasten. Bitte«, sagte Große Jäger eindringlich. Als sie
sich ganz zurückgezogen hatte, fuhr der Hauptkommissar fort:
»Heute Morgen hat man ein Attentat auf Peter Meyer verübt.«

»Klempner Meyer?« Mügge schien überrascht. »Hat man
ihn erwischt? Wurde auch Zeit.«

»Er ist ein Mitbewerber von Ihnen?«

»Konkurrent? Schön wär's. Der Hallodri macht sich schon
seit Langem nicht mehr die Finger schmutzig. Der hat seine
Schäflein im Trockenen. Seitdem er ›Politik‹ macht, flutscht es
nur so in seinem Laden. Das geht nicht mit rechten Dingen zu.
Aber beweise es einmal.«

»Hat er Ihnen Aufträge weggeschnappt?«

»Ja. Natürlich. Der ist ein harter Hund und hat gute Ver-
bindungen.« Mügge senkte die Stimme. »Das geht nicht immer
korrekt zu. Eine Hand wäscht die andere. Aber wie soll man
das beweisen? Ich frage mich immer, wie der an die öffentlichen Aufträge herankommt. Vom Kreis.« Der Heizungsbauer
zog ein Augenlid herab. »Da ist Meyer immer mit dabei. Ist es
nicht merkwürdig, dass er fast alle Aufträge bekommt, die mit
dem Klinikum im Zusammenhang stehen? Das riecht doch drei

Meilen gegen den Wind. Die stecken alle unter einer Decke. Und ich?« Er zeigte seine schmutzigen Hände. »Nach Christiansens Ausfall muss ich selbst mit raus zum Kunden. Meine Frau ist im Büro. Sie kann aber nicht weiterhelfen, wenn ein Kunde mit einem technischen Problem anruft. Der eine Mann fehlt mir. Und natürlich das Auto. Wo soll ich Ersatz herbekommen? Da geht alles drunter und drüber.« Seine flache Hand schlug klatschend gegen seine Stirn. »Und das Tolle daran ist, dass ich auch noch sechs Wochen Gehalt weiterzahlen muss, obwohl Christiansen ausfällt.« Er hielt eine flache Hand in die Höhe. »Hier habe ich Mehrkosten.« Dann folgte die andere Hand. »Und da keine Erlöse. Wie soll das funktionieren?«

»In diesem Punkt können wir Ihnen nicht weiterhelfen«, sagte Große Jäger. »Der Unfall hat aber nicht nur Ihnen Schwierigkeiten bereitet. Als wir Sie das erste Mal besucht haben, kam Hans-Werner Lankwitz zu Ihnen und erzählte von den Geldsorgen seiner Schwester Dorle. Er wollte einen Vorschuss für sie.«

Mügge lachte bitter auf.

»Wenn die vernünftig wirtschaften würden, kämen sie auch über die Runden. Was soll ich sagen? Ich bekomme die Aufträge nicht erledigt. Somit kann ich auch keine Rechnungen schreiben. Die Bank sitzt mir im Nacken. Die Leasingrate für das Auto, das ich nicht mehr habe, ist fällig. Und wenn ich nicht zahle, wollen die den gesamten Betrag. Nee. Meine Probleme sind viel ausgeprägter als die von Dorle. Bei mir geht es um die Existenz. Der Firma. Meiner Familie. Und die der Mitarbeiter. Und mit wem Sie auch sprechen … Sie ernten nur mitleidiges Schulterzucken. ›Was haben Sie denn? Der Firmenwagen ist doch versichert‹«, äffte er mit hoher Stimme jemanden nach. »Na und? Die Versicherung rührt sich nicht. Das kann ewig dauern.«

Er kam näher und baute sich ganz dicht vor Große Jäger auf, dass der seinen Atem riechen konnte. »Da macht der Kreis es anders. Die haben mir heute ein Fax geschickt. Wenn ich einen laufenden Auftrag nicht bis morgen abgeschlossen habe, werden sie ein anderes Unternehmen beauftragen. Es geht um eine Kita. Man hat angekündigt, dass man mich für die Mehrkosten in Regress nehmen wird. Und nun?«

»Ist Hans-Werner Lankwitz noch einmal bei Ihnen gewesen?« Große Jäger ging nicht auf die Anwürfe ein.

»Ein Mal? Der hat jeden Tag mehrfach angerufen. Zwei Mal ist er persönlich erschienen. Der Kerl hat sogar gedroht.«

»Womit hat er Sie bedroht?«

»Ach«, winkte Mügge ab. »Ich soll mich vorsehen. Sonst geht alles den Bach hinunter.«

»Ist er konkreter geworden?«

»Das war nicht erforderlich. Lankwitz ist zu allem fähig.«

»Können wir uns die Tintenstrahldrucker in Ihrem Büro ansehen?«, wollte Große Jäger wissen.

»Weshalb das denn?« Mügge kniff die Augen zu schmalen Schlitzen zusammen. »Doch nicht nur so. Da steckt doch was dahinter? Nee. Nix da. Kommt nicht in Frage. So. Nun muss ich. Die Lage ist schon bescheiden genug.«

Sie hörten es aus dem Haus poltern. »Verdammt«, fluchte Mügge und rannte hinein.

Große Jäger folgte ihm ins Wohnzimmer. Dort stand ein junger Mann in blauer Latzhose und sah seinen Chef mit weit aufgerissenen Augen an.

»Scheiße«, schrie Mügge, als er den Heizkörper und das beschädigte Stäbchenparkett sah. Offensichtlich war dem Mitarbeiter, ein Auszubildender, wie Mügge kurz erklärte, der Heizkörper aus der Hand gerutscht.

»Ich wollte doch nur weitermachen, damit wir fertig werden«, stammelte der Junge.

»Das werden Sie bezahlen«, keifte Frau Kasten dazwischen. »Den ganzen Fußboden. Was sind das für Handwerker? Pfuscher. Nichts als Pfuscher.«

»Komm«, sagte Cornilsen und zog Große Jäger am Ärmel aus dem Haus. »Dem steht das Wasser bis zum Hals. Und wenn sein Betrieb den Bach runtergeht, fängt ihn kein soziales Netzwerk auf. Der bezieht kein Arbeitslosengeld. Dafür hängen ihm die Schulden wie ein Mühlstein bis ans Lebensende am Hals.«

»In einer solchen Situation kann man schon auf krumme Gedanken kommen«, pflichtete ihm Große Jäger bei. »Wenn die Banken die weitere Finanzierung verweigern, denkt man im schlimmsten Fall auch an unlautere Methoden, um frisches Geld zum Überleben zu beschaffen. Bei einem Flugzeugabsturz in einem unwegsamen Gebiet in den Anden sollen die Überlebenden sogar zum Kannibalismus übergegangen sein, um nicht zu verhungern. Sie haben sich den Schwächsten aus der Runde ausgeguckt und …«

»Das reicht«, meinte Cornilsen. »Sein Pech«, dabei zeigte er auf den Firmenwagen, »ist, dass er Mügge und nicht Griechenland heißt. Sonst würde man ihm neue Kredite in den Rachen werfen.«

Große Jäger nickte versonnen. Seiner Partnerin Heidi Krempl war es ähnlich ergangen, nachdem ihr Vorgänger die Ärztin in Garding gemobbt und dafür gesorgt hatte, dass die Patienten wegblieben. Laut sagte er: »Meyer behauptet, dass auf ihn geschossen wurde. Und Mügge sieht in Meyer seinen großen geschäftlichen Widersacher. Angeblich kommt Meyer an die lukrativen Aufträge heran, insbesondere die des Klinikums. Auch wenn Meyer formell nichts mehr mit seinem Unternehmen zu tun und sich zurückgezogen hat, ist es doch sonderbar, dass die Firma Meyer höchst erfolgreich beim Akquirieren von Aufträgen des Kreises ist.« Große Jäger blieb stehen und sah Cornilsen an. »In welchen Sumpf sind wir hineingeraten? Der Unfall. Illegaler Aufenthalt des tödlich verunglückten Rashica-Neffen. Mobbing. Erpressung. Sachbeschädigung. Anschläge. Und jetzt auch noch der Verdacht auf Korruption? Hosenmatz. Müssen wir beide ganz allein die Welt retten?«

Cornilsen lachte. »Vielleicht nicht die ganze Welt, aber den schönsten Teil: Nordfriesland.«

Inzwischen hatte wieder der heftige Dauerregen eingesetzt. Dazu blies ein kräftiger Westwind. Cornilsen sah auf seine Wetter-App, bevor er den Motor startete.

»Sieben, in Böen bis neun«, sagte er.

Die nächste Bö schien das unterstreichen zu wollen. Sie rüttelte mächtig am stehenden Fahrzeug. Die Rückfahrt verlief schweigend. Der kurze Weg vom Parkplatz zum Hintereingang des Polizeigebäudes reichte, um die beiden Beamten völlig zu durchnässen. Große Jäger schüttelte sich wie ein Hund. Dabei grinste er.

»Ob Hundt das auch so macht?«

Cornilsen antwortete nicht. Er war damit beschäftigt, die Nässe aus Haaren und Kleidung herauszubekommen.

Sie hatten kaum ihr Büro betreten, als Mommsen erschien und nach dem Stand der Ermittlungen fragte. Große Jäger setzte den Kriminalrat ins Bild.

Mommsen wollte wissen, ob die beiden den Fall noch im Griff hatten. Große Jäger reagierte ungehalten. »Natürlich. Es gibt nur zahlreiche unterschiedliche Ermittlungsstränge. Wenn wir zu den Leuten ins Wohnzimmer oder ins Büro laufen könnten, um uns die Drucker anzusehen, oder von jedem Verdächtigen eine DNA-Probe nehmen könnten, wären wir weiter. Wir kämpfen nicht nur mit der Tücke des Falls oder besser der Fälle, sondern auch gegen die Restriktionen, die uns der Rechtsstaat auferlegt.«

»Solche Formulierungen solltest du nicht verwenden«, mahnte Mommsen. »Unsere Gesetze sind keine Restriktionen.«

»So meine ich es auch nicht«, versicherte Große Jäger.

»Braucht ihr Unterstützung?«, wollte der Kriminalrat wissen.

»Um Gottes willen«, wehrte der Hauptkommissar ab und bellte unter vorgehaltener Hand.

»Wilderich!«, erfolgte prompt Mommsens Ordnungsruf.

Jetzt hielt sich auch Cornilsen die Hand vor den Mund und miaute.

»Rund um den Weihnachtsmarkt gibt es viele Falschparker«, drohte der Kriminalrat. »Wir suchen noch Leute für die Taskforce.«

Dann zog er sich zurück.

Große Jäger lehnte sich im Stuhl zurück. Er atmete tief durch. »Das ist ein bewegter Tag heute.«

Er behielt recht. Wenig später meldete sich eine völlig aufgelöste Frau Dr. Grimm. Es war schwierig, ihre Worte zu verstehen.

»Wir sind gleich bei Ihnen«, versprach Cornilsen, der das Telefonat angenommen hatte.

»Schon wieder durch den Regen?«, fluchte Große Jäger und folgte seinem Kollegen zum Hintereingang.

Die Fahrt schien eine Ewigkeit zu dauern. Auf der neuen Umgehungsstraße hatte es an der Einmündung zum Arbeitsamt einen Auffahrunfall gegeben. Die Polizei war schon vor Ort. »Die haben auch keinen besseren Job«, bedauerte Große Jäger die Streifenpolizisten.

Urlaubsgäste waren zu dieser Jahreszeit nicht in der Region. Es schien aber, als hätten sich alle zweiundzwanzigtausend Husumer und die Handvoll Bewohner der dünn besiedelten umliegenden Ortschaften verabredet, die Einmündung zur Schobüller Straße zu verstopfen. Inzwischen war es stockfinster. Und der dichte Regen schluckte zusätzlich das fahle Licht der Straßenlampen und Autoscheinwerfer. Als sie in den schmalen Süderbergweg einbogen, hatte sie die Finsternis völlig umhüllt.

»Ich verstehe Dr. Grimm«, stellte Große Jäger fest, als er Cornilsen folgte, der mit seinem Handy den Weg zur Haustür ausleuchtete. Die Außenbeleuchtung und die Lampen in allen Räumen spendeten nur mäßiges Licht. Die Büsche und Hecken lagen im Dunkeln. »Wenn der Regisseur eines Gruselthrillers eine geeignete Örtlichkeit suchen würde – hier fände er sie.«

Cornilsen wollte klingeln, aber Große Jäger hielt ihn zurück. »Würdest du unter diesen Umständen öffnen? Wir rufen sie an und teilen ihr mit, dass wir vor der Tür stehen.«

Dr. Grimm musste am Telefon gesessen haben. Ohne Freizeichen wurde abgenommen. Mit dünner Stimme fragte sie: »Ja?«

Sie war sehr vorsichtig und fragte mehrfach nach, ob wirklich die Polizei vor der Tür stehe. Zusätzlich lugte sie durch einen

Gardinenspalt, bevor sie mehrere Schlösser betätigte und die Tür ein wenig öffnete. Als sie die beiden Beamten erblickte, atmete sie befreit auf. Große Jäger und Cornilsen waren kaum eingetreten, als sie die Tür hastig wieder schloss.

»Ich kann nicht mehr«, sagte sie, und ein Beben erfasste ihren Körper.

Große Jäger ließ ihr Zeit. Geduldig warteten sie im Flur, bis die Ärztin sich etwas gefasst hatte.

»Heute ist neue Post gekommen.«

Sie führte die Beamten in ihr Wohnzimmer und wies auf den Esstisch. Dort lag ein Umschlag der bekannten Sorte, daneben ein Blatt Papier, das erneut mit einem Tintenstrahldrucker bedruckt worden war. Große Jäger beugte sich über den Brief.

»Fünzig Tausend sonst siehst du aus wie das Kanninchen Keine Polizei sonst kann Dich kein Geld der Welt retten Keine Trick.«

»Das ist der gleiche Absender. Umschlag und Papier, aber auch die Rechtschreibung sind identisch mit den vorherigen Drohungen. Nun wird es konkret.«

»Es fehlen aber Hinweise, wo das Geld zu deponieren ist«, stellte Cornilsen fest.

»Das wird noch kommen. Wir haben es mit einem Amateur zu tun. Er hofft tatsächlich, dass das Opfer eingeschüchtert ist und die Polizei nicht informieren wird.« Große Jäger sah die Ärztin an. Dr. Grimm hatte die Arme vor der Brust verschränkt. Es sah aus, als fröre sie erbärmlich. »Der Brief ist nicht mit der Post gekommen«, stellte er fest.

Sie bestätigte seine Vermutung. »Ich habe heute am späten Nachmittag den Deckel vom Briefkasten klappern hören und nachgesehen. Da habe ich ihn gefunden.«

»Sie hätten ihn nicht öffnen sollen.«

Die Antwort bestand nur aus einem hilflosen Schulterzucken. Große Jäger verstand ihre Reaktion. Wenn so systematisch Druck aufgebaut wird, fehlen rationale Gedanken.

»Zumindest kennen wir jetzt die Forderung. Ist der Erpresser in anderer Weise an Sie herangetreten? Telefon? Mail?«

»Ich stehe nicht im Telefonbuch. Nein. Ich habe nur diese schrecklichen Briefe bekommen.«

»Dann kennt er Ihre anderen Kontaktdaten nicht. Es ist vermutlich niemand aus Ihrer unmittelbaren Nähe.«

»Keiner meiner Freunde würde so etwas tun. Niemals.«

Der Hauptkommissar ließ sie in diesem Glauben.

Die Ärztin schüttelte sich. »Soll ich wegziehen? Oder bezahlen, um meine Ruhe zu haben?«, fragte sie.

»Wenn Erpresser mit ihrer Methode Erfolg haben, stellen sie häufig Nachforderungen. Man kann dem kriminellen Treiben nur Einhalt gebieten, wenn man sich ihnen widersetzt.«

»Sie haben gut reden. Was ist, wenn die Drohungen in die Tat umgesetzt werden?«

»Das glaube ich nicht«, meinte Große Jäger. »Dazu wird es nicht kommen. Der Täter ist am Geld interessiert. Im Unterschied zu Kidnapping hat er kein Faustpfand, das er gegen Sie einsetzen kann. Er kann auch nicht damit drohen, ein Geheimnis an die Öffentlichkeit zu bringen, dessen Publikation Ihnen Schaden zufügen würde. Er hat im Grunde genommen nichts außer den lästigen Übergriffen.«

Die Ärztin begann, im Zimmer umherzulaufen. Schließlich baute sie sich vor dem Hauptkommissar auf. »Sie meinen, das wäre nichts? Haben Sie eine Vorstellung davon, wie mich das belastet? Ich finde keinen Schlaf. Ständig lausche ich, ob nicht irgendjemand um das Haus herumschleicht.« Sie streckte den Arm aus. »Da draußen läuft einer herum, der an meinem Berufsethos zweifelt. In stillen Momenten frage ich mich schon selbst, ob ich etwas falsch gemacht oder übersehen habe. Ich bin Ärztin aus Leidenschaft geworden. Und gewesen. Medizin ist mein Lebensinhalt. In vielen Berufsjahren habe ich gelernt – und *verstanden* –, dass man Gott nicht ins Handwerk pfuschen kann. Den Möglichkeiten der Medizin sind Grenzen gesetzt. Trotzdem ist es oft schlimm gewesen, wenn man wieder einen Kampf verloren hat. Man sitzt zu Hause und fragt sich, ob man nicht doch etwas übersehen hat.« Sie nahm ihre Wanderung wieder auf. Plötzlich stampfte sie mit dem Fuß. »Nein! Bei diesem

Unfall hatte ich keine Möglichkeit, einzugreifen. Deshalb trifft mich der Vorwurf des Unbekannten besonders. Ich würde es ihm gern erklären, mir seine Argumente anhören. Aber er traut sich nicht aus der Deckung.«

»Der Erpresser begeht eine Straftat. Dessen ist er sich bewusst. Er versucht, sich im Verborgenen zu halten.«

Dr. Grimm ballte die Fäuste und presste sie gegen ihre Schläfen. »Ich halte das nicht mehr aus«, sagte sie und wiederholte es zigmal.

Große Jäger betonte, dass er ihre Lage verstehe. Nachdem sie noch einmal versichert hatte, niemanden zu kennen, bei dem sie Unterschlupf finden könnte, empfahl er ihr, für ein paar Nächte ins Hotel zu ziehen.

»Das wäre eine Kapitulation«, zeigte sie sich plötzlich kampfeslustig. »Damit würde ich eingestehen, dass an der Unterstellung des Erpressers etwas dran ist. Nein.« Sie sah dem Hauptkommissar in die Augen. »Gibt es nicht die Möglichkeit, einen Polizisten abzustellen, der hierbleibt?«

Große Jäger bekannte, dass er Verständnis für den Wunsch der Frau habe, aber das sei nicht möglich. Er wiederholte, dass es gut wäre, wenn sie in ein Hotel ziehen würde.

»Sie kämen dann zur Ruhe und könnten ausschlafen.«

Dr. Grimm nickte geistesabwesend. »Möglicherweise«, hauchte sie. Dann stand ihr Entschluss fest. »Ich weiche nicht. Soll er doch kommen. Jetzt verstehe ich, weshalb in Amerika jeder eine Waffe im Haus hat und sich selbst verteidigt, weil der Staat dazu nicht in der Lage ist.«

»Wir haben das bessere System, in dem wir keine Selbstjustiz zulassen«, behauptete Große Jäger. »Wir werden noch einmal mit den Kollegen von der Präsenzstreife sprechen und sie bitten, nachts ein besonderes Augenmerk auf Ihr Haus zu werfen. Scheuen Sie sich nicht, sofort die Einhundertzehn anzurufen, wenn Sie etwas bemerken.«

»Kann ich Ihre private Telefonnummer haben? Von beiden?«, bat sie.

Die Beamten händigten ihr die Mobilfunknummern aus.

»Rufen Sie aber zuerst immer den Notruf an«, trug ihr Große Jäger auf. Bei allem Verständnis, aber die Streife würde schneller vor Ort sein als er aus Garding oder Cornilsen aus Niebüll. Nordfriesland war weitläufig, das galt nicht nur für die Einsatzfahrten des Rettungsdienstes.

Sie fuhren zur Husumer Dienststelle zurück und traten dann die Heimfahrt an, jeweils in eine andere Himmelsrichtung. Große Jägers Weg führte ihn täglich an der Unfallstelle vorbei. Die Sicht war schlecht. Es regnete. Die Straße war schlüpfrig. In den Wassertropfen auf der Windschutzscheibe brach sich das Licht der entgegenkommenden Fahrzeuge. Wenn sie auf gleicher Höhe waren, klatschte ein Schwall Wasser auf das Glas. Für Sekundenbruchteile sah man nichts. Dann hatten die Scheibenwischer wieder für bessere Sicht gesorgt. Freie Sicht? Das wäre übertrieben gewesen.

Es wurde schon lange über den Ausbau dieses Teilstücks diskutiert. Weshalb geschah nichts? Einer schob die Schuld dem anderen zu. Natürlich gab es bei jedem Verkehrswegebau Argumente pro und kontra. Es waren Eingriffe in die Natur, Eingriffe in das Grundvermögen der Betroffenen, gleich ob Landwirte oder andere Grundbesitzer. Und wer wollte plötzlich statt auf einem ruhig gelegenen Grundstück an einer Hauptverkehrsstraße wohnen? Die Verantwortlichen mussten nach Kompromissen suchen. Das war ein schwieriges Unterfangen. Aber an dieser Stelle konnte man den Eindruck gewinnen, dass nichts geschah.

Die B 5 war die wichtigste Verkehrsader Nordfrieslands. Und die gefährlichste. Statistiken besagten, dass das Risiko, Unfallopfer zu werden, auf Landstraßen um ein Vielfaches höher war als auf Autobahnen. Die konnten nicht überall gebaut werden. Aber man musste die gefährlichste und tödlichste Straße des Landes endlich entschärfen. Jeder neue Unfall, oft mit tödlichem Ausgang, war unverantwortlich. Weshalb unternahm man nicht einmal Anstrengungen, die Strecke sicherer zu machen? In der biblischen Geschichte gab es nur einen Pilatus, der sich die

Hände in Unschuld wusch. Bei dieser Frage schienen es Dutzende zu sein. Ob Leute wie der ABM-Vorsitzende Ehrenberg doch recht hatten mit ihren Beschimpfungen gegen den Landrat und andere Verantwortliche?

Große Jäger schreckte auf, als es fürchterlich laut hupte. Jemand hatte die Hand auf das Signalhorn gelegt und ließ es nicht los. Das entgegenkommende Fahrzeug riss das Fernlicht auf und strahlte ihn wie einen Showstar auf der Bühne an. Es galt aber nicht ihm, sondern dem Wagen, der trotz der miserablen Witterungsbedingungen neben ihm auftauchte, um zu überholen.

»Verdammter Idiot«, fluchte Große Jäger und bremste.

Es war ein intuitives Handeln, begleitet vom rechten Maß, mit dem er das Pedal behandelte. Wenn er in einer Wasserlache der Spurrillen ins Rutschen kam, konnte der Wagen ausbrechen. Oder der Hintermann, der unzureichend Abstand hielt, würde ihn entweder in die Leitplanke oder in den Gegenverkehr schieben. Er hatte Glück. Das überholende Fahrzeug scherte um Zentimeter vor ihm ein und kam kurz ins Schlingern, weil niemand die Gesetze der Physik beim Aquaplaning aufheben konnte. In diesem Moment rauschte auch schon der Sattelschlepper an ihm vorbei. Die Wasserwand, die von ihm ausging, nahm ihm kurz die Sicht. Er umklammerte das Lenkrad, bis der Scheibenwischer über das Glas kratzte und Große Jäger trotz der Schlieren wieder sehen konnte, was vor ihm geschah. Dieser Moment hatte ausgereicht, dass sich der Überholer so weit entfernen konnte, dass er das Kennzeichen nicht mehr sah.

Er bedachte den rücksichtslosen Fahrer mit den schlimmsten Flüchen, deren er mächtig war. Früher hätte er möglicherweise alles darangesetzt, dem Wagen zu folgen. Christoph hatte ihn im Laufe der Jahre gelehrt, nicht nur impulsiv, sondern auch mit Bedacht zu handeln. Ihm wurde bewusst, welche Verantwortung er seit Christophs Tod übernommen hatte. In den Dialogen mit Hosenmatz, aber auch wenn er bei den Ermittlungen vor Entscheidungen stand, etwas abwägen musste.

War er wirklich gereift, weil er sich nicht mehr hinter Christoph verstecken konnte? Große Jäger rollte mit den Augen.

»Danke, Christoph«, sagte er leise und war froh, als er schließlich Heidis Haus in Garding erreicht hatte.

Die Ärztin zeigte sich überrascht, dass er still und in sich gekehrt war.

»Es war ein bewegter Tag«, erklärte er einsilbig. Das war zutreffend.

Es war fast halb zehn, als es an der Haustür klingelte. Heidi Krempl ging an die Tür. Er hörte Stimmengemurmel. Als sie zurückkehrte, sagte sie: »Für dich. Ein Kollege.«

Große Jäger war überrascht, als Polizeihauptmeister Behrens von der Polizeistation St. Peter-Ording vor der Tür stand. In Zivil.

»Sorry«, sagte Behrens. »Ich wollte nicht stören, aber ich dachte, es interessiert dich. Sozusagen auf dem kleinen Dienstweg.«

Große Jäger sah ihn fragend an.

»Du hast neulich das Ehepaar Bentzin in Westerhever besucht«, stellte Behrens fest. »Wir hatten dort heute einen Einsatz.«

Große Jäger öffnete die Tür ganz. »Komm rein«, forderte er Behrens auf und wies ihm den Weg ins Wohnzimmer.

Der Schutzpolizist warf einen fragenden Blick auf Heidi Krempl. »Das ist vertraulich«, sagte er zögerlich.

»Heidi ist die Ärztin der Bentzins«, erwiderte Große Jäger. »Sie ist verschwiegener als wir beide zusammen.«

»Das ist eine traurige Sache«, begann Behrens zu erzählen. »Du weißt um die Hintergründe?«

Große Jäger und Heidi nickten gleichzeitig.

»Günter Bentzin kümmert sich aufopferungsvoll um seine Frau. Er hat sein eigenes Leben dafür aufgegeben. Man kann sich das nicht vorstellen. Er schluckt alles in sich hinein. Mich überrascht nicht, dass dieses Pulverfass hin und wieder einmal explodiert. Bei dem einen passiert das so, bei anderen so. Bentzin findet sporadisch den Absprung im Alkohol. Er besorgt sich das Zeug und trinkt es zu Hause. Das ist ein regelrechter Absturz. Ein entfernter Nachbar oder auch der Briefträger bekommen es mit und informieren Verwandte, die sich dann um die hilflose Ehefrau kümmern, während Günter Bentzin wieder in die Normalität zurückkehrt. Das dauert oft Tage. Dann funktioniert er wieder.« Behrens nickte. »Ja, so kann man es wohl nennen. Heute war es der Briefträger, der in der Gegend eine Institution ist. Wenn auch an anderen Orten darüber gelästert wird, dass der Briefträger die Tageszeitung ersetzt, ist dieser diskret und posaunt nichts herum. Ein Juwel. Heute Vormittag bemerkte er, dass es offenbar wieder so weit war. Als er durch die immer offene Tür ins Haus trat – wir sind ja in Westerhever –, fiel ihn Bentzin an. Es kam zu einem Handgemenge, bei dem der Briefträger verletzt wurde. Nichts Schlimmes. Er war aber der Überzeugung, dass Renate Bentzin unversorgt war, und hat uns informiert. Zwei Kollegen sind nach Westerhever rüber, um nachzusehen. Bentzin zeigte sich ausgesprochen aggressiv und hat sich auf die beiden gestürzt. Es kam zu Beleidigungen. Das hätte die Streife noch weggesteckt. Als er aber auch handgreiflich wurde, artete das Ganze aus. Sie mussten ihn mitnehmen. Nun ist er in Husum. Ich gehe davon aus, dass er morgen wieder freikommt. Folgenlos wird es allerdings nicht bleiben.«

»Und die Frau?«

»Die ist im Westküstenklinikum in Heide.« Behrens hob die Schultern in die Höhe. »Man wird sehen, wie es mit ihr weitergeht.« Dann stand er auf und entschuldigte sich noch einmal für die späte Störung.

Große Jäger begleitete ihn zur Haustür und schlug ihm unterwegs auf die Schulter. »Gut gemacht, Behrens. Danke.«

Nachdem er ins Wohnzimmer zurückgekehrt war, maßen er und Heidi sich mit einem langen stummen Blick.

ACHT

Große Jäger war überrascht, als er das Büro betrat und Cornilsens Arbeitsplatz verwaist vorfand. Für ihn war das kurze morgendliche Geplänkel zu einer Selbstverständlichkeit geworden. Achselzuckend nahm er Platz, sprang aber sofort wieder auf und erkundigte sich, ob Günter Bentzin noch im Haus war. Der Eiderstedter hatte das Polizeigebäude noch nicht verlassen.

Große Jäger ging zur Wache im Erdgeschoss und bat darum, dass die Arrestzelle geöffnet wurde.

»Ist schon offen«, entgegnete der Beamte. »Bentzin hockt noch in der Zelle. Er trinkt seinen Kaffee. Dann will er gehen.«

»Seinen Kaffee?«

Der Uniformierte nickte. »Ist von uns. Er wirkte zerknirscht und kann sich an nichts erinnern. Sagt er. Wir haben ihm einen Kaffee spendiert. Ich denke, er ist eine arme Sau. Das ändert aber nichts daran, dass noch etwas auf ihn zukommt. Der Übergriff auf die Streife war heftig.«

Der Hauptkommissar stiefelte in den Keller. Eine der Türen war angelehnt. Er klopfte und fragte: »Herr Bentzin?«

Nachdem auch der zweite Versuch erfolglos blieb, öffnete er die Tür. Günter Bentzin saß auf der Pritsche und drehte den Kaffeebecher in der Hand. Er sah mitgenommen aus. Seine Augen lagen tief in den Höhlen und waren schwarz umrändert. Die Wangen waren eingefallen, die Kleidung zerknittert. Bentzin strömte einen unangenehmen Geruch aus, eine Mischung aus abgestandener Kneipenluft und Schweiß.

»Erinnern Sie sich? Ich habe Sie vor ein paar Tagen zu Hause besucht.«

Die nichtssagende Geste konnte alles bedeuten.

Große Jäger setzte sich neben den Mann auf die Pritsche, ließ aber so viel Abstand zwischen ihnen, dass sich Bentzin nicht bedrängt fühlte.

»Schöner Scheiß, den Sie da veranstaltet haben.«

Die Antwort bestand aus einem Grunzen.

»Sind dir die Sicherungen durchgebrannt?« Große Jäger war zum vertraulichen »Du« gewechselt.

»Ist das ein Verhör?«, knurrte Bentzin.

»Nein. Das machen die Kollegen. Tut mir leid, aber ungeschoren kommst du nicht davon.«

»Ist jetzt auch egal.« Es klang resigniert.

»Wo drückt der Schuh?«

Ein Rülpser entfuhr seinem Nachbarn. Bentzins Hand erreichte den Mund zu spät. »Entschuldigung«, raunte er und nahm einen Schluck Kaffee. »Ist jetzt auch egal«, wiederholte er. »Der Zug ist abgefahren. Schon lange.«

»Eure persönliche Lage?«

»Hab ich doch schon erzählt. Meinst du, das hat sich gebessert?« Er streckte die Hand vor und zeigte seine Finger. »Hier. Die zittern. Das sind die Nerven, nicht der Suff. Ich kann es mir gar nicht leisten, das Zeug in mich reinzukippen. Wer soll sich um Nate kümmern?«

»Deine Frau liegt dir sehr am Herzen?«

»Sie ist alles für mich. Und dann das.«

»Wir sprachen schon darüber, dass man gegen manche Schicksalsschläge nicht gefeit ist.«

»Das ist doch hohles Geschwätz.« Bentzin knetete seine Finger, dass es in den Gelenken krachte. »Gut. Vielleicht konnte man den Schlaganfall nicht vorhersehen, auch wenn ich das von einer guten Ärztin erwarte.«

»Du meinst die aus Garding?«

Er nickte. »Dr. Krempl.« Heidi Krempl hatte nicht promoviert. Im Volksmund sprachen viele aber immer noch vom »Doktor«, wenn sie einen Mediziner meinten. »Ich bin auch bei ihr. So schlecht ist sie nicht. Aber du hast ja auf Eiderstedt keine Auswahl. Wir leben wirklich am Arsch der Welt.«

»Ist doch traumhaft, dort zu leben, wo andere nur im Urlaub sein können.«

»Ja – schon. Aber wehe, es erwischt dich mal. Die haben alles falsch gemacht. Zuerst kam kein Krankenwagen. Dann haben die Sanitäter und der Notarzt Nate nicht richtig behandelt. Ich habe nachgelesen. Wenn man rechtzeitig so eine Lösung spritzt, löst sich das Gerinnsel wieder auf.«

»Das mag sein, ist aber sicher vom speziellen Fall abhängig.«

»Doch, das ist so«, behauptete Bentzin. »Ich habe es im Internet gelesen. Das kann doch nicht falsch sein, was da steht.«

Bentzin fragte, wie spät es sei. »Die haben mir sogar meine Armbanduhr abgenommen. Aber hier geht nichts verloren«, meinte er.

Große Jäger nannte ihm die Uhrzeit.

»Mist. Weißt du, wo Nate ist? Die kann doch nicht allein zu Hause ...«

»Der Rettungsdienst war da. Deine Frau ist gut versorgt. Man hat sie nach Heide ins Westküstenklinikum gebracht.«

»Heide. Das ist gut. Hier in Husum bringt man sie um.«

Große Jäger legte Bentzin die Hand auf den Unterarm. »Das solltest du nicht sagen. Ärzte und Pflegepersonal geben ihr Bestes.«

»Kann ja sein, dass es auch ein paar Gute darunter gibt. Aber der Landrat, dieser Verbrecher ...«

»Vorsicht«, unterbrach ihn Große Jäger. »Das ist eine Beleidigung. Dafür kannst du belangt werden.«

»Ist mir doch egal.« Dann bewegte Bentzin heftig den Kopf. »Eigentlich doch nicht. Wer soll sich dann um Nate kümmern? Die muss dann ins Heim.«

»Dann solltest du dich mit solchen Äußerungen zurückhalten.«

»Aber das ist doch wahr. Wenn die nicht am falschen Ende gespart hätten, würde es meiner Frau nicht so dreckig gehen. Die kriegen einen dicken Bonus dafür, dass sie das Krankenhaus in Tönning plattgemacht haben.«

»Wer sagt das?«

»Ich habe einen guten Kumpel.«

»Johann Ehrenberg aus Grothusenkoog?«, riet Große Jäger. Bentzin hatte den Kaffeebecher angesetzt und wollte einen

Schluck trinken. Er verschluckte sich und sah den Hauptkommissar mit großen Augen an.

»Bist du auch in der ABM?«, fragte Große Jäger.

»Da sind doch alle drin von Eiderstedt«, übertrieb Bentzin. »Wir wollten ja einen Volksentscheid. Aber da haben die im Kreistag gekniffen. Ehrenberg hat es uns erklärt.«

»Wir hatten einen Volksentscheid in Nordfriesland.«

»Da haben sie uns aber verarscht. Die haben darüber abstimmen lassen, ob das Krankenhaus modernisiert werden soll. Welcher Idiot sagt da Nein? Sie haben aber nicht gefragt, ob Tönning erhalten bleiben soll. Oder die Geburtshilfe auf den Inseln und in Niebüll. Dafür kämpft die ABM.«

»Man muss das im großen Zusammenhang sehen«, behauptete Große Jäger. »Der Landrat und die Mitglieder des Kreistages handeln nicht gegen die Interessen der Bevölkerung.«

»Doch«, widersprach Bentzin. »Das hat uns Ehrenberg auch erklärt. Die sitzen doch im Vorstand der Klinik.«

»Aufsichtsrat«, korrigierte Große Jäger.

»Ist doch egal. Glaub mir das. Tönning musste schließen, damit man dem Aufsichtsrat das Gehalt …«

»Die Vergütung ist kein Gehalt, sondern eine Aufwandsentschädigung.«

»Ist doch egal. Warum gibt es den Aufsichtsrat? Das Geld sollten sie lieber den Krankenschwestern geben. Der Landrat, diese Pfeife, ist an allem schuld. Dass wir keine Ärzte haben, keinen Krankenwagen, der schnell da ist, dass das Krankenhaus dichtgemacht wird und dass die Straßen schlecht sind. Du liest es doch jede Woche, dass schon wieder jemand in der Jans-Kurve krepiert ist. Neulich erst.«

»Das ist eine Bundesstraße.«

»Ist mir doch egal. Dann soll er sich in Bewegung setzen und nach Kiel fahren und die auf den Pott setzen.«

»So einfach ist das nicht.«

»Doch. Dafür kriegt er viel Kohle. Und Ehrenberg muss es wissen. Der war lange genug Beamter. Der kennt den Laden in- und auswendig.«

»Es gibt Leute, die erzählen viel, wenn der Tag lang ist. Glaube nicht jedem Dummschnacker.«

»Die haben doch recht. Wenn ich könnte ...«

»Was dann?«, wollte Große Jäger wissen.

»Ach was«, wiegelte Bentzin ab.

»Wo warst du gestern?«

»Wo ich immer bin. Zu Hause. Wer soll sich sonst um Nate kümmern?«

»Du musst doch zum Einkaufen? Zum Arzt oder Friseur?«

»Dann hilft BP.«

»BP?«

»So sagen alle in Westerhever. Bauer Petersen. Das ist mein Nachbar. Der wohnt vierhundert Meter entfernt. Ist ganz okay. Nur gestern hat der Arsch die Polizei gerufen.«

»Das war doch in Ordnung. Wer hätte sich sonst um deine Frau gekümmert, wenn du abgestürzt bist?«

»Das hätte ich schon irgendwie hingekriegt. War ein Scheißtag, gestern. Da kommt wieder eine Ablehnung von der Kreisverwaltung. Die tun so, als würden sie ihr eigenes Geld ausgeben. Was denken die sich nur?« Er ballte die rechte Hand zur Faust und schlug sich gegen das Herz. »Immer wieder der Landrat. Das ist der oberste Chef.«

Große Jäger legte Bentzin eine Hand aufs Schulterblatt. »Nun beruhige dich. Da flüstert dir irgendjemand etwas ins Ohr. Glaube das nicht.«

»Du hast ja keine Ahnung«, sagte Bentzin leise. »Nun muss ich sehen, dass ich nach Hause komme. Das Auto holen. Dann muss ich nach Heide und Nate holen. Die fühlt sich nur zu Hause wohl. Im Krankenhaus ... Das ist nichts für sie. Ich muss mich doch um sie kümmern. Schön bescheuert – das gestern. Ich war fix und fertig und wollte nur einen Lütten für den Magen nehmen. Na ja. Dann kam der zweite und so weiter.«

»Lass dich nicht in irgendetwas hineinziehen«, gab ihm Große Jäger mit auf den Weg.

»Die haben mich doch voll angepinkelt. Alle.« Bentzin zeigte zum Himmel. »Auch er da oben. Warum nur? Wir haben doch kein ein was getan.« Verstohlen wischte er sich mit dem Ärmel das Auge aus.

»Noch eine Frage. Hast du ein Gewehr? Oder eine andere Waffe?«

»Ich? Was soll ich damit? BP hat welche. Der ist Jäger. Wie viele Bauern. Aber ich? Nix da. Wenn ich eins hätte, hätte ich manchen von denen da oben schon lange ein Loch in den Pelz gebrannt.«

»Pass auf euch auf«, sagte Große Jäger zum Abschied und verließ den Zellentrakt.

Schnaufend erklomm er die Treppe zur ersten Etage. Du musst mit dem Rauchen aufhören, sagte er zu sich selbst und strich sich über den Schmerbauch. Nicht nur mit dem Rauchen.

Cornilsen saß an seinem Schreibtisch, als er ins Büro trat.

»Moin.«

Große Jäger ging stumm zum Wandkalender und zeigte auf das heutige Datum.

»Da steht nichts.«

»Was soll da eingetragen sein?«

»Die rote Markierung. Ich war vor dir hier.«

»Ich musste noch zum Zahnarzt«, erklärte Cornilsen.

»Dumme Ausrede.«

»Nicht selbst. Ich musste Oma fahren. Die ist nicht gut zu Fuß und erledigt viele Wege mit dem Fahrrad.«

Er zeigte zum Fenster. Der Regen trommelte gegen das Glas. Der Sturm peitschte ums Haus. Es war so dunkel, dass in manchen Büros das Licht brannte.

»Irgendwann ist wieder Sommer«, sagte Große Jäger.

»Was unterscheidet den nordfriesischen Sommer von dieser Jahreszeit?«, wollte Cornilsen wissen.

»Im Sommer ist es länger hell, wenn es regnet.« Große Jäger erzählte von seinem Gespräch mit Günter Bentzin.

»In Sachen Erpressung sind wir auch noch nicht weitergekommen«, stellte Cornilsen fest. »Für mich gibt es zwei Anwärter, die dafür in Frage kommen.«

»Drei«, korrigierte ihn Große Jäger.

Cornilsen sah ihn fragend an. »Lankwitz, der das Geld dringend für seine Schwester benötigt. Und Mügge, der nach eigener Auskunft am Rande der Insolvenz steht. Wer ist der Dritte?«

»Hekuran Rashica. Der hat zwar nicht das Hohelied des Geldmangels gesungen, aber die Pizzeria scheint nicht gut zu laufen. Bei ihm gibt es noch ein weiteres Motiv. Den Kanun.«

»Die Blutrache.« Cornilsen biss sich vorsichtig auf die Lippen. »Aber die richtet sich doch gegen den anderen Fahrer, gegen Christiansen, der Rashicas Neffen angeblich vorsätzlich umgebracht hat.«

»Nach meinem Kenntnisstand kann die Blutrache auch durch Geld abgelöst werden.«

Cornilsen bezweifelte das. »Dann müsste aber Christiansens Familie zahlen. Oder Mügge, der Chef.«

Große Jäger lächelte versonnen. »Wen hattest du eben aufgezählt? Wer benötigt dringend Geld?«

Ein erkennendes Lächeln huschte über Cornilsens Antlitz. »Genau die beiden. Aber das wäre ja dreimal um die Ecke gedacht.«

»So machen wir das in Husum. Deshalb sind wir auch so erfolgreich. Befragen wir Lankwitz, ob seine Schwester erpresst wird.«

»Dann sollten wir sie direkt fragen.«

»Du warst doch dabei«, belehrte Große Jäger. »Die sagt kein Wort ohne ihren Bruder.«

»Stimmt.« Cornilsen griff zum Telefon und rief das Klinikum an. Dann sagte er: »Lankwitz ist heute Morgen auf eigenen Wunsch entlassen worden.«

»So kurz nach der Operation? Irgendjemand muss sich um ihn kümmern.« Große Jäger wedelte mit der Hand. »Sprich mit den Eltern.«

Auch das zweite Telefonat war erfolgreich.

»Der ist bei sich zu Hause. Die Mutter sagt, seine Schwester würde ihn versorgen.«

»Die beiden sind wie Pech und Schwefel. Fahren wir zu ihnen.«

»Tun wir das machen«, stimmte Cornilsen zu.

Die Haustür war angelehnt. Sie konnten den Flur betreten und hörten schon auf der Treppe Kindergeschrei.

»Ein Beinbruch bedeutet körperliche Ruhe. Das Gebrüll seiner Nichte wird Lankwitz hoffentlich nicht aus dem Gleichgewicht bringen«, meinte Große Jäger, als sie vor der Wohnungstür standen. Die kindlichen Lautäußerungen waren durchdringend. Auch ohne Erfahrungen als Vater interpretierte Große Jäger es als zornig. »Ich staune immer wieder, dass kleine Kinder, ohne der Sprache mächtig zu sein, durch die Artikulation ihres Geschreis auszudrücken vermögen, welches Postulat sie haben.«

Cornilsen verzögerte den Schritt und musterte Große Jäger. »Bist du unter die Poeten gegangen? Oder sprichst du nur deshalb so, weil du des Plattdeutschen nicht mächtig bist?«

Große Jäger stemmte die Fäuste in die Hüften. »Ich habe mich schon oft über dich und dein Niebüller Abitur ausgelassen. Sprich ruhig weiter, wie du es gewohnt bist.«

Cornilsen grinste breit. »Na denn dann.«

Das Kindergeschrei stockte kurz, als sie die Türklingel betätigten. Dann setzte es wieder ein. Eine sichtlich genervte Dorle Lankwitz öffnete und erstarrte förmlich, als sie die Polizisten sah.

»Moin. Wir möchten mit Ihrem Bruder sprechen«, sagte Große Jäger.

In diesem Moment kam Sofie aus einem der Zimmer, stutzte kurz und eilte dann auf ihre Mutter zu. Die Kleine sah verheult aus. Sie versteckte sich halb hinter Dorle Lankwitz und lugte um den Oberschenkel herum. Immerhin hatte sie aufgehört zu schreien.

»Hans-Werner … der ist … sein Unfall …«, stammelte die Frau zusammenhanglos.

»Wir wissen, dass er zu Hause ist«, entgegnete Große Jäger.

»Haben Sie Neuigkeiten aus dem Heider Krankenhaus? Wie geht es Tönne Christiansen?«

»Ich … keine Zeit, hinzufahren. Das Kind … zu viel … Ich weiß nicht, wo ich zuerst …«

»Haben Sie Kontakt zu Holger Mügge? Hat sich sonst jemand bei Ihnen gemeldet? Kennen Sie Frau Dr. Grimm?«

»Ich … alles überrollt … Was soll ich noch alles machen? Und wie?« Die Frau war völlig überfordert. Sie konnte keinen klaren Gedanken fassen oder etwas strukturiert angehen. Große Jäger war sich sicher, dass Dorle Lankwitz in keinem der Fälle, in denen die Polizei ermittelte, involviert war. Seine Überzeugung entsprang keinem Lehrbuch, war nicht fundiert, sondern beruhte einzig auf Erfahrung und Bauchgefühl. Fast hätte er geschmunzelt, als er sich dabei ertappte, wie seine Hände bedächtig über seinen Schmerbauch fuhren.

»Dorle? Wer ist da?«, ertönte Lankwitz' Stimme aus dem Hintergrund.

Für einen Moment hatte sie sich gefasst.

»Die Polizei.«

»Die solln abhauen.«

Dorle Lankwitz stand mit hängenden Schultern vor ihnen. Große Jäger schob sie vorsichtig zur Seite und trat ein. Er ging durch die Wohnung und sah durch die offenen Türen in die Räume. Überall herrschte Chaos. Im Wohnzimmer fand er Hans-Werner Lankwitz auf einer Couch. Der Mann hatte sich Kissen in den Rücken gestopft. Das Bein hatte er auf einem Sessel abgelegt, den Kopf zur Tür gewandt.

»Wer hat Sie reingelassen?«, fragte er.

»Wir«, antwortete Große Jäger. »Wie geht es dem Bein? Haben Sie die Operation gut überstanden?«

»Das geht euch einen Scheißdreck an.«

»Langsam. Ich wollte nur ein wenig höflich sein, bevor ich zum Unhöflichen komme.« Große Jäger sah sich betont um. »Sieht alles durcheinander aus. Können wir beim Sortieren helfen? Nicht des Haushalts, sondern bei den anderen Dingen.«

Lankwitz' Gesichtsausdruck verriet, dass er ihn nicht verstanden hatte.

Große Jäger zeigte auf das Bein. »Arbeitsunfall. Da wird man umsorgt. Ich meine, alles ist geregelt. Das Gehalt läuft weiter. Die Krankenkasse zahlt. Und es gibt eine Reha. Genau wie bei Ihrem Schwager. Auch wenn ein Beinbruch alles andere als schön ist … Tönne ist ärger dran. Machen wir uns nichts vor. Ob er jemals wieder genesen wird … Das steht in den Sternen.«

»Das weiß ich auch«, blaffte Lankwitz. »Wenn ich könnte, würde ich vielen Leuten in den Hintern treten.« Als würde er das unterstreichen wollen, legte er eine Hand flach auf den Oberschenkel des lädierten Beines. »So wie bei mir … Das geht ratzfatz. Bei Tönne war das nicht anders. Nur dass ich selbst gepennt habe, während der andere Idiot direkt in Tönnes Wagen hineingerast ist.«

»Das ist nicht bewiesen. Es könnte auch umgekehrt gewesen sein, dass Ihr Schwager einen Moment unachtsam war.«

»Blödsinn. Tönne ist ein verantwortungsbewusster Familienvater. Der weiß, was er Dorle und seiner Tochter schuldig ist. Was ist das für ein Land, in dem man unschuldig in eine solche Lage gerät? Ich bin meiner Schwester dankbar, dass sie sich um mich kümmert.« In diesem Moment setzte wieder das Kindergeschrei ein. »Auch wenn Sofie nervt«, fuhr er lauter fort. »Ich weiß nicht, wie Tönne das ausgehalten hat. Dorle!«, brüllte er. »Ist ein bisschen eng hier, aber irgendwo müssen die beiden hin. Der Heizölfritze will nur gegen Vorkasse liefern. Der Kühlschrank ist leer. Niemand kümmert sich um sie. Tönne hat sich der Verantwortung entzogen. Der liegt warm und umsorgt im Krankenhaus. Dem putzen sie sogar den Hintern ab.«

Große Jäger wunderte sich. Kurz zuvor hatte Lankwitz seinen Schwager noch als verantwortungsvollen Vater und Partner geschildert.

»Sie sollten nicht so über ihn sprechen.«

»Stimmt eigentlich. Tönne ist unschuldig. Der andere hat den Unfall verursacht. Ich könnte platzen vor Zorn. Mitten in Deutschland. Alle stehen drum herum. Und keiner hilft.«

»Das ist nicht zutreffend«, widersprach Große Jäger. »Andere Autofahrer haben sofort Hilfe herbeigerufen. Die freiwillige Feuerwehr war sehr schnell am Unfallort. Freiwillig! Das sind Bürger, die ganz normal ihrem Beruf nachgehen und Tag und Nacht zu Hilfe eilen, wenn sie gerufen werden. Wir alle sollten diesen Frauen und Männern unseren Respekt zollen.«
»Die meine ich ja nicht. Da war die Ärztin. Wenn die sich um Tönne gekümmert hätte, ginge es ihm nicht so schlecht. Man muss doch Erste Hilfe leisten, oder? Und Ärzte doch viel mehr.«
Geduldig erklärte Große Jäger, dass Frau Dr. Grimm keine Möglichkeit hatte, den Unfallopfern behilflich zu sein.
Lankwitz sah das nicht ein. »Die wollte sich nicht die Finger schmutzig machen. Das kennen wir doch. Wenn Tönne ein Privatpatient gewesen wäre, dann ginge es ihm nicht so schlecht. Das ist doch ein Unding. Wenn du kein Geld hast, musst du früher krepieren.«
»Die Ärztin ist zufällig vorbeigekommen. Sie hat Erste Hilfe geleistet, ohne nach der Versichertenkarte zu fragen. Begreifen Sie es endlich.«
»Das sehe ich anders. Die ist ebenso schuld wie die Typen vom Rettungsdienst. Und die, die das organisieren und zu verantworten haben.«
»Kennen Sie die Ärztin?«
»Woher?«
»Das wollte ich von Ihnen wissen.«
»Nee.«
»Sie wissen, wo sie wohnt.«
»Nicht so richtig.« Lankwitz beging den Fehler, Große Jägers Blick auszuweichen. »Die gehört nicht zu meinem Bekanntenkreis. Da fährt keiner Porsche.«
Beim Aussprechen bemerkte er, dass er einen Fehler gemacht hatte.
»Sie kommen in Ihrem Beruf viel herum.«
Jetzt schwieg er lieber. Er kniff fest die Lippen zusammen.
»Gehört Schobüll auch zu Ihrem Revier?«

191

Zunächst sah es aus, als wolle er es leugnen. Große Jäger schüttelte unmerklich den Kopf, um ihm zu bedeuten, dass das dumm wäre.

Lankwitz kniff die Augen zu einem Spalt zusammen.

»Wohnt sie da? Schobüll! Habe ich mir gedacht. Da wohnen die Leute mit Geld.«

»Das ist Ihnen also bekannt.«

Lankwitz tippte sich gegen die Stirn.

»Quark. Ich kenn doch nicht die Leute, deren Dreck ich abhole. Die stehen auch nicht mit einer Handvoll Trinkgeld an der Straße und sagen: ›Ich bin der und der.‹«

»Jemand mit Ihrer Erfahrung«, verlegte sich Große Jäger aufs Schmeicheln, »und Ihrem Verantwortungsgefühl gegenüber Schwester und Nichte entgeht doch so etwas nicht. Sie sind wachsam und hell im Kopf. Ich möchte wetten, Sie kennen die Leute in Nordfriesland besser als Polizei und Briefträger zusammen.«

»Na ja. Ein bisschen ist da schon was dran«, warf sich Lankwitz in die Brust.

Große Jäger runzelte die Stirn. »Wenn ich Detektiv wäre«, sagte er, »wie würde ich ihr auf die Spur kommen?«

»Da waren Bilder vom Unfall in der Zeitung. Und vom Stau. Auf einem war auch der Porsche zu sehen. Die stehen nicht an jeder Straßenecke wie meine Gurke.«

»Clever«, sagte Große Jäger und bemühte sich, seine Worte anerkennend klingen zu lassen. »Und schon wussten Sie, wer die Ärztin war, die laut Zeitung am Unfallort vergeblich Hilfe geleistet hat.«

Lankwitz nickte. »Ja. Mit ein bisschen Grips ist das nicht schwer. Aber die hat ja nicht geholfen. Das ist ja die Sauerei.«

Das Geplänkel wogte noch eine Weile hin und her.

»Haben Sie der Ärztin gedroht?«

Lankwitz hielt die Luft an. Mit offenem Mund starrte er auf den Hauptkommissar.

»Ich? Gedroht? Womit?«

Große Jäger wechselte einen schnellen Blick mit Cornilsen, der dem Dialog stumm gefolgt war. Der Kommissar hatte es auch bemerkt. Lankwitz hatte nicht gefragt, *weshalb* er Dr. Grimm bedroht haben sollte, sondern *womit.*

»Sie könnten die Ärztin mit Ihren Vorwürfen, nicht geholfen zu haben, konfrontiert haben. Schließlich schieben Sie ihr eine Teilschuld am Zustand Ihres Schwagers zu.«

»Stimmt doch auch. Die Grimm ...« Lankwitz stutzte. Er riss die Augen weit auf, als er bemerkte, dass er sich verraten hatte.

»Der Name ist Ihnen bekannt«, stellte Große Jäger mit sachlichem Ton fest.

»Hatte ich schon gesagt«, verteidigte sich Lankwitz. »Was soll das mit dem Drohen?«

»Dr. Grimm wird seit dem Unfall gemobbt. Jemand bezichtigt sie genau der Dinge, die Sie ihr ständig vorwerfen. Das ist eine merkwürdige Duplizität.«

»Und wie soll ich ihr gedroht haben? Sie anrufen? Ich kenne doch nicht ihre Nummer.«

»Aus dem Telefonbuch.«

»Da steht die nicht drin.«

»Das wissen Sie?«

Lankwitz hüstelte. »Kann ich mir vorstellen. Das ist doch immer so bei solchen Leuten.«

»Also mussten Sie zum Haus fahren und die Drohungen persönlich dort deponieren?«

Jetzt lachte Lankwitz laut auf und schlug sich mit der flachen Hand erneut auf das Bein. »Wie denn? Damit?«

Diesem Argument konnte Große Jäger nichts entgegensetzen. Ihm fiel ein, dass die beiden steinewerfenden Jungs von einem Ausländer sprachen, der sie angestiftet haben sollte. Lankwitz konnte man auch mit viel Phantasie nicht als solchen bezeichnen.

»Machen Sie sich nicht unglücklich«, sagte Große Jäger zum Abschied. »Verbrechen lohnen sich nicht. Wir kriegen sie alle. Bestimmt«, schob er hinterher und wünschte dem Mann gute Besserung. »Kommen Sie wieder auf die Beine. Und das können Sie wörtlich nehmen.«

Im Auto tauschten die beiden Polizisten ihre Eindrücke vom Gespräch aus.

»Würde man es für die Medien formulieren«, sagte Cornilsen, »hieße es: Lankwitz verstrickte sich in Widersprüche.« Dem steht aber sein gebrochenes Bein entgegen.«

»Und die Sache mit dem ›Ausländer‹«, ergänzte Große Jäger. »Wenn Lankwitz nicht der Erpresser ist, bleiben noch Mügge und Hekuran Rashica. Irgendwie kommen wir nicht weiter. An diesem Punkt waren wir schon einmal. An den großen Unbekannten mag ich nicht glauben.«

»Wir haben mit dem ABM ...«

»Der ABM«, korrigierte ihn Große Jäger.

»Ist doch egal. Die sind doch auch relativ militant ...«

»Nennst du das militant? Ich nenne es konsequent.«

»Willst du mich permanent unterbrechen, wenn ich ...«

»Nein«, fuhr Große Jäger grinsend dazwischen. »Das will ich nicht.« Er knuffte Cornilsen in die Seite und dachte in diesem Augenblick daran, wie er sich mit Christoph gekabbelt hatte und die beiden freundschaftlich zu ringen begannen, bis sie bei Tetenbüllspieker wie kleine Kinder den Deich hinuntergerollt waren. Durfte man in seinem Alter sentimental sein? Ja!, beschloss er im Stillen für sich.

»Freitagmittag«, stellte Cornilsen fest, der sich hinters Lenkrad geklemmt hatte. »Da beginnt für Deutschland das Wochenende.«

»Manche Behörden haben am Freitag gar nicht mehr geöffnet. Und in den Firmen ist auch nicht mehr viel los. Das drückt sich auch in der Kleidung der Mitarbeiter aus. ›Casual Friday‹ nennt man es. Ich glaube, es fing in den Banken an, als es noch strenge Kleidungsvorschriften gab. Am halben Freitag trauten sich die Ersten ohne Krawatte ins Büro.«

Cornilsen lachte laut auf. »Bei den Banken? Für dich ist jeder Wochentag ein Casual Friday.«

»Sieh zu, dass du zur Dienststelle zurückkommst.«

Das erwies sich als schwierig. Cornilsen hatte für die Rückfahrt den westlichen Weg über die Umgehungsstraße gewählt.

Bereits vor der Zufahrt zur Freiheit staute sich der Verkehr. Es ging nur im Schritttempo voran.

»In Husum sind hundert Fahrzeuge zugelassen. Wieso stehen hier Tausende?«, übertrieb Große Jäger.

»Bei diesem Wetter kuscheln die Autos nachts. So entstehen lauter Kleinwagen. Und die wollen alle ins Wochenende«, sagte Cornilsen. »Soll ich das mobile Blaulicht herausholen?«

»Wenn die Leute im Stau stehen und von einem Streifenwagen mit Blaulicht überholt werden, glauben sie, die Polizei will die Döner, die sie geholt hat, nicht kalt werden lassen.«

»Wir sind aber kein Streifenwagen, sondern ein ziviles Fahrzeug.«

»Wenn das mit Blaulicht Vorrang erzwingt, vermutet man, dass eine bedeutende Persönlichkeit unterwegs ist.«

»Trifft doch zu«, meinte Cornilsen. »Wir beide.«

Jetzt war der Verkehr komplett zum Erliegen gekommen. Große Jäger rief die Husumer Wache an und wollte wissen, weshalb in der Stormstadt Stillstand herrschte. Er erfuhr, dass vor der Kreisverwaltung demonstriert wurde.

»Hier? In Husum? Bei diesem Wetter? Bei Regen und Sturm?«

»Niemand geht freiwillig vor die Tür. Nur ein paar Bekloppte«, sagte der Kollege auf der Wache. »Und die beiden Streifenwagenbesatzungen, die vor Ort sind.«

Große Jäger fragte nach, wer dort demonstrierte.

»Ein paar Verrückte, die sich ABM nennen. Das ist …«

»Danke, die kenne ich.«

Er ließ Cornilsen unter dem Protest anderer Verkehrsteilnehmer wenden und dirigierte ihn über den Heckenweg und das Krankenhausgelände zur Rückseite der Kreisverwaltung.

»Verfluchter Mist«, schimpfte Große Jäger, als er ausstieg und sofort durchnässt war, während Cornilsen in seinen Parka schlüpfte. Vor dem Eingang der Kreisverwaltung hatten sich etwa dreißig Demonstranten versammelt.

Die beiden Beamten steuerten einen Streifenbeamten an, der sich in den Eingang des Gebäudes geflüchtet hatte.

»Die wollten hier herein, aber der Pförtner hat es ihnen untersagt. Daraufhin laufen sie auf dem Vorplatz im Kreis.«

»Da können sie sich bis zum Frühjahr austoben. Wo ist das Problem?«

»Die laufen auch auf die Straßen und verteilen Flugblätter. Dabei blockieren sie die Fahrbahn. Nicht nur hier auf der Marktstraße, sondern auch dahinten.«

»Dann holt sie von der Straße.«

»Sollen wir sie einlochen? Das sind im Grunde friedliche Bürger, die eine Ordnungswidrigkeit begehen. Wir müssen die Verhältnismäßigkeit wahren.«

Der Polizist hatte recht.

Die ABM zeigte Flagge, dachte Große Jäger. Wer es bequem liebte, suchte sich ein anderes Wetter aus. Unter den Leuten, die sich mit Plastiküberziehern und Müllsäcken vor dem Wetter schützten, entdeckte er Johann Ehrenberg. Große Jäger ging zu dem Vorsitzenden der Aktion.

»Ihr Engagement in allen Ehren, aber wenn Sie sich den Unmut der Leute zuziehen, die hier im Stau stehen, gewinnen Sie keine neuen Sympathisanten.«

Ehrenberg überlegte kurz, bevor er Große Jäger einordnen konnte. »Der Polizist, der neulich bei mir war.«

»Wen wollen Sie mit dieser Demo beeindrucken?«

»Wer heute zu spät nach Hause oder zum Einkaufen kommt, erinnert sich eher an unsere Aktion, als wenn wir unser Flugblatt gemeinsam mit der Werbung vom Getränke- und Restpostenmarkt in den Briefkasten werfen.« Er zeigte auf drei seiner Mitstreiter, die erneut auf der Fahrbahn unterwegs waren und die Autos zum Halten zwangen, verfolgt von einem Uniformierten, der sie mit ausgebreiteten Armen von der Straße scheuchen wollte. Dann streckte Ehrenberg den Daumen über die Schulter Richtung Kreisverwaltung aus.

»Das ist es, was wir sagen. Hier, vor der Verwaltung, herrscht Tempo dreißig. Und ständig wird die Einhaltung der Geschwindigkeitsbegrenzung mit Radar überwacht. Aber auf der B 5 können sich die Leute totfahren. Wann werden die

Bürger endlich aufwachen? Jansen hockt in seinem Büro und traut sich nicht heraus, um mit uns zu sprechen. Weshalb ist er zu feige?«

»Was soll der Landrat mit Ihnen besprechen? Er kann Ihnen keine Zusagen erteilen. Das wissen Sie genauso gut wie ich. Brechen Sie Ihre Aktion ab.«

»Das ist unser gutes Recht«, beharrte Ehrenberg.

»Ist die Demo angemeldet?«

Der Mann fuhr sich mit der Hand über das nasse Gesicht. »Ich war lange genug Beamter. Man verweist auf Regularien. Wir würden gern ... Aber die gesetzlichen Bestimmungen besagen ... Bla, bla, bla. Und so weiter. Mensch, wann werden die Leute wach? Wir machen das hier und heute nicht, weil wir Langeweile haben.« Er streckte den Arm aus und beschrieb einen Halbkreis. »Sondern für die alle. Der oder der oder der«, dabei wanderte sein Zeigefinger unbestimmt von einem zum anderen Auto in der Schlange. »Jeden kann es treffen. In der Jans-Kurve. Zu Hause. Oder sonst wo. Das hier ist erst der Anfang. Wir haben noch viele Pfeile im Köcher. Die werden sich wundern, was geschieht, wenn die Betroffenen sich wehren.«

»Landrat und Kreistag sind demokratisch gewählt. Die Mehrheit der Bürger haben sich für das Bestehende ausgesprochen.«

»Weil sie nicht informiert werden«, schimpfte Ehrenberg. »Das Volk wird für dumm verkauft, belogen. Die da drinnen tun nichts für die Menschen in Nordfriesland. Deshalb müssen wir Bürger das Heft des Handelns selbst in die Hand nehmen. Aktion Bürger für Menschen. Unser Name ist Programm.«

»Die Polizisten, die Ihretwegen durch den Regen laufen müssen, Ihre Mitstreiter und die Leute im Stau ... Das sind Menschen, für die Sie eintreten wollen, Ehrenberg. Beenden Sie diesen Spuk.«

Der Vorsitzende der Aktion musterte Große Jäger durchdringend. »Für heute haben wir unser Ziel erreicht«, stellte er fest und rief seinen in der Nähe stehenden Mitstreitern zu: »Abbrechen, Leute. Bei Armin am Auto gibt es heißen Kaffee.«

Er warf Große Jäger noch einen letzten Blick zu und wandte sich dann ab.

»So ein Trottel!« Große Jäger fluchte und schüttelte sich wie ein Hund, der ins Wasser gefallen war. Er war völlig durchnässt. Die Kleidung klebte auf dem Leib. Die Jeans schien mit der Haut verschmolzen zu sein. Wasser war in die Schuhe eingedrungen.

»Dreh die Heizung auf«, befahl er Cornilsen, als sie wieder im Auto saßen. »Und dann setzt du mich vor meiner Wohnung ab.«

»Ich soll dich nach Garding bringen?«

»Nein, nach Husum, vor meine Wohnung in der Herzog-Adolf-Straße. Dann bringst du das Auto zurück. Ich mache heute einen halben Tag Gleitzeit. Basta.«

※※※

Es regnete ohne Unterlass. Dazu peitschte der Sturm übers Land. Peter Meyer warf einen Blick aus dem Küchenfenster. Es war stockfinster. Die Küche lag an der Seite des Hauses. Die Nachbarn waren verreist. Die angebaute Garage schirmte den Blick zur Straße ab.

Meyer war ungehalten. Er hatte seine Frau zur Tochter in die Reußenköge geschickt. Der auf ihn abgegebene Schuss am Deich steckte ihm immer noch in den Knochen. Die Polizei gab vor, nichts gefunden zu haben. Der dicke, ungepflegt wirkende Kriminalbeamte schien auch zu bezweifeln, dass man auf Meyer geschossen hatte. Nein! Er irrte sich nicht.

Wo sind wir gelandet?, dachte er. Da opferte man sich auf für die Allgemeinheit. Er hatte sich aus dem profitablen Geschäft zurückgezogen, um sich in der Kommunalpolitik zu engagieren. Seine Tochter machte es gut. Zugegeben. Und … na ja. Er war ja nicht aus der Welt, sondern stand ihr mit Rat und Tat zur Seite. Unter seiner Ägide war das Unternehmen gewachsen. Er hatte den Grundstock für die gute Marktposition gelegt. Es war nicht anstößig, wenn die zufriedenen Kunden dem Betrieb bis heute die Treue hielten. Dazu gehörten auch die öffentlichen Auftraggeber. Qualität macht sich bezahlt, dachte Meyer. Das galt auch für das Haus, in dem es still geworden war, nachdem auch der Jüngste ausgezogen war. Nur die Enkelkinder brachten Leben in die Mauern. Heute war er allein in den vier Wänden.

Helga hatte das Abendessen vorbereitet. »Du musst es nur noch in die Mikrowelle schieben«, hatte sie ihm aufgetragen. »Und denke daran: kein Metall.«

Hielt sie ihn für einen Trottel? Er öffnete den Kühlschrank und sah den tiefen, mit Klarsichtfolie abgedeckten Teller. Helga hatte gestern Gurkenfleisch zubereitet. Süßsaure dänische Gurken aus dem Glas und eine mit Sahne angereicherte Tomatensoße. Dazu wurde Hack angebraten und alles zusammen pikant gewürzt und mit Kartoffelpüree serviert.

Gestern war ihm nicht nach Essen zumute gewesen. Der Zwischenfall hatte ihm den Appetit verdorben. »Dann isst du es heute. Nur aufwärmen in der Mikrowelle. Bekommst du das hin?«

Meyer hatte geistesabwesend genickt. Jetzt stand er vor dem geöffneten Kühlschrank, nahm den Teller heraus und griff sich ein Bier. Mit dem Kapselheber öffnete er die Flasche, suchte sich ein Glas und füllte es. Er entfernte die Folie vom Gurkenfleisch und stellte den Teller in die Mikrowelle. Was hatte Helga gesagt? Die Küche war ihr Revier. Um den Herd machte er einen großen Bogen. Dafür verstand sie nichts von Heizungen, Klima- und Solaranlagen.

Meyer grinste. Wie sich das Berufsbild gewandelt hatte. Als Klempnerlehrling war er mit ganz anderen Arbeiten betraut gewesen. Gas – Wasser – Scheiße, hatten die Leute damals gelästert. Sein ganzes Berufsleben hatte er sich stets mit der technischen Innovation auseinandersetzen müssen. Ständig gab es Neues. Meyer zog die Stirn kraus. So wie die Mikrowelle.

Er betätigte einen großen Knopf, und die Tür sprang auf. Er stellte den Teller hinein und schloss die Tür. Auf der Vorderseite befanden sich zwei Druck- und zwei Drehknöpfe. Das Symbol zum Anschalten verstand er. Neben dem zweiten Druckknopf war ein Dreiviertelkreis abgebildet, der durchgestrichen war. Das könnte bedeuten, man schaltet den Drehteller aus. Aber warum? Viel bedeutsamer waren die Drehschalter. Hm. Der mit dem Uhrensymbol ging bis sechzig. Aha. Damit wurde die Zeit eingestellt. Waren das sechzig Sekunden oder sechzig Minuten? Das würde er herausfinden. Aber welche Intensität? Die Enkel schoben manchmal übrig gebliebene Pizzastücke in die Mikrowelle. »Die sind zu kalt, Opa«, hatte er einmal gehört. Gut. Kaltes Gurkenfleisch schmeckte nicht. Keine Experimente.

Er drehte den Knauf bis zum Anschlag. Dann versuchte er die Zeit einzustellen. Vierzig Sekunden? Das müsste reichen. Man kann ja nachlegen, überlegte er und war stolz, als das Licht ansprang und sich der Teller mit dem Gurkenfleisch drehte. Er sah einen kurzen Moment zu, griff sich das Bierglas und zog sich mit dem Getränk und den Husumer Nachrichten an den Küchentisch zurück. Er konzentrierte sich auf den Lokalteil. Irgendwo war eingebrochen worden, in einem Dorfkrug hatte die Bewirtung gewechselt, die Speeldeel hatte begeisterte Zuschauer gefunden.

Das war seine Welt. Hier wurde von den großen und kleinen Sorgen der Menschen berichtet, von Alltäglichem aus der Region. Nach jedem Artikel nahm er einen Schluck. Nach vier Seiten Lokalteil, die er gründlich durchgearbeitet hatte, war das Bierglas leer.

Meyer stand auf und holte sich das nächste Bier aus dem Kühlschrank. Wie zufällig fiel sein Blick auf die Mikrowelle. Verdammt. Die hatte er vergessen. Der Knauf mit dem Uhrensymbol stand jetzt auf knapp über vierzig. Das waren Minuten und keine Sekunden!

Er hämmerte auf verschiedene Knöpfe und drehte schließlich den Uhrenschalter auf null zurück. Der Drehteller stand still. Als er das Gerät öffnete, drang ein unangenehmer Geruch heraus. Meyer musste nicht probieren. Das Gurkenfleisch war zu einem Brikett mutiert.

Und nun? Von wegen Wunder der Technik. Alles war so heiß, dass man sich die Finger daran verbrannte.

Es reichte ihm. Er ließ die zweite Bierflasche auf der Arbeitsfläche stehen, verließ die Küche, warf sich eine Jacke über. Er würde irgendwo essen gehen. Nach der Rückkehr stand ihm noch die Reinigung der Küche bevor. Bevor er die Haustür erreichte, stand Wuschel davor. Der English Cocker Spaniel dachte, Herrchen werde mit ihm noch eine Abendrunde drehen. Meyer beugte sich hinab, streichelte das Tier und sprach ihm gut zu. »Ich bin bald zurück, Wuschel. Pass gut auf das Haus auf.«

Vor der Tür empfing ihn ein eisiger Wind. Wind? Es heulte in der Traufschalung. Meyer sah nach oben. Ein Dachziegel war lose. Wenn die Böen dahinterfassten, klapperte es. Seine Frau hatte ihn schon mehrfach gemahnt, diesen Mangel zu beseitigen. Er fasste den Kragen seines Mantels und hielt ihn am Hals zusammen. Dann senkte er den Kopf und beeilte sich, zu seinem Mercedes zu gelangen. Unterwegs überlegte er, wo er etwas zum Abendbrot bekäme. Die Enkel würden ihn drängen, in eine Pizzeria zu fahren.

Er entschloss sich, den Magisterhof anzusteuern. Dort tischte man gutbürgerliche Küche auf. Zu anderen Zeiten war es schwierig, ohne Vorbestellung einen freien Tisch zu bekommen. Heute, bei diesem Wetter, hatte er die freie Auswahl. Nur wenige Gäste hatten sich hierher verirrt. Das hatte den Vorteil, dass ihm zügig das Essen serviert wurde.

Nach dem Essen hatte er ein zweites Bier bestellt, es fast ausgetrunken und nach der Rechnung gefragt, als sein Telefon klingelte. Von einem anderen Tisch wurde er mit einem ungnädigen Blick bedacht, zumal es eine Weile dauerte, bis er umständlich das Gerät hervorgeholt und das Gespräch angenommen hatte. Er sah auf das Display.

»Moin, Albert.«

»Peter? Bist du zu Hause?« Die Stimme klang atemlos.

»Nein. Warum?«

»Wo steckst du?«

»Ich habe eine Kleinigkeit im Magisterhof gegessen. Bin aber gerade dabei, aufzubrechen.«

»Ist jemand bei euch zu Hause?«

»Nein. Nur Wuschel, unser Hund. Albert, was ist los?«

»Bei euch brennt es.«

»Bei uns? Mach keinen Scheiß.«

»Doch. Wirklich. Komm fix vorbei.«

Meyer sprang auf und beeilte sich, zur Tür zu kommen.

»He – die Rechnung«, rief ihm der Wirt hinterher.

»Ein Notfall«, erwiderte Meyer und hatte das Gasthaus verlassen, bevor der Wirt ihn einholen konnte. Er achtete nicht auf den Regen und den Wind, als er sich in seinen Mercedes zwängte. Vor Aufregung gelang es ihm erst im zweiten Versuch, das Fahrzeug zu starten. Fast wäre er mit einem anderen Wagen zusammengestoßen, als er unachtsam das Grundstück verließ. Auf Höhe der Tankstelle drückte er auf die Hupe, weil der Wagen vor ihm sich in Anbetracht der schlechten Witterungsbedingungen vorsichtig durch den Ort tastete. Er hämmerte auf das Lenkrad.

»Fahr zu!«, schrie er. Endlich bog das Auto ab.

Meyer beschleunigte und raste, ohne auf den Tacho zu achten, Richtung Damm. Er erschrak, als er auf Höhe der Stöpe ein wenig ins Schlingern geriet. Kurz darauf bog er ab in Richtung Wobbenbüll. Von Weitem sah er die zuckenden Blaulichter und den Feuerschein. Ein Feuerwehrmann stand auf der Straße und signalisierte ihm mit einem Leuchtstab, anzuhalten.

»Ach, Sie sind es«, sagte der Uniformierte, als er sich auf der Fahrerseite zu ihm herunterbeugte.

Meyer achtete nicht darauf, wie er sein Fahrzeug geparkt hatte. Er sprang aus dem Mercedes und hastete in Richtung seines Grundstücks.

Die Freiwillige Feuerwehr Hattstedt-Wobbenbüll war mit drei Fahrzeugen vor Ort. Man hatte Schläuche ausgerollt. Die Männer in ihren Schutzanzügen liefen umher. Kommandos erschallten.

Hinter der Garage schlugen Flammen empor. Im Scheinwerferlicht stieg Rauch in den Nachthimmel. Die Fahne wurde durch den Wind sofort Richtung Osten abgetrieben.

Im Gewimmel entdeckte Meyer den Werkführer.

»Albert. Was ist los?«

»Peter. Wir wurden alarmiert, dass es bei euch brennen würde. Da rechts. Ist das eure Küche?«

»Ja.«

»Wir versuchen vorzudringen. Hast du irgendetwas auf dem Herd gehabt?«

»Nein«, behauptete Meyer und war sich nicht sicher, ob ihm nicht doch etwas beim Versuch, die Mikrowelle zu benutzen, misslungen war.

»Meine Männer sind von hinten eingedrungen. Wir wussten nicht, ob jemand im Haus ist.«

»Was ist mit Wuschel?«

Albert wich Meyers Blick aus. »Da bin ich im Augenblick nicht auf dem aktuellen Stand. Wir versuchen, das Feuer so weit einzudämmen, dass nicht das ganze Haus abbrennt. Habt ihr irgendetwas gelagert, das leicht entzündlich ist? Gas? Vorräte mit Benzin? Spiritus? Farbe?«

»Nicht da. Aber in der Garage«, fiel Meyer ein.

Albert lief zu seinen Leuten und gab die Information weiter. Sofort nahmen sich die Feuerwehrmänner der Garage an. Man besorgte sich von Meyer die Schlüssel, während er gebeten wurde, zurückzutreten.

Ohnmächtig verfolgte Meyer die Arbeit der Feuerwehr, die trotz des widrigen Wetters und des Sturms alles in ihrer Macht Stehende unternahm, um der Flammen Herr zu werden.

Verhaltene Begeisterung brandete auf, als jemand rief, dass man den Brandherd im Griff habe.

Schließlich gelang es Meyer, an Albert heranzukommen.

»Wir konnten die weitere Ausbreitung bremsen«, sagte der Werkführer schwer atmend.

»Wie sieht es aus?«

Albert zuckte die Schultern. »Noch sind wir am Arbeiten. Ich bin zuversichtlich, dass sich die Flammen nicht weiter ausbreiten. Es ist aber noch ein Stück Arbeit und wird eine Weile dauern, bis wir alle möglichen Glutnester entdeckt und gelöscht haben.«

Meyer taumelte. Sein Kreislauf bereitete ihm Schwierigkeiten. Tausend Gedanken rasten durch seinen Kopf. War das Wirklichkeit, was sich vor ihm abspielte? Sein Zuhause. Was war geschehen? Natürlich brannte es gelegentlich. Das war schlimm für die Betroffenen, auch wenn es sich nur um Sachschaden handelte. Es gingen nicht nur Einrichtungsgegenstände in Flammen auf. Auch ein Stück Leben, Erinnerungen, persönliche Dinge wurden ein Opfer der Flammen und waren unwiederbringlich verloren.

Welche Arbeit stand ihnen bevor? Konnte noch etwas gerettet werden? Wo würden sie unterkommen? Die Gedanken kreisten unstrukturiert in Meyers Kopf. Lauter Fragen, auf die er keine Antworten fand.

✳✳✳

Nach Antworten suchte auch Große Jäger, der von der Schutzpolizei informiert worden war. Ein aufmerksamer Kollege erinnerte sich, dass der Hauptkommissar beim Einsatz am Deich nahe der Arlau-Schleuse zugegen gewesen war, als Peter Meyer behauptete, auf ihn sei geschossen worden.

Große Jäger hatte sich trockene Kleidung angezogen und es sich in seiner Stadtwohnung, wie er es nannte, gemütlich gemacht. Ihm erschien es merkwürdig, dass es ausgerechnet bei dem Kommunalpolitiker brannte, den man neben dem Landrat bedroht hatte. Der Hauptkommissar hatte darauf verzichtet, Cornilsen zu verständigen. Bei einem Brand würden die Flensburger Kollegen von der BKI ohnehin routinemäßig zum Einsatzort fahren.

Jetzt stand er etwas abseits und sprach kurz mit dem Werkführer.

»Albert«, wie seine Männer ihn riefen, gab einen kurzen Überblick. Die Feuerwehr war von einem Nachbarn schräg gegenüber alarmiert worden, der einen Feuerschein gesehen hatte. Als die Wehr eintraf, brannte es bereits lichterloh. »Es ist nach unseren bisherigen Erkenntnissen in der Küche ausgebrochen«, erklärte der Mann. »Von dort hat es sich schnell ausgebreitet, auf die Diele übergegriffen, dort Schaden angerichtet und auch die Holzbalkendecke zum Obergeschoss in Mitleidenschaft gezogen. Das ist nur ein grober Überblick.«

»Wie kann sich ein Feuer so schnell ausbreiten?«, wollte Große Jäger wissen.

»Das geht rasend schnell.«

»Haben Sie eine Vermutung zur Ursache?«

»Das wären Spekulationen. Aber ich würde nicht ausschließen wollen, dass Brandbeschleuniger eingesetzt wurden.«

Große Jäger hakte nach, aber »Albert« wollte keine weiteren Vermutungen von sich geben.

Brandstiftung! Die Drohungen gegen den Fraktionsvorsitzenden und Landrat schienen in offene Gewalt umzuschlagen. Er hatte Zweifel gehabt, ob wirklich auf Meyer geschossen worden war. Nun schien es doch wahr zu sein. Damit wurde auch eine andere Frage akut, die er zurückgestellt hatte. Der geheimnisvolle Schütze vom Deich musste gewusst haben, dass Meyer diesen Schleichweg nutzte. War es derselbe Täter, der jetzt das Haus in Brand gesetzt hatte? Der Schütze musste Meyer beobachtet haben, ihm gefolgt sein und auf dem Rückweg auf ihn an der Stelle nahe der Schleuse gewartet haben. Und er musste ein Gewehr besitzen.

Große Jäger rief die Leitstelle an und forderte einen Streifenwagen an, der umgehend zur Pizzeria Siziliana nach Hattstedt fahren sollte.

»Ist das wichtig?«, wollte der Mitarbeiter auf der Leitstelle wissen. »Wir sind knapp besetzt.«

»Ich habe noch nicht zu Abend gegessen. Mensch!«, brüllte der Hauptkommissar in das Mikrofon. »Natürlich ist das wichtig. Die sollen dort nach Hekuran und Atdhe Rashica, das sind Vater und Sohn, fragen. Wir müssen unbedingt wissen, ob die beiden zu Hause sind. Aber fix. Sonst bringt die Aktion nichts. Und dann möchte ich Meldung auf dieses Handy haben.« Hans-Werner Lankwitz mussten sie nicht überprüfen.

»Wir benötigen auch noch Personenüberprüfungen in Grothusenkoog und in Mildstedt. Die Namen lauten Ehrenberg und Mügge.«

»Ich verstehe es ja«, erwiderte der Beamte auf der Leitstelle. »Sie haben keine Vorstellungen, was heute los ist. Das Wetter. Freitag. Monatsende. Alle spielen verrückt. Und ich kann mir keine weiteren Einsatzwagen aus den Rippen schneiden. Ich nehme es auf die Liste. Versprechen kann ich nichts.«

»Das ist zu wenig. Mach es einfach.« Es half nichts. Große Jägers Anforderung wurde nicht priorisiert. Sie waren einfach unterbesetzt. Und zaubern konnte der Mann in Harrislee auch nicht.

Es dauerte eine Viertelstunde, bis sich die Streife meldete.

»Wir waren in der Pizzeria und haben dort einen Atdhe Rashica angetroffen. Der stand hinterm Tresen. Er behauptet, dort schon den ganzen Abend zu arbeiten.«

»Das ist der Junior. Und was ist mit dem anderen?«

»Der ist nicht da«, sagte der Streifenpolizist.

»Verdammt. Wo steckt er?«

»Woher soll ich das wissen?«

»Wir suchen ihn.«

»Davon hat die Leitstelle nichts gesagt. Moment. Wir gehen noch mal hinein.«

Nach weiteren fünf Minuten meldete sich der Polizist erneut. »Der ist vorhin weg. Krank. Er fühlt sich nicht wohl.«

»Ist das überprüft?«

»Wie denn? Sollen wir den Puls fühlen und Fieber messen?«

»Ist gut, Kollege«, erwiderte Große Jäger enttäuscht. Der Uniformierte hatte recht.

Auf Nachricht aus Mildstedt oder Grothusenkoog wartete er den Rest der Nacht vergeblich.

Dafür machte einer der aus Flensburg gekommenen Brandermittler auf etwas aufmerksam. Auf der Innenseite des Küchenfensters fanden sich Glassplitter. »Wenn die Scheibe durch die

Hitze zu Bruch geht, wird das Glas nach außen gedrückt. Da ist aber nichts. Ich habe die Feuerwehr gefragt. Die erklärten, dass die Scheibe schon eingeschlagen war, als sie eintrafen. Außerdem sind sie hinten durch die Terrassentür ins Haus eingedrungen, weil sie zunächst nach Personen gesucht haben.« Große Jäger fragte nach dem Hund.

Der Brandermittler nickte. »Den haben die Feuerwehrleute gefunden. Leider zu spät. Das Tier ist erstickt.«

Große Jäger dachte an Blödmann, seinen Hund, der wohlbehütet in Garding in seinem Korb lag. Auch für Tiere war es ein qualvoller Tod, im beißenden Rauch zu ersticken.

Kurz bevor sich Große Jäger verabschieden wollte, machte der Brandermittler eine weitere Entdeckung. »Das ist definitiv Brandstiftung«, sagte er. »Da hat jemand einen Brandsatz durch das Küchenfenster geworfen. Oberflächlich würden wir es einen Molotowcocktail nennen. Genaueres kann ich nicht sagen.«

Es war weit nach Mitternacht, als Große Jäger das zweite Mal innerhalb weniger Stunden völlig durchnässt in seine Wohnung zurückkehrte.

NEUN

Das Telefon holte Große Jäger in die raue Wirklichkeit zurück. Es war Heidis vertraute Stimme.

»War das ein Vorwand, um wieder einmal ungestört einen Bummel durch die Neustadt zu unternehmen? Ich habe gestern Abend angerufen, aber du hast dich nicht gemeldet.«

»Ich hatte noch einen Einsatz«, sagte er schlaftrunken.

»Ja.« Sie lachte. »An welchem Tresen? Es ist jetzt halb zehn, und ich habe dich geweckt. Es tut mir aber nicht leid. Wer feiern kann, kann auch aufstehen.«

Es kostete ihn Mühe, sie davon zu überzeugen, dass sein Einsatz in der Nacht dienstlicher Natur gewesen war.

Das Frühstück nahm er im Bahnhofsbistro ein, bevor er das Polizeigebäude aufsuchte. In der Wache herrschte mäßiger Betrieb. Die oberen Etagen waren verwaist. Eine nahezu bedrückende Ruhe bekundete, dass Wochenende war. Kein Cornilsen, der ihn begrüßte. Kein Mommsen, der nach dem Stand der Ermittlungen fragte. Kein Hundt, mit dem man sich anlegen konnte. Vor allem aber keine Hilke Hauck. Das war die Höchststrafe. Kein Kaffee.

Große Jäger rief den Landrat an. Eine Frauenstimme meldete sich.

»Jansen.«

Er bat die Frau darum, ihren Mann sprechen zu dürfen.

»Um was geht es? Wie war Ihr Name?«, sagte sie resolut, aber nicht unfreundlich.

»Dienstlich. Mein Name ist Große Jäger.«

»Wie? Jäger?«

»Große Jäger.«

Er hörte, wie sie etwas wie »Komischer Name« murmelte. Dann meldete sich der Landrat persönlich.

»Es ist Sonnabend«, sagte er zur Begrüßung.

»Bei mir auch. Aber nicht bei jenen, die es ernst meinen mit den Drohungen gegen Sie und Meyer.« Als Große Jäger von dem Brandanschlag auf den Fraktionsvorsitzenden berichtete, zeigte sich Jansen erschrocken. Er wollte wissen, weshalb man ihn nicht umgehend in Kenntnis gesetzt hatte.

»Sie hätten nichts bewirken können. Außerdem hat sich keiner getraut, Sie in Ihrem Schönheitsschlaf zu stören.«

»Ihre Art ist gewöhnungsbedürftig«, mäkelte der Landrat.

»In jeder Hinsicht«, gab Große Jäger zu.

»Haben Sie den Täter? Schließlich ist auf Peter Meyer auch geschossen worden. Man muss mehr unternehmen. Mangelt es an Ressourcen?«

»Ich wollte Ihnen nur die Information zukommen lassen. Achten Sie auf sich und Ihre Familie.« Große Jäger hörte, wie Jansen schwer atmete.

»Das Ganze nimmt eine Dimension an, die höher aufgehängt werden muss. Sie schaffen es doch gar nicht allein – ich meine, hier vor Ort.«

»Die Ermittlungen hat die BKI Flensburg übernommen, das ist Ihnen aber bekannt. Ich hielt es nur für meine Pflicht, Ihnen einen guten Rat zu geben.«

»Ja – äh – danke«, sagte ein sichtlich verunsicherter Landrat.

»Und nun?«

»Haben Sie die Möglichkeit, sich mit Ihrer Familie bis Montag zurückzuziehen?«

»Schon. Aber was ist, wenn wir nicht anwesend sind? Ich möchte nicht, dass unser Haus auch abbrennt.«

»Sie haben mir einen langen Vortrag darüber gehalten, dass Sie ständig vor Situationen stehen, in denen Sie Entscheidungen abwägen müssen. Dabei fällt mir ein: Ist es eigentlich ein Widerspruch, dass Sie Landrat und gleichzeitig Aufsichtsratsvorsitzender des Klinikums sind?«

»Zu dieser Frage haben wir die Kommunalaufsicht des Innenministeriums eingeschaltet, ob der Kreistag überhaupt Weisungen an die Gesellschafterversammlung des Klinikums erteilen darf, wenn die Abgeordneten in diesem Gremium vertreten sind. Das ist wirksam.«

»Wer finanziert eigentlich die Erweiterungen des Husumer Krankenhauses? Irgendjemand muss dafür aufkommen.«

»Das ist kompliziert und ein gewaltiger Kraftakt. Die Mittel kommen aus dem Strukturfonds, der Investitionsförderung zur Krankenhausfinanzierung und aus Mitteln, die wir als Kreis selbst aufbringen müssen. Für die Eigenmittel müssen wir neue Darlehen aufnehmen. Außerdem muss das Eigenkapital des Klinikums aufgestockt werden. Aber ... Ist jetzt der richtige Zeitpunkt, um solche Fragen zu klären?«

»Das müssen Sie beantworten. Den Tätern geht es um diese Sache. Sie sind nicht von Ihrem Konzept ...«

»Moment. Es ist nicht mein Konzept, sondern es wurde im Konsens aller verabschiedet.«

»Anscheinend nicht. Sonst würde man jetzt nicht zu diesen drastischen Maßnahmen greifen, um zu einer anderen Lösung zu kommen. Es muss doch Namen geben, die Ihnen einfallen, wenn Sie an Ihre – sagen wir einmal – politischen Gegner denken.« Große Jäger ließ ihm Zeit.

»Es gab das Bürgerbegehren. Mit großer Mehrheit wurde das Konzept von den Menschen angenommen.«

»Eine Minorität ist davon aber nicht überzeugt.«

»Sie meinen die Querköpfe des ABM«, erwiderte Jansen.

Nicht des, sondern der ABM, dachte Große Jäger. Hatte sich der Landrat wirklich damit auseinandergesetzt oder war in den Hinterzimmern beschlossen worden, den nun eingeschlagenen Weg zu gehen? Es war nicht Große Jägers Aufgabe, darüber zu befinden. Aber die Frage könnte zu den Tätern führen. Und die ABM stand auf der Liste weit oben.

»Achten Sie auf sich. Und scheuen Sie sich nicht davor, die Polizei zu verständigen«, riet er Jansen.

Sonnabend. Was für viele Menschen ein schöner Tag war, ärgerte ihn heute. Ihm fehlte die Unterstützung der Kollegen. Mühsam kämpfte er sich durch das Intranet. In der Vergangenheit hatte er diese Aufgabe Cornilsen überlassen. Jetzt fehlte ihm die Übung. Nach einigen Fehlversuchen wusste er, dass keiner der Verdächtigen im Besitz einer Schusswaffe, geschweige denn eines Gewehrs war. Das schloss nicht aus, dass sich jemand illegal eine Waffe besorgt und damit auf Meyer geschossen hatte. War es ein Fehlschuss, und sollte Meyers Auto getroffen werden? Dafür spräche, dass man das Haus angezündet hatte. Oder war es eine Warnung? Mügge, Lankwitz und Vater und Sohn Rashica besaßen keine Waffen, zumindest nicht offiziell.

Er versuchte, jemanden bei der BKI in Flensburg zu erreichen. Auch dort war Wochenende.

Große Jäger machte sich auf den Weg nach Wobbenbüll. Der Zugang zum Brandherd war durch ein Flatterband mit dem Aufdruck »Polizeiabsperrung« untersagt. Die Feuerwehr war abgerückt. Ein grauer Kastenwagen stand vor dem Grundstück. Er umrundete das Haus und trat durch die offene Terrassentür ein. Dort blieb er stehen und rief laut: »Hallo?«

Kurz darauf erschien ein Spurensicherer in einem Ganzkörperschutzanzug und wollte ihn gerade anbrüllen, als er den Husumer erkannte.

Große Jäger hob abwehrend den Arm. »Ich komme nicht näher.«

Der Mann zeigte auf das Innere des Hauses. »Klaus ist da. Warte.«

Kurz darauf erschien Klaus Jürgensen.

»Das ist eine Frage der Kultur«, sagte der kleine Hauptkommissar. »Normale Menschen genießen das Wochenende. An der Westküste scheint man den Kalender nicht zu kennen.«

»Moin, Klaus. Wir sind ein ganzes Stück weiter als ihr. Hier gibt es sogar zwei Kalender. Wir kennen auch noch den Tidenkalender. Aber bei euch ist alles unbeweglich. Sogar das Wasser.« Er schüttelte sich und zog dabei eine Grimasse. »Wie unhygienisch. Ihr tauscht es nicht aus. Das machen wir zwei Mal am Tag.«

»Wir sind kultivierter. Bei uns wird dem Nachbarn nicht das Dach über dem Kopf angezündet.«

»Tja, Klaus. Tut mir leid, dass wir euch herbemühen mussten.

Normalerweise nimmt unser Hundt die Spur auf. Aber der ist im Wochenende. Da haben wir uns für die zweitbeste Lösung entschieden. Das K6.«

Jürgensen zog die Stirn kraus und rümpfte die Nase. Er kämpfte. Vergeblich. Ein kräftiges Niesen folgte.

»Wir sind unschuldig daran. Um vorzubeugen, wurde dieses Feuer entfacht. Aber dein Schnöf ist Importware. Direkt von der Ostküste.«

Jürgensen ließ ein »Haha« hören. Es klang gequält. Dann erklärte er, dass – nach dem bisherigen Wissensstand – jemand die Scheibe des Küchenfensters eingeschlagen hatte.

»Der Molli wurde also nicht durch die Scheibe geschleudert?«, fragte Große Jäger.

»Man hat die Scheibe eingeschlagen. Wir konnten Glassplitter auf der Arbeitsfläche unter dem Fenster sichern. Dann hat der Täter einen Wurfbrandsatz in die Küche geworfen. Das war kein Profi. Dafür spricht die einfache Machart. Wir konnten Scherben einer Aquavit-Flasche sicherstellen. Aus den Fragmenten könnte man ableiten, dass es sich um eine Sorte handelt, die nur in dieser Region verbreitet ist.«

»Theodor Storm«, riet Große Jäger.

Jürgensen sah ihn ratlos an.

»Die Sorte Schimmelreiter.«

Jetzt nickte der Flensburger. »Der Attentäter hatte Glück. Er muss die Flasche mit Benzin gefüllt und mit einem Lappen verstopft haben. Den hat er angezündet. Dann hat er den Brandsatz in die Küche geworfen. Der Molli ist nahe den Unterbauschränken auf dem Fliesenboden aufgeschlagen und zersplittert. Dadurch haben die Möbel sofort Feuer gefangen. In dem Unterschrank müssen die Hausbewohner auch Putzmittel gelagert haben. Manche sind feuergefährlich. So konnte sich das Feuer sehr schnell ausbreiten.«

»Du meinst, die eingetretenen Folgen waren in dieser Weise nicht beabsichtigt?«

»Bin ich das Orakel von Flensburg?«, knurrte Jürgensen. »Es hätte auch glimpflicher ausgehen können.«

»Der Täter hat vorsätzlich Brandstiftung begangen und dabei billigend in Kauf genommen, dass Menschen getötet werden. Das ist ein versuchtes Tötungsdelikt. Mord oder Totschlag.«

»Ich habe gehört, dass ein Hund in den Flammen umgekommen ist.«

»Erstickt«, korrigierte ihn Große Jäger. »Aber das ist gleich. Das war qualvoll für ein Lebewesen.«

»Ich habe dir ein paar Anhaltspunkte genannt. Die genaue Analyse wirst du aus Kiel erhalten.« Jürgensen stutzte. »Du? Ich denke, der Fall liegt bei der BKI.«

Große Jäger nickte. »Mich treibt reine Neugierde hierher. Und natürlich wollte ich dich wieder einmal sehen.«

»Du lügst besser als ein ertappter Ehemann«, lästerte Jürgensen und wollte sich abwenden, als ihm noch etwas einfiel. »Fingerabdrücke und DNA suchten wir vergeblich. Außerdem sind hier jede Menge Leute herumgelaufen.«

»Die Feuerwehr.«

»Wie viele Mitglieder hat die? Von den Fußspuren her hat jeder von ihnen noch seine Verwandten im Schlepptau gehabt. Gestern war es nass. Da könnten wir Glück haben. Vor dem Küchenfenster läuft ein Plattenweg aus Waschbeton entlang. Zwischen dem und der Hauswand befindet sich ein circa zehn Zentimeter breiter Streifen aus Erde. Die Blauröcke haben brav den Fußweg benutzt, während vermutlich der Täter sich vor das Fenster gestellt hat. Dabei ist seine Fußspitze in das aufgeweichte Erdreich geraten. So weit zu unserer Vorarbeit. Jetzt müsst ihr nur noch den passenden Schuh samt Inhalt finden. Das dürfte nicht schwer sein. Der Königssohn bei Aschenputtel hat es auch geschafft. Und zwar ohne unsere Hilfe.«

»Was ist das für ein Abdruck?«

»Grobes Profil. Rund. Ich würde auf eine Art Wanderstiefel tippen. Also kein Sambaschuh. Und von der Größe her ein Mann.«

»Danke, Klaus. Ihr seid großartig.«

»Das musst du mir nicht erzählen. Das weiß ich selbst«, grummelte Jürgensen und nickte in Richtung Hausinneres. »Willst du weitermachen? Oder soll ich?«

Große Jäger drehte den kleinen Hauptkommissar um und gab ihm einen Klaps auf den Rücken. »Der Schrecken aller Verbrecher«, sagte er dabei.

Jürgensen würde ihm ein Foto des Abdrucks sowie die Maße zukommen lassen.

Große Jäger kehrte zu seinem Smart zurück und rief Mommsen an. Karlchen war am Apparat.

»Moin, Wilderich. Ausgeschlafen?«

»Ich bin schon seit Stunden am Arbeiten«, übertrieb Große Jäger.

»Willkommen im Club. Ich bereite ein Event für heute Abend vor. Und Harm jagt Gangster.«

»Ich auch.«

»Dann will ich euch verkuppeln. Bleib am Apparat. Mach's gut.«

»Tschüss, Karlchen.« Es knackte kurz in der Leitung, dann meldete sich Mommsen.

»Hast du schon gehört?«

»Ich war da. Heute Nacht und jetzt. Ich stehe noch vor dem Haus.«

»Vor der Redaktion?«

Große Jäger erklärte, dass ein Missverständnis vorliegen müsse.

»Es geht um etwas anderes«, sagte Mommsen.

Ein Mitarbeiter der Lokalredaktion hatte sich beim Kriminalrat gemeldet. Der Zeitung war ein Bekennerschreiben zugegangen. Jemand übernahm die Verantwortung für den Brandanschlag.

»Wie ist die Zeitung dazu gekommen?«

»Es war im Briefkasten. Wie gewohnt. Ein weißer Umschlag und ein Blatt Papier, vermutlich mit einem Tintenstrahldrucker erstellt.«

»Wir sind hier zwar in Randdeutschland, aber technisch doch

sehr innovativ. Kaum eine andere Region betreibt so emsig den Breitbandausbau durch Bürgernetzwerke.«

Mommsen zeigte sich überrascht.»Du redest der Technologie das Wort?«

»Ich wundere mich, dass alle Drohungen auf sehr konventionelle Art übermittelt werden. Bei Dr. Grimm verstehe ich es noch. Deren Kontaktdaten sind nicht bekannt. Aber Meyer und der Landrat …« Plötzlich fiel ihm etwas ein.»Jansen hat Drohungen auf elektronischem Weg bekommen. Meyer nicht. Wie passt das zusammen?«

Mommsen hatte auch keine Antwort.»Der Redakteur hat mich umgehend informiert. Er hatte meine private Nummer. Die Zeitung wird das Bekennerschreiben nicht veröffentlichen. Sie will den Leuten dahinter kein Forum bieten. Es ist so ähnlich wie bei Selbstmorden. Darüber wird auch nicht berichtet, um keine Nachahmer zu aktivieren. Ich habe veranlasst, dass der Brief sofort nach Kiel geschickt wird.«

»Es wäre gut, wenn wir ihn zuvor zu Gesicht bekommen hätten.«

»Wilderich.« Es klang leicht spöttisch.»Du bist nicht der einzige Kriminalist in Nordfriesland. Die Redaktion hat den Brief fotografiert und mir geschickt. Augenblick«, sagte Mommsen.»So! Jetzt hast du ihn auch. Wirf einen Blick darauf.«

Große Jäger nahm das Handy vom Ohr und suchte die entsprechende Funktion, um sich das Bild anzusehen. Er las:

»Dem ersten haben wir Feuer unterm Hinter gemacht. Das ist der Anfang. Ihr werdet das Volk nicht mehr für dumm verkaufen. Seid verantwortungsbewusst oder tretet zurück. Alle die sich an der Not der Menschen bereichert haben. Die nächsten werden folgen. Der Rächer«.

»Hallo, Harm?« Es blieb stumm in der Leitung.»Harm? Hörst du mich?«

Nichts.

Er sah irritiert auf das Display seines Handys. Dann wechselte er zur Telefonfunktion. Dort war kein Gespräch. Große Jäger rief Mommsen erneut an.

»Du hast mich weggedrückt«, beklagte sich der Kriminalrat. »Ich spendiere dir im Rahmen der Fortbildung einen Lehrgang: Wie nutze ich mein Smartphone richtig?«

»Du hast gut reden. Als du zu uns gekommen bist, warst du noch ein Kind. Ich habe dich fast noch windeln müssen. Und nun solche Sprüche ... Dem Text nach handelt es sich um denselben Schreiber, der schon mehrere Briefe verfasst hat. Es ist aber nicht der, der die Erpresserbriefe an Dr. Grimm schickt. Dieser hier ist sicherer in der Grammatik, auch wenn ihm vermutlich im Eifer des Gefechts ein paar Tippfehler unterlaufen sind. Außerdem unterzeichnet er wieder mit ›Der Rächer‹.«

»Können wir daraus ableiten, dass es ein Betroffener oder ein Angehöriger ist?«

»So klingt es«, sagte Große Jäger. »Der Täter stellt auch eine Forderung auf. Er will, dass die Verantwortlichen zurücktreten und die Entscheidungen, die inzwischen getroffen wurden, revidiert werden. Das haben wir auch noch nicht gehabt, dass jemand meint, mit Drohungen und Gewaltanwendungen Beschlüsse eines Kreistages beeinflussen zu können. Wir müssen ernst nehmen, dass auch andere Opfer werden können. Jedenfalls haben die Hintermänner den nächsten Schritt gemacht und sind von der verbalen Drohung zur massiven Gewaltanwendung übergegangen. Soll ich zu dir kommen, und wir überlegen gemeinsam, wie wir weiter vorgehen wollen?«

Mommsen stimmte, ohne zu zögern, zu.

»Setz den Kaffee auf«, sagte Große Jäger und fuhr zu der stillen Straße am Rande des Schlossparks.

Die alte Villa strahlte Behaglichkeit aus. Auch wenn die Witterung und die Natur trostlos erschienen, hatten die beiden Bewohner ihr Heim gemütlich eingerichtet, ohne es spießig wirken zu lassen. Wer Karlchen in der Öffentlichkeit begegnete, würde vielleicht vermuten, dass sich das Schrille seines Äußeren auch auf sein Zuhause übertrug. In der Wohnung im Obergeschoss jedoch dominierten warme Holztöne. Große Jäger hatte auch bei früheren Besuchen nicht herausfinden können, wer für die Auswahl der Bilder an den Wänden verantwortlich zeichnete.

Schon beim Türöffnen empfing ihn berauschender Kaffeeduft. Der aromatische Trank schmeckte, wie er roch. Himmlisch, besonders nach dem Aufenthalt im Freien.

Karlchen empfing ihn mit einer Umarmung und tätschelte seinen Oberarm. »Wir haben uns lange nicht gesehen.« Er führte Große Jäger in den Wintergarten. Dort war für zwei Personen gedeckt. Karlchen zog sich diskret zurück.

Große Jäger nahm einen Schluck. »Der ist gut. Wer ist bei euch für das Kaffeekochen zuständig?«

»Das regeln wir partnerschaftlich«, sagte Mommsen ausweichend. »Beginnen wir mit der Frage, wer von der Neuorganisation der Kliniklandschaft profitiert. Das sind zunächst die Bürger.«

»Nicht alle«, warf Große Jäger ein. »Nur die, die im akzeptablen Einzugsbereich des Husumer Krankenhauses wohnen. Die Eiderstedter fühlen sich ausgegrenzt. Deshalb liegt der Schwerpunkt der ABM auch dort.«

»Wer gehört noch zu den Profiteuren?«

»Jene, die am Neubau verdienen. In diesem Fall darfst du ›Profiteure‹ wörtlich nehmen. Gut. Das Ganze erfolgt über Ausschreibungen. Aber wir können ziemlich sicher sein, dass Meyer sein Stück vom Kuchen erhält.«

»Du unterstellst Korruption?«

»Dafür fehlen uns Anhaltspunkte. Die Erfahrung zeigt aber, dass für Meyers Firma immer etwas abgefallen ist. Nicht nur Brosamen.«

»Mügge mag ein solider Handwerker sein, aber für solche Vorhaben ist sein Betrieb zu klein«, wandte Mommsen ein. »Die Um- und Neubauten des Klinikums machen viele Millionen aus. Da entfällt nur ein Bruchteil auf die Gewerke, die Meyer ausführen kann.«

»Es wurde schon für weniger gemordet.«

Mommsen schüttelte nachdenklich den Kopf. »Ich habe Zweifel daran, dass Mügge aus Neid zu solch drastischen Maßnahmen wie dem Schuss auf Meyer und der Brandstiftung greift. Es würde ihm keine Vorteile bringen. Du sagst, er steckt in wirtschaftlichen Problemen. Wenn wir nach dem sich bietenden Gesamtbild davon ausgehen, dass es sich um zwei Täter handelt, käme Mügge für den Erpressungsversuch an Dr. Grimm in Frage.«

Große Jäger nahm den nächsten Schluck und fuhr sich nachdenklich über den Kopf. »Bei den Erpresserbriefen ist das schlechte Deutsch auffällig. Ich würde Mügge zutrauen, dass er weniger Fehler macht.«

»Und was, wenn er mit diesem Trick genau das bezwecken will?«

»Das ist nicht auszuschließen. Andererseits ist er kein professioneller Krimineller, der mit solchen Strategien plant.«

»Dann bliebe noch Lankwitz.«

»Das ist mein Hauptverdächtiger. Gewesen«, schränkte Große Jäger ein. »Der hat sich lautstark und vehement für seine Schwester eingesetzt. Bei ihm haben wir auch einen Epson-Drucker gefunden. Der war aber mit eingetrockneten Tintenpatronen ausgestattet. Daraus schließen wir, dass das Gerät lange nicht mehr benutzt wurde. Die Eltern sagten auch, dass sie Lankwitz nie an seinem Drucker gesehen haben. Er würde alles mit dem Tablet erledigen.«

»Haben wir noch mehr Namen?«

Große Jäger atmete tief aus. »Keine, die wir damit in Verbindung bringen können. Es bleibt nur die Familie Rashica. Der Vater hat ganz offen mit Blutrache für den Tod seines Neffen gedroht. Und besonders gut scheinen die Geschäfte in der Pizzeria nicht zu laufen.«

»Dann hätten wir schon zwei mögliche Motive«, sagte Mommsen. »Das unzulängliche Deutsch könnte auch gegen Rashica sprechen.«

»Der Sohn studiert in Flensburg auf Lehramt. Sein Vater hat voller Stolz berichtet, dass Atdhe den Deutsch-Leistungskurs besucht hat. Dem würden diese Fehler nicht unterlaufen.«

»Der Sohn scheint – deinen Erzählungen nach – assimilierter

zu sein. Er muss nicht in die möglichen Pläne des Seniors eingeweiht sein.«

Große Jäger berichtete, dass er nach dem Brandanschlag auf Meyers Haus eine Streife zur Pizzeria geschickt hatte. Rashica war – angeblich – wegen einer Erkrankung nicht vor Ort gewesen.

Mommsen richtete sich auf. »Rashica hat Christiansen die Schuld an dem Unfall gegeben. Er könnte auch den Landrat und Peter Meyer für die Straßenverhältnisse in der Jans-Kurve und die unzureichende Notfallversorgung verantwortlich machen.«

»Dagegen spricht, dass die Briefe an die beiden in einem anderen Deutsch abgefasst sind.«

»Also haben wir es doch mit zwei Tätern zu tun, die aus unterschiedlichen Motiven handeln.«

»Zwei Täter.« Große Jäger kratzte sich den Stoppelbart. »Aus anderen Beweggründen, aber im Bezug zum selben Ereignis.«

»Vieles spricht dafür.«

»Meyer und der Landrat wurden aufgefordert, die Entscheidungen in Sachen Klinikum zurückzunehmen. Die ABM steht auf dem Standpunkt, dass der eingeschlagene Weg falsch und zum Nachteil der Menschen auf Eiderstedt ist. Weshalb hält man seitens des Kreises an der Lösung fest? Auf Sylt wird das dortige Krankenhaus auch von einem kommerziellen Betreiber gemanagt. Der klagt nicht.«

»Schon, aber man könnte ihm Rosinenpickerei vorwerfen. Man hat aus Kostengründen die Entbindungsstation geschlossen ...«

»Wie in Niebüll. Der Kreis ist mit seinen Kliniken nicht besser. Die nehmen sich nichts«, fiel Große Jäger dem Kriminalrat ins Wort.

»Der Standort Sylt ist lukrativer als die Grund- und Regelversorgung auf dem Festland. Auf Sylt sind ein Viertel der Patienten Selbstzahler, also Privatpatienten. Sonst bemisst sich das auf etwa zehn Prozent.«

Große Jäger stöhnte auf. »Jetzt sind wir wieder beim Geld

gelandet. Das ist einer der Kritikpunkte der ABM. Deren Sprecher Ehrenberg weist darauf hin, dass man die Gesundheit oder sogar ein Menschenleben nicht mit Geld aufwiegen sollte.«

»Das ist ein Standpunkt. Ehrenberg war Beamter, oder? In der Amtsverwaltung? Er müsste sich auskennen.«

Große Jäger bestätigte es.

»Dann weiß er auch, dass weder ein Fraktionsvorsitzender noch ein Landrat die Entscheidungen zurückdrehen kann, schon gar nicht aus eigenem Antrieb. Druck auf die beiden auszuüben macht keinen Sinn.«

»Welche Überlegungen wir auch anstellen, Harm … Bisher fällt uns nur der große Unbekannte ein.«

»Vieles spricht für Rashica.«

»Wenn wir bei ihm eine Hausdurchsuchung durchführen würden, eine illegale Waffe finden, einen Epson-Drucker und Backpulver, dann hätten wir eine Handvoll Beweise.«

»Wir müssen uns auf andere Weise nähern.«

»Mich interessiert, ob Rashica wieder gesund ist. Magst du Pizza?«

Mommsen sah ihn verständnislos an.

»Wir könnten nach Hattstedt fahren. Oder habt ihr für heute anderes auf dem Speiseplan?«

Der Krimimalrat zeigte wenig Begeisterung. Er rief Karlchen und trug ihm Große Jägers Idee vor. Mommsens Partner war davon angetan. »Es muss ja nicht unbedingt eine Pizza sein. Italiener machen auch hervorragend Pasta«, meinte er.

»Ja – Italiener«, sagte Große Jäger zu sich selbst. »Aber Albaner?«

Die drei Männer zogen die Blicke der wenigen Gäste auf sich, als sie zur Mittagsstunde die Pizzeria betraten. Mommsen war sportlich lässig bekleidet. Große Jäger trug sein Holzfällerhemd und die Lederweste mit dem Einschussloch. Der Hosengürtel war durch den Schmerbauch verdeckt. Karlchen hatte sich eine gelbe Stoffhose und ein lilafarbenes Hemd angezogen. Der

Jahreszeit angepasst wurde die farbenfrohe Erscheinung noch durch eine Patchwork-Jacke komplettiert. Große Jäger hatte den Vorschlag unterdrückt, dass nur noch eine rote Clownsnase fehle, um den Auftritt perfekt zu machen.

Nicht nur die Gäste, auch Hekuran Rashica starrte den neuen Besuchern entgegen. Als er Große Jäger erblickte, ließ er das karierte Handtuch fallen, das er in Händen hielt, und kam im Eiltempo hinter dem Tresen hervor. Resolut schob er Mommsen, der die Vorhut bildete, ein Stück zur Seite und baute sich vor dem Hauptkommissar auf.

»Raus«, sagte er scharf. »Sie haben hier Hausverbot.«

»Herr Rashica«, mischte sich Mommsen mit leiser Stimme ein. »Wir möchten keine Aufregung, schon gar nicht vor Ihren Gästen.«

»Ich habe genug von Ihnen. Er«, dabei zeigte er auf Große Jäger, »leidet unter Verfolgungswahn. Weshalb drangsaliert man mich? Weil ich ein Ausländer bin?«

»Sie haben dazu beigetragen, dass wir Sie öfter besuchen mussten«, erklärte Mommsen. »Das begann damit, dass Sie Ihrem Neffen einen illegalen Aufenthalt verschafft und ihn schwarz beschäftigt haben.«

»Das ist gelogen«, schimpfte Rashica. »Wir sind noch nicht dazu gekommen, mit ihm zum Amt zu gehen. Und gearbeitet hat er nicht. Ich kenne die Gesetze.«

»Er war mit Ihrem Wagen zu einem Lieferanten unterwegs, um Wein zu holen«, mischte sich Große Jäger ein.

»Das stimmt nicht. Beweisen Sie es.«

»Sie haben zugelassen, dass Ihr Neffe ohne Papiere mit Ihrem Auto unterwegs war.«

»Vedat hatte einen Führerschein. Er konnte Auto fahren. Besser als viele Deutsche. Das ist aber kein Grund, ihn zu ermorden.«

»Langsam«, sagte Mommsen. »Wir sprechen von einem Unfall. Die Schuldfrage ist noch nicht geklärt.«

»Da haben wir es. Sie suchen nach Gründen, Vedat alles in die Schuhe zu schieben.«

»Wir sind an einer objektiven Aufklärung interessiert.«

»Dann hätten Sie den anderen schon lange verhaften müssen, der das verursacht hat.«

»Sie meinen die Helfer am Unfallort?«, fragte Mommsen beiläufig.

»Nicht die. Den anderen, der mit Absicht in unseren Wagen hineingefahren ist. Das ist Mord.«

»Und was ist mit den Ärzten und Sanitätern?«

Rashica sah Mommsen fragend an. »Was soll mit denen sein?«

War der Wirt ein hervorragender Schauspieler?, fragte sich Große Jäger. Bisher ging es immer um Schuldzuweisungen wegen mangelnder Hilfeleistung.

Auch Mommsen war aufmerksam geworden. »Sie glauben, dass es unter Umständen an den Straßenverhältnissen in der Kurve gelegen haben könnte?«

»Ja«, erwiderte Rashica prompt. »Das hat der andere ausgenutzt. Er ist mit Absicht in Vedat hineingefahren.«

Mommsen holte tief Luft. »Glauben Sie mir«, sagte er. »Es war keine Absicht. Der Unfallgegner ist schwer verletzt. Es ist nicht sicher, ob er jemals wieder gesund wird.«

»Hoffentlich krepiert er. So wie mein Neffe.« Rashica schluckte heftig.

»Was ist mit dem Kanun?«, mischte sich Große Jäger ein.

Es schien, als würde dem Wirt wieder bewusst werden, dass der Hauptkommissar auch noch anwesend war.

»Das fordert unser Gesetz«, erklärte er.

»Sie sind deutscher Staatsbürger?«, fragte Mommsen.

Rashica nickte geistesabwesend.

»Wir – Sie und ich – haben die gleichen Gesetze. Für die Ahndung von Straftaten und Vergehen sind ausschließlich die Gerichte zuständig.«

»Dann macht etwas.«

»Haben Sie eine Schusswaffe?«, wechselte Mommsen das Thema.

»Wenn ich die hätte, dann …«

»Besitzen Sie eine?«

»Ist die bei Ihnen registriert?«, antwortete Rashica mit einer Gegenfrage.

»Wir fragen auch nach nicht registrierten Waffen«, sagte Große Jäger.

Rashica sah Mommsen an und zeigte auf den Hauptkommissar. »Der soll sich raushalten.«

»Beantworten Sie unsere Frage.«

»Nur weil ich aus dem Kosovo stamme? Was wollen Sie noch wissen?

»Haben Sie einen Epson-Drucker?«, fuhr Mommsen fort.

»Das wird immer schöner. Bin ich jetzt verdächtig? Was soll ich gemacht haben?«

»Gestern waren Sie nicht in der Pizzeria. Wo waren Sie? Gibt es Zeugen dafür?«, wollte Große Jäger wissen.

Bevor jemand reagieren konnte, hatte Rashica den Hauptkommissar an der Lederweste gepackt und zerrte daran. Dann versetzte er ihm einen Stoß, dass Große Jäger einen Schritt zurücktaumelte.

Zur Überraschung aller war Karlchen der Schnellste. Er zwängte sich zwischen Große Jäger und den Gastwirt, hob beide Hände in die Höhe und sagte beschwichtigend: »Ruhig Blut. Wer will hier mit den Fäusten diskutieren?«

»Ich diskutiere nicht«, rief Rashica. »Ich will den Lügner plattmachen.«

Jetzt stellte sich auch Mommsen dazwischen. »Herr Rashica ...«

»Raus«, schrie der Wirt mit sich überschlagender Stimme. »Ich rufe die Polizei.«

»Komm, wir gehen«, sagte Mommsen im Befehlston.

»Lustig«, erwiderte Große Jäger. »Wir sind die Polizei.«

»Raus – raus – raus.« Rashica hatte jede Kontrolle über sich verloren.

Beim Hinausgehen registrierte Große Jäger die entsetzten Mienen der anderen Gäste.

»Weshalb antwortet er nicht auf unsere Fragen?«, überlegte

Große Jäger laut, als sie wieder im Auto saßen. »Er hätte doch lügen können.«

»Das ist eine andere Kultur«, sagte Karlchen.

»Der ist Deutscher«, antwortete Große Jäger. »Im Herzen hat er sich aber seine Herkunft bewahrt. Ich verstehe nichts davon, aber die Sache mit dem Kanun ... Was ist das eigentlich?«

»Blutrache«, erklärte Große Jäger.

»Das ist nicht ernst zu nehmen. Ich glaube, der Mann ist einfach stolz. Er will nicht klein beigeben. Er kann nicht akzeptieren, dass sein Neffe bei einem tragischen Unfall ums Leben gekommen ist. Für ihn gibt es keine Zufälle. Deshalb sucht er nach einer anderen Erklärung«, vermutete Karlchen.

»Bei einem früheren Gespräch hat Rashica unterstellt, dass ›Ausländer‹ wie sein Neffe mit Vorsatz nicht von den Rettungskräften behandelt werden und Vedat deshalb sterben musste. Diese Aussage können wir nicht ignorieren«, sagte Große Jäger.

»Ich glaube das nicht«, widersprach Karlchen. »Stolz auf der einen Seite und das Gefühl, wegen der Herkunft nicht akzeptiert zu werden, bestimmen sein Handeln und seine Worte. So!« Es klang wie ein Schlusspunkt. »Jetzt habe ich Hunger. Wohin?«

Mommsens Vorschlag, das Fischhaus an der Kleikuhle aufzusuchen, fand allgemeine Zustimmung.

Nach dem rustikalen Mittagessen trennten sich ihre Wege. Große Jäger fuhr nach Mildstedt und klingelte gleich am Privateingang der Familie Mügge. Die Ehefrau öffnete, erkannte ihn und fragte, ob er inzwischen versucht habe, einen Kuchen zu backen. Sie lachte dabei und ergänzte, dass sie sich einen neuen Vorrat an Backpulver beschafft habe.

»Was machen die Ameisen?«, wollte er wissen.

»Ich habe Holger nicht gefragt. Er ist in diesen Tagen sehr eingespannt. Das Geschäft ... alles geht drunter und drüber. Sie wollen zu ihm?« Sie begleitete die Frage mit einem Lächeln.

»Geht nicht. Er ist wieder beim Kunden. Auch am Sonnabend«,

fügte sie entschuldigend an. »Die Heizung fragt nicht nach dem Wochentag oder der Uhrzeit, wenn sie ausfällt.«

»Sind es Wartungsaufträge, die Sie im Moment auf Trab halten?«

»Fast nur.« Sie wurden abgelenkt, als das Telefon klingelte. »Entschuldigung.« Sie eilte zum Telefon, und Große Jäger hörte, wie sie sich mit »Heizungsbau Mügge« meldete. Ihren Worten entnahm er, dass erneut jemand nachfragte, wann der Monteur endlich kommen werde. Frau Mügge versuchte den Anrufer zu vertrösten und versprach baldige Hilfe. Als sie wieder an die Tür zurückkehrte, sagte sie: »So geht es Tag und Nacht. Mein Mann macht fast alles allein. Da kratzt es dem einen Monteur ein wenig im Hals, und er lässt sich krankschreiben. Ein anderer hat es kategorisch abgelehnt, am Wochenende zu arbeiten. Wir nehmen keine neuen Aufträge mehr an, aber die Wartungskunden ...« Dann besann sie sich auf den Grund für Große Jägers Besuch. »Holger? Der ist unterwegs. Seit heute Morgen.«

»Hatte er wenigstens gestern Abend ein paar Stunden zum Ausruhen?«

»Gestern Abend?«, überlegte sie laut. »Er kam eine halbe Stunde vor Mitternacht. Völlig erledigt. Wir haben keine drei Worte gewechselt. Er wollte auch nichts essen. Sondern ist gleich nach der Heimkehr in die Badewanne gehüpft.«

Es kostete Große Jäger Überredungskunst, zu erfahren, welche Kunden Mügge besuchen wollte.

»Soll ich ihn anrufen?«, fragte sie.

Große Jäger lehnte ab. Dann machte er sich auf den Weg, den Heizungsbauer zu suchen.

Es war wie eine Schnitzeljagd aus Kindheitstagen. Er fuhr von Ort zu Ort, von Adresse zu Adresse. Irgendwo zwischen der Ostenfelder Landstraße und den durch die Marsch mäandrierenden Flussschleifen der Treene war Mügge im Kundeneinsatz. Große Jäger hatte Glück, als Mügge in Hollbüllhuus am Rande des Wilden Moors gerade mit einem Auftrag fertig war und in seinen Montagewagen einstieg.

»Ich habe wirklich keine Zeit«, sagte Mügge gehetzt, als sich Große Jäger neben dem VW Caddy aufbaute und ihm bedeutete, die Scheibe herunterzulassen. »Es wird immer schlimmer. Man hat den Eindruck, die Leute drehen durch. Alle. Wir haben einen nordfriesischen Winter, aber keine arktische Kälte. Wer vormittags den Wasserhahn aufdreht und sich für eine Stunde die Hände kalt waschen muss, droht schon fast mit dem Rechtsanwalt.«

»Wo waren Sie gestern Abend?«, wollte Große Jäger wissen.

»Unterwegs. Arbeiten.«

»Können Sie mir die Namen und Adressen der Kunden nennen?«

Mügge startete den Motor. »Nein.«

»Wir möchten wissen, wo Sie sich gestern aufgehalten haben.«

»Sagte ich schon. Bei Kunden. Und dann bin ich nach Hause gefahren.«

»Wann waren Sie zu Hause?«

»Weiß nicht mehr.« Mügge legte den Gang ein. »Spät.«

»Sie müssen uns nachweisen, wo Sie sich aufgehalten haben. Es wird kritisch für Sie.«

»Ach ja?«, fragte er spitz. »Das weiß ich schon lange. Und dann bringt dieser Illegale auch noch meinen Mitarbeiter um. Fast. Darf hier jeder Kameltreiber ohne Führerschein ans Steuer? Ich bin am Ende. In jeder Hinsicht.«

»Woher wissen Sie …?«

»Hören Sie doch auf. Das pfeifen doch die Spatzen vom Dach, wer dort am Steuer saß. Und Namen werde ich keine nennen. Mir springen schon jetzt die Kunden reihenweise ab. Was soll passieren, wenn die Polizei bei jedem aufkreuzt und fragt, ob ich dort war? Wenn Sie mir hinterherspionieren? Wir leben hier auf dem Lande. Da kann man sich so etwas nicht leisten. Suchen Sie lieber bei Meyer und Konsorten. Die sind doch alle korrupt.«

»Wer?«

»Alle! Und nun hauen Sie endlich ab. Es reicht, dass ich bei

Frau Kasten für das beschädigte Parkett aufkommen soll, als der Lehrling bei Ihrem Erscheinen den Heizkörper hat fallen lassen. Das bezahlt keine Versicherung. Das kommt noch on top hinzu. Es ist alles so sinnlos.«

Mügge ließ die Kupplung kommen, und der Wagen rollte davon.

Große Jäger reichte es. Auch Polizisten hatten einen Anspruch auf einen Ruhetag. Den würde er nicht bekommen, dessen war er sich bewusst. Auch fern des Schreibtisches würden die Gedanken immer wieder zu diesem Fall abschweifen, zu den Beteiligten, die in irgendeiner Weise mit dem Unfall verstrickt waren. Als Opfer. Und Täter.

Er fuhr nach Garding und musste sich zunächst rechtfertigen, dass er im bisherigen Verlauf des Tages nicht erreichbar gewesen war. Er unternahm gar nicht erst den Versuch, es Heidi Krempl zu erklären.

»Sprichst du nicht mehr mit mir?« Sie wirkte gereizt.

»Nein. Ich spreche mit niemandem. Jedem von uns ist ein begrenzter Vorrat an Lautäußerungen mitgegeben. Gut. Frauen haben ein größeres Volumen, darum schnattern sie auch mehr. Ich möchte meinen nicht mit unnützen Worten ausschöpfen. Deshalb höre ich dir zu.«

Er hatte sich mit vor der Brust überkreuzten Armen ihr gegenübergesetzt, die Lippen zusammengepresst und sie stumm angestarrt. Diese Haltung hatte ihren Unmut noch mehr angestachelt. Erst als er anbot – oder war das schon fast eine Drohung? –, der Ruhe wegen in seine Wohnung nach Husum zu fahren, hatte sie nachgegeben. Nicht richtig, aber die Vorwürfe wurden subtiler. Er ließ es mit stoischem Gleichmut über sich ergehen.

Hier kamen ihm die Gene des geborenen Westfalen zugute. Wenn das auf nordfriesischen Gleichmut stieß, konnte rundherum die Welt einstürzen. Und Heidi? Sie war eine lebhafte Pfälzerin.

Es war nicht die Welt, sondern Cornilsen, der kurz vor Mitternacht den mit Mühe hergestellten häuslichen Frieden zum Wanken brachte.

»Ist etwas mit Oma?«, fragte Große Jäger schlaftrunken, als sich der Kollege gemeldet hatte.

»Nicht mit Oma, aber mit Dr. Grimm.«

»Oh nee nä«, sagte Große Jäger. »Ich war schon in Sorge um sie, da wir seit zwei Tagen nichts mehr von ihr gehört haben.«

»Dafür ist es jetzt umso heftiger. Sie ist überfallen worden.«

Große Jäger fragte ungläubig nach, aber Cornilsen bestätigte es. »Ich habe ihr meine Handynummer gegeben. Deshalb hat sie mich angerufen.«

»Sie soll die Einhundertzehn wählen«, sagte Große Jäger.

»Hat sie. Die Kollegen sind vor Ort. Und der Notarzt.«

Große Jäger war plötzlich hellwach. »Ist sie verletzt?«

»Mehr Informationen habe ich nicht. Ich werde hinfahren.«

»Ich komme auch«, beschloss Große Jäger.

Kurz darauf saß er in seinem Smart und war Richtung Schobüll unterwegs. Wer behauptete, es würde regnen, log. Es saute. Zum Glück waren nur vereinzelt ein paar Fahrzeuge unterwegs. Vor dem Haus der Ärztin parkte Cornilsens BMW 320. Das Haus war hell erleuchtet. Der Kommissar öffnete ihm auch die Tür.

»Ich denke, der Notarzt ist da? Und die Streife?«

»Beide sind wieder weg. Die Schutzpolizei hat alles aufgenommen und die Umgebung abgesucht. Dann sind sie wieder gefahren.«

»Und der Arzt? Ist Dr. Grimm im Krankenhaus?«

Cornilsen nickte. »Sie hat sich geweigert, aber der Notarzt hat sich durchgesetzt und sie mit in die Husumer Klinik genommen. Er hat ihr zuvor ein Beruhigungsmittel gegeben.«

»Ist sie …?«, fragte Große Jäger.

»Nein«, erwiderte Cornilsen. »Der Täter ist nach dem gleichen Muster wie beim ersten Mal eingestiegen. Mit einem Brecheisen oder einem großen Schraubendreher hat er die notdürftig reparierte Terrassentür aufgehebelt.«

»Hundt hatte ihr doch Tipps zur Absicherung des Hauses gegeben«, warf Große Jäger ein.

»Sie hat auch Kontakt zu einschlägigen Unternehmen aufgenommen. Aber das dauert. Der Täter ist ins Haus eingedrungen. Nicht nur die Methode entspricht dem ersten Einbruch. Er muss sich auch ausgekannt haben. Er ist direkt in ihr Schlafzimmer gekommen.«

»Sie muss doch etwas gehört haben.«

»Ärztin«, sagte Cornilsen und ließ es ein wenig abschätzig klingen. »Nach dem, was ihr in der letzten Zeit widerfahren ist, war sie mit den Nerven fertig. Deshalb hat sie ein Schlafmittel eingenommen. Sie hat den Mann …«

»Mann?«

»Definitiv. Sie hat ihn erst bemerkt, als er sie an der Schulter gepackt und wach gerüttelt hat.«

»Ist er sonst handgreiflich geworden?«

»Nein. Er wollte sie nur wach machen und ihr einen größtmöglichen Schrecken einjagen.«

»Der Erpresser folgt einer bestimmten Taktik. Er baut Druck auf. Irgendwann ist das Opfer bereit, dem nachzugeben.«

Cornilsen nickte. »Das Ziel hat er erreicht. Dr. Grimm hat einen Zusammenbruch erlitten.«

»Das verstehe ich. Was hat sie noch berichtet? Was hat der Mann gesagt?«

»Nichts. Er hat sie nur geweckt und einen weiteren Brief hinterlassen.«

»Wie sah er aus?«

»Das konnte sie nicht erkennen. Ein Mann. Groß. Von kräftiger Gestalt. Er trug einen Kapuzenpulli, und das Gesicht lag im Dunkeln.«

»Mit ausländischem Aussehen?«

»Sie war sich nicht sicher. Die Aufregung. Die Angst. Außerdem war sie aus dem Tiefschlaf aufgewacht. Da kommt vieles zusammen.«

»Er hat sie nur geweckt und den Brief hinterlassen?«

Cornilsen zögerte.

»Was denn noch?«

»Er hat nicht gesprochen, aber er hat eine Art Küchenmesser in der Hand gehalten und damit die Geste des Halsabschneidens angedeutet.«

»Das baut auf die Drohung mit dem Kaninchen auf, dem man den Kopf abgetrennt hat. Was steht in dem Brief?« Cornilsen führte Große Jäger ins Schlafzimmer. Auf dem Nachttisch lag ein Buch. Er lachte auf.

»Die Frau hat Nerven. Wird bedroht und gemobbt und liest zum Einschlafen einen Krimi. ›Der Teufel von Wacken‹ von Heike Denzau. Hm.« Dann beugte er sich über den zusammengefalteten Zettel. »Kein Umschlag?«

»Nein.«

»Gut«, sagte der Hauptkommissar leise. »Sehr gut. Das ist ein Fall für die Forensik.« Langsam ließ er den Zettel auf sich wirken. »Auf den ersten Blick sieht es aus wie immer. Was schreibt er?« Große Jäger kniff die Augen zusammen. »Ich glaube, ich brauche eine Brille«, murmelte er und las laut vor: »›Dies mal hat das Messer Pause. Jetzt ist das Blutgeld fällig 55000 unsortiert ...‹«

»Unsortiert? Er meint wohl, nicht nummeriert. Der Täter sieht zu viele billige Krimis. Was schreibt er noch? ›In ein Packet verpackt und leg es am Dienstag auf die Mülltonne Keine Trick sonst wird es ernst Mörder müssen zahlen oder Sterben‹.«

»Das ist unser Mann. Wieder das falsche Deutsch. Nun ist er konkret geworden. Wir suchen keinen Täter mit einem außergewöhnlichen IQ.«

»Er scheint von eher schlichter Denkweise zu sein«, stimmte Cornilsen zu.

»Bei Geldübergaben ist seitens der Täter Kreativität gefragt. Sie wissen, dass sie dabei beobachtet werden, und müssen sich etwas einfallen lassen, damit sie unerkannt bleiben und flüchten können. Aber das Geld auf die Mülltonne legen? Wie soll das funktionieren?«

Cornilsen kannte keine Antwort.

»Einer unserer Hauptverdächtigen ist Lankwitz, der Müllwerker. Ein merkwürdiger Zufall.«

»Der wird kaum mit dem Gipsbein vorbeigehumpelt kommen und das Geld abholen.«

»Der Erpresser weiß aber, dass am Dienstag der Müll abgefahren wird.«

»Das kann jeder herausfinden. Es gibt den Kalender mit den Abfuhrterminen«, warf Cornilsen ein.

»Die Verbindung zum Müll macht mich nachdenklich«, überlegte Große Jäger laut. »Was hat es damit für eine Bewandtnis auf sich?«

»Das werden wir am Dienstag erfahren.«

»Hat Dr. Grimm sich dazu geäußert?«

»Nicht direkt. Sie war sehr durcheinander. Ich bin mir nicht sicher, ob wir ernst nehmen können, dass sie meinte, sie würde dann ihre Ruhe haben.«

»In der ersten Forderung sprach der Erpresser von fünfzigtausend. Jetzt sind es fünftausend mehr. Was steckt dahinter?«

»Dann müssen wir ihn befragen«, schlug Cornilsen vor.

»Gute Idee. Fang schon mal an.«

»Ja – ähm …«

Sie beschlossen, in Dr. Grimms Haus zu bleiben, und versuchten immer wieder, die Puzzleteile zusammenzufügen. Viele passten, aber dann gab es ein Stück, das sich nicht einfügte. War die Diskussion zunächst noch lebhaft, geriet sie im Laufe der Zeit ins Stocken, bis sie ganz erstarb und Große Jäger irgendwann aufschreckte, als sein Kopf nach hinten fiel. Cornilsen hockte in einem Sessel und sah ihn belustigt an.

»Dein Grummeln ist schon eine Zumutung, aber wenn du schnarchst, verscheuchst du jeden Einbrecher.«

»Du mich auch«, knurrte Große Jäger und war kurz darauf wieder eingeschlafen.

Auch Cornilsen musste die Müdigkeit übermannt haben. Beide fuhren in die Höhe, als sie das Nageln eines Diesels vor der Tür vernahmen. Cornilsen sprang auf und lief auf die Terrasse.

Er kam zurück und sagte: »Dr. Grimm ist mit einem Taxi vorgefahren.«

»Sing«, befahl Große Jäger.

»Ich soll – was?«

»Singen. Oder ein Gedicht aufsagen. Wenn die Frau ins Haus kommt und hier Leute antrifft, kommt der nächste Zusammenbruch.«

Statt zu singen, unterhielten sie sich laut. Die Tür wurde aufgeschlossen. Es knarrte, als sie vorsichtig bewegt wurde. Dann herrschte Totenstille, bis eine ängstliche Stimme ertönte: »Hallo? Ist da jemand?«

»Der Klassiker in einer solchen Situation«, flüsterte Große Jäger und sagte laut: »Kripo Husum. Erschrecken Sie nicht. Wir sind im Wohnzimmer und kommen jetzt zu Ihnen.«

Die Ärztin stand im Türrahmen. Mit angstverzerrtem Gesicht sah sie den beiden Beamten entgegen. Ihre Miene entspannte sich, als sie die Polizisten erkannte.

Große Jäger erklärte ihr, dass sie das Haus bewacht hatten, da der Notdienst für die Reparatur der aufgebrochenen Tür nicht erreichbar war. Dann ließ er sich erklären, dass Dr. Grimm gegen den Willen der Ärzte das Husumer Krankenhaus verlassen hatte. Sie wirkte ruhig und gefasst. Das mochten noch die Nachwirkungen der Beruhigungsmittel sein, die man ihr im Laufe der Nacht gegeben hatte.

Sie nahm im Wohnzimmer Platz und war einverstanden, dass Cornilsen ihre Küche aufsuchen und Kaffee kochen wollte.

Große Jäger verzichtete darauf, sie noch einmal zu den Ereignissen zu befragen. Es hätte sie möglicherweise erneut aufgeregt. Vorsichtig lenkte er das Gespräch auf die Geldforderung des Erpressers. Sofort begann Dr. Grimm zu zittern. Die Augenlider zuckten. Ein kurzes Beben erfasste ihren schmächtigen Körper.

»Ich werde zahlen«, sagte sie kurz entschlossen. »Ich hätte es nie für möglich gehalten, solchen Forderungen nachzugeben. Aus Prinzip nicht. Aber ich bin dem nicht mehr gewachsen. Soll ich das alles hier aufgeben? Dann will ich lieber zahlen.«

Große Jäger versuchte ihr zu erklären, dass Erpresser sich häufig nicht mit der ersten Rate zufriedengaben. »Sie melken die goldene Kuh weiter.«

»Alles, nur nicht weitermachen wie bisher.«

»Wir haben den Text mit der Forderung des Erpressers gelesen. Auch die Art und Weise, wie das Geld übergeben werden soll. Ich sehe eine Möglichkeit, ihn bei der Übergabe festzusetzen. Damit hätte der Spuk ein Ende.«

Es sah so aus, als würde sie zustimmen. Dann schüttelte sie den Kopf mit dem grauen Kurzhaarschnitt. »Und wenn es nur der Geldbote ist? Dann macht der Täter seine Drohung wahr. Das Kaninchen. Das Messer.« Sie begann zu schluchzen.

»Wir haben Erfahrung in solchen Fällen«, versuchte er sie zu beruhigen. Mag ja sein, sagte er zu sich selbst, aber nicht in Husum …

Inzwischen war Cornilsen mit dem Kaffee zurückgekehrt. Er machte ein schuldbewusstes Gesicht und zeigte hinter sich. »Ich habe nicht aufgeräumt.«

Nach dem ersten Schluck fiel der Ärztin ein, zu fragen, ob die Beamten sich nachts versorgt hätten. Sie war erstaunt, als die beiden es verneinten.

»Wir schnüffeln nicht in fremden Häusern«, sagte Große Jäger und warf Cornilsen einen bösen Blick zu. »Hast du das Kaffeekochen bei Tante Hilke gelernt?«

Dr. Grimm war kurz abgelenkt. »Wer ist Tante Hilke?«

Bevor Große Jäger zu einer Erklärung ansetzen konnte, fuhr Cornilsen fort: »Das ist vertraulich. Tante Hilke ist die Flamme meines Kollegen.«

»Hosenmatz! Wir treffen uns auf dem Schießstand«, lautete Große Jägers Kommentar.

Sie wurden durchs Telefon unterbrochen. Dr. Grimm schrak zusammen, dann zögerte sie. »Wenn es der Erpresser ist?«, sagte sie tonlos.

»Der kennt Ihre Telefonnummer nicht«, beruhigte sie Große Jäger.

Mühsam stemmte sie sich aus dem Sitz und schleppte sich

zum Telefon. Sie wirkte erleichtert, als sie auf das Display sah. »Eine Freundin« erklärte sie, hob ab und meldete sich mit »Hallo, Elsa«.

Es folgte ein kurzer Dialog. Als sie auflegte, musste sie sich an der Anrichte abstützen. Cornilsen sprang auf und geleitete sie zum Sessel zurück.

Nachdem sie sich gefasst hatte, berichtete sie: »Meine Freundin stöbert mit Begeisterung auf Facebook herum. Dort gibt es eine Community, die sich mit Husum ...«

»Kenne ich«, fiel ihr Cornilsen ins Wort. »›Du kommst aus Husum ...‹«

Sie bewegte heftig den Kopf. »Davon sprach meine Freundin auch. Es gibt aber noch eine zweite. Die heißt ›Wir in Husum‹. Da hat ...«

»Moment«, unterbrach Cornilsen die Frau, zog sein Smartphone hervor und gab etwas ein. »Das ist eine neue Masche«, sagte er und hielt es Große Jäger hin.

Es gab zwei Einträge, in denen die Ärztin namentlich genannt wurde. »Buffi« hatte gestern eingetragen, dass Dr. Grimm eine Mörderin sei.

»Das ist der gleiche Stil wie bei den Erpresserbriefen«, sagte Große Jäger. »Mit der gleichen Rechtschreibschwäche.« Er sah Cornilsen an. »Wer ist Buffi?«

»Das kann man ermitteln. Es ist aber nicht einfach«, erklärte der Kommissar. »Damit hat der Erpresser einen Fehler gemacht.« Dann las er den zweiten Eintrag, der sich dem ersten anschloss. »Wer ist Eberhard Rost? Der hat zumindest seinen Namen genannt.«

»Rost ist Heilpraktiker in Husum. Er propagiert alternative Behandlungsmethoden und prangert die Schulmedizin an. Ich habe manchen Strauß mit ihm ausgefochten, weil er mit obskuren Ansätzen wie Vitamingaben bei Krebs heilen will. Es gab vor einigen Jahren gegenseitige Anzeigen.«

»Mit welchem Ergebnis?«

»Rost wurde untersagt, die von ihm aufgestellten Behauptungen weiter zu verwenden. Eine Anzeige wegen fahrlässiger Körperverletzung wurde allerdings eingestellt. Und jetzt zerrt er diese Dinge wieder ans Tageslicht. Ich erinnere mich an den Fall, den er anspricht. Es war ein Mann, Ende fünfzig, der an Pankreas-CA, also Bauchspeicheldrüsenkrebs, erkrankt war. Ein leider hoffnungsloser Fall, bei dem wir nichts mehr ausrichten konnten. Rost bezichtigte das Krankenhaus und insbesondere mich der unterlassenen Hilfeleistung. Und jetzt wiederholt er diese Unterstellung in Verbindung mit dem Unfall.« Sie schlug die Hände vors Gesicht. »Das ist Rufschädigung. Was soll ich nur machen?«

»Erstatten Sie Anzeige.«

»Das mache ich hiermit.«

»Ich empfehle Ihnen, das mit einem Anwalt zu besprechen.«

»Können Sie einen empfehlen?«

»Ja, aber nicht direkt. Sie sind zwar Ärztin, aber wenn man betroffen ist, benötigt man unvoreingenommene Hilfe von außen. Ein Jurist, der vor Gericht steht, verteidigt sich auch nicht selbst.«

Sie sah ihn mit einem finsteren Blick an. »Wollen Sie damit sagen, mich würde eine Mitschuld treffen? Manchmal glaube ich selbst daran.«

Große Jäger beteuerte, das sei ein Missverständnis. »Sie sollten professionelle Hilfe in Anspruch nehmen.«

»Also einen Arzt und einen Anwalt.« Dr. Grimm zeigte auf die aufgebrochene Terrassentür. »Einen Tischler und einen Fachbetrieb für Alarmanlagen.«

»Die Polizei hat Berater, die Ihnen Vorschläge unterbreiten.«

»Für alles?«

»Für die Sicherung des Hauses. Alle anderen Fragen sollten Sie mit dem Weißen Ring besprechen. Die Organisation hat exzellent geschulte Ansprechpartner. Alles Ehrenamtler. Wer – wie Sie – Opfer einer Straftat ist, den bedrücken oft Probleme, ohne dass der Betroffene weiß, wie er sie angehen soll. Es hilft, mit anderen Menschen darüber zu sprechen, seine Ängste und Sorgen loszuwerden. Allein kommt man damit nicht zurecht. Beim Weißen Ring finden Sie kompetenten Rat, aber auch menschliche Zuwendung. Man hört Ihnen zu. Schnell und unbürokratisch.« Er sah in seinen zerfledderten Kalender, den er aus der Gesäßtasche zog, und nannte ihr die Telefonnummer der Außenstelle Nordfriesland-Süd.

»Danke«, sagte Dr. Grimm.

Es war das erste Mal, dass ein leichter Hoffnungsschimmer bei ihren Worten mitschwang. Dann zuckte sie zusammen, als es an der Haustür klingelte. Cornilsen stand auf und öffnete. Er kam mit zwei Männern in Arbeitskleidung zurück.

»Moin«, grüßte der Ältere und sah in die Runde. »Wir sind die Tischler.« Er entdeckte die aufgebrochene Terrassentür. »Ist das der Übeltäter? Gut. Dann wollen wir mal.«

Große Jäger trug Dr. Grimm auf, sich sofort zu melden, falls der Täter erneut vorstellig werden sollte. Dann nahm er ihr die Zusage ab, die kommende Nacht nicht im Haus, sondern in einem Hotel zu verbringen. »Wir sprechen morgen miteinander, wie wir in Sachen Geldübergabe vorgehen werden.«

Sie verabschiedete die beiden Beamten mit einem langen und dankbaren Händedruck.

»Wochenende?«, fragte Cornilsen, als sie vor den beiden Autos standen.

»Für Polizisten, die nicht weiterwissen«, erwiderte Große Jäger. »Die anderen fahren ins Büro.«

»Wir haben heute Nacht schon alles besprochen, bis du eingeschlafen bist.«

»Da wussten wir noch nicht alles.«

Cornilsens Miene hellte sich auf. »Es ist einen Versuch wert«, stimmte er zu.

Die Etage in der Poggenburgstraße, auf der die Kripo untergebracht war, zeigte sich genauso verwaist wie am Vortag. Während Cornilsen den Rechner hochfuhr, stand Große Jäger am Fenster und sah in den Regen hinaus.

»Bei dem Wetter ist keiner unterwegs«, stellte er fest.

Als Cornilsen Laut gab, dass er so weit sei, rückte Große Jäger mit seinem Bürostuhl an die Seite des Kollegen.

Cornilsen rief auf Facebook die Seite »Wir in Husum« auf. »Ich suche nach Buffi«, erklärte er.

Kaum hatte er die Anfrage abgesetzt, erschienen zahlreiche Beiträge, die von Buffi verfasst oder an denen er beteiligt war. »Wahnsinn, was die Leute alles eingeben«, stellte Große Jäger fest. »Da will jemand seinen alten Tisch verkaufen, ein anderer sucht einen Tierarzt. Wer schneidet billig die Haare? Eine junge Mutter sucht einen Spielkameraden für ihren Dreijährigen.«

»Buffi ist gelegentlich im Netz unterwegs«, lenkte Cornilsen die Aufmerksamkeit auf die Anfrage. »Er scheint fußballbegeistert zu sein. Häme und Spott zum HSV, dann ein Text zum Husumer Fußball. Ein Klugscheißer, der alles besser weiß. Nur seine Grammatik ist ein Graus.«

»Gibt es einen Hinweis auf seine wahre Identität? Ein Bild von ihm?«

Sie suchten vergeblich.

»Wir konzentrieren uns auf sein Umfeld. Da sind ein paar Figuren, die öfter mit ihm kommuniziert haben, die auf seine Beiträge eingegangen sind. Oder deren Einträge er geteilt oder kommentiert hat.«

»Donnerwetter. Die Leute da draußen glauben nicht, wie gläsern sie durch Facebook geworden sind.«

»Darüber denkt keiner nach. Es ist unfassbar, was die Leute im Netzwerk veröffentlichen. Der volltrunkene Ausflug nach dem Abitur. Vorher Bilder einer wilden Party. Und dann wundern die sich, dass ihre Bewerbung drei Jahre später durchfällt. Hier.« Cornilsen zeigte auf einen Beitrag. »Da fetzt sich Buffi mit Martin Ohlschütz.«

»Ist das ein Klarname?«

»Davon gehe ich aus. Mit dem schreibt er sich öfter.«

»Das könnte heißen, die beiden kennen sich? Suche mehr von diesem Pärchen.«

Cornilsen gab Anfragen ein, scrollte den Bildschirm auf und ab und zeigte schließlich auf ein Foto, das zwei Männer Bierflaschen schwenkend am Rande eines Fußballfelds zeigte.

»Das ist das Husumer Friesenstadion«, sagte Große Jäger.

»Wie gut, dass Ohlschütz so eitel ist und ein Porträt von sich zu seinem Eintrag gespeichert hat. Der andere ist sein Kumpel Buffi.« Er lachte laut auf. »Buffi. Jetzt haben wir dich.« Dann klopfte er Cornilsen so heftig auf die Schulter, dass der Kommissar ein Stück nach vorn rutschte und laut »Aua« sagte. »Wir haben heute Geschichte geschrieben«, meinte Große Jäger. »Buffi hat sich selbst demaskiert. Fühlte er sich zu sicher, weil wir ihn bisher nicht gefasst haben? Oder hat er nicht erkannt, wie offen das Internet ist und welche Gefahren drohen, wenn man ohne Nachdenken seine Daten preisgibt?«

»Dann holen wir ihn«, sagte Cornilsen. Der Jagdeifer stand ihm ins Gesicht geschrieben.

Die Zuwegung zum Haus war eine sportliche Herausforderung. Auf dem unebenen Plattenweg hatten sich zahlreiche Wasserlachen gebildet. Cornilsen mit seiner Körpergröße von fast zwei Metern überwand sie mit großen Schritten. Große Jäger lief Slalom. Er landete dennoch in einer Pfütze, als er einer älteren Frau mit Rollator auswich, die unbeirrt wie die Halligfähre durch das Wasser Kurs hielt.

Sie wählten auf dem Klingelschild den Namen eines Nachbarn, der Summer ertönte, und im Erdgeschoss erwartete sie ein Mann mittleren Alters, der auf einen portugiesischen Namen hörte.

»Herr Lankwitz?«, fragte Große Jäger.

Der Nachbar schüttelte den Kopf. »Eine Treppe höher, da, wo das Kind lärmt«, sagte er.

»Da haben wir den falschen Knopf gedrückt. Danke.«

»Macht nichts«, sagte der Mann freundlich und verschwand wieder in seiner Wohnung.

Erwartungsgemäß rührte sich nichts, als sie an Lankwitz' Wohnungstür klingelten. Nur Sofie unterbrach kurz ihre kräftigen Lautäußerungen. Nach weiteren erfolglosen Versuchen pochte Große Jäger kräftig gegen das Holz. Die Tür blieb verschlossen, während der Mitbewohner der Etage aus seiner Wohnung herauskam und sich über den Lärm beschwerte.

»Das ist nicht auszuhalten«, meckerte der ältere Mann mit den breiten Hosenträgern. »Seitdem die da eingezogen ist, ist ständig Krach. Warum sucht der sich nicht eine Freundin ohne Göre?«

»Wir sind die Silence-Maker«, erklärte ihm Große Jäger.

»Die – was?«

»Sie werden es gleich hören. Und nun ... ab ins Körbchen.« Er wedelte mit der Hand und bedeutete dem Mann, die Wohnungstür zu schließen. Als sie unbeobachtet waren, fingerte er einen Gegenstand aus der Innentasche seiner Lederweste und beugte sich zum Schloss hinunter, nachdem er Cornilsen aufgetragen hatte, genau zuzusehen. »Als Zauberkünstler brauchst du das.« Er grinste. »Ist übrigens mein einziger Trick.«

Hinter der Tür im Flur stand die kleine Sofie wie zur Salzsäule erstarrt und sah die Beamten mit offenem Mund an. Ihre Mutter sah nicht anders aus, als sie aus einem Zimmer kam und die Beamten erblickte. Im Unterschied zu der Kleinen stand ihr aber auch das Erschrecken ins Gesicht geschrieben.

»Wie ... wie kommen Sie herein?«, fragte sie stockend, um sich dann zu ihrer Tochter herabzubeugen und ihr einen Klaps zu verpassen. »Hast du die Tür geöffnet?« Es folgte ein zweiter Klaps.

Große Jäger schritt ein. »Sie hielten es aus Ihrer Sicht nicht für nötig, uns hereinzulassen. Gehen Sie mit dem Kind anders um.«

Prompt nahm Sofie wieder ihr Geschrei auf.

Große Jäger schob Dorle Lankwitz sanft zur Seite und ging ins Wohnzimmer. Hans-Werner Lankwitz saß in der gleichen Position da wie bei ihrem ersten Besuch.

»Moin, Lankwitz. Man sollte den Lehrern glauben, wenn sie behaupten, Bildung würde sich auszahlen.«

»Ich verstehe nicht.«

»Dann würde man sich nicht verraten. Du hast auf Facebook die gleichen Fehler gemacht wie beim Abfassen der Drohbriefe an Dr. Grimm, nicht zu vergessen die Erpressung.«

»Ich verstehe nicht ...«

»Aber wir.« Große Jäger hatte auf alle einleitenden Worte verzichtet. »Familiensinn ist eine großartige Sache. Ihre Eltern haben uns erzählt, wie Sie an Ihrer Schwester hängen. Jeder hat Sympathie dafür, dass Sie ihr helfen wollen. Aber nicht durch kriminelle Taten. Erpressung: Das geht nicht.«

»Ich habe nicht ...«, setzte Lankwitz an, während seine Schwester, die hinter den Polizisten das Zimmer betreten hatte, zu schluchzen begann.

»Sie sind überführt«, sagte Große Jäger, fingerte die altmodischen Handschellen hervor, die er hinten auf dem Rücken am Gürtel trug, und hielt sie demonstrativ in die Höhe. Er hatte die Erfahrung gemacht, dass das metallische Geräusch viele Menschen verwirrte. Es wirkte auch hier. Dorle Lankwitz presste die Hände vor den Mund.

»Mein Gott«, sagte sie.

»Jetzt ist es zu spät, Gott um Hilfe zu bitten. Ihr Bruder hat sich zu weit gewagt.« Er drehte sich zu Lankwitz um. »Wie kommen Sie dazu, Dr. Grimm erst zu mobben und dann erpressen zu wollen? Fünfzigtausend? Hätte das Ihrer Schwester eine Weile geholfen? Und dann haben Sie gedacht, fünftausend für Sie wären auch nicht schlecht, und die Forderung auf fünfundfünfzigtausend erhöht.«

»So ein Blödsinn«, schrie Lankwitz. »Ja! Die Tante hat Mist gebaut. Sonst würden wir nicht in der Scheiße sitzen. Allesamt.«

»Es ist eine traurige Lage, in die Ihre Schwester ohne eigenes Verschulden geraten ist. Das rechtfertigt aber nicht Ihren Psychokrieg gegen die Ärztin, die nicht nur eine hervorragende und verdiente Medizinerin ist, sondern wirklich machtlos am Unfallort war. Frau Dr. Grimm ist alles andere als eine gleichgültige Ärztin. Das haben Sie nicht glauben wollen. Sie sind zur Rettungswache in der Schleswiger Chaussee gefahren und haben dort den erstbesten Wagen eines Mitarbeiters des Rettungsdienstes beschädigt. Dumm, dass der Besitzer zwar ein Notfallsanitäter ist, aber mit dem Unfall in der Jans-Kurve nichts zu tun hatte. Dann haben Sie begonnen, Dr. Grimm zu mobben, und Ihre Drohungen immer massiver werden lassen. Sie haben keine Vorstellung davon, was Sie damit angerichtet haben?«

Auf Lankwitz' unrasiertem Gesicht zeichnete sich ein misslungenes Grinsen ab.

»Wie soll ich das getan haben mit meinem Bein, hä?«

»Sie haben einen Komplizen engagiert.«

»Einen ... Komplizen? Wer soll das sein? Plötzlich sind wir eine ganze Bande, was?« Er kam etwas aus seinen Kissen hervor. »Sofie«, schrie er plötzlich. »Hast du dem Onkel Hans-Werner geholfen, Frau Dr. Dingsbums zu erpressen? Du böses kleines Mädchen.«

»Lass Sofie aus dem Spiel«, mischte sich Dorle Lankwitz ein. »Es war eine saublöde Idee von dir.«

»Hör doch auf. Ich hab es nur für dich getan. Wenn du dich nicht mit dem Nichtsnutz Tönne eingelassen hättest ...«

»Tönne. Tönne. Jetzt ist der an allem schuld«, schrie Dorle und machte zwei Schritte auf ihren Bruder zu. »Er ist ein guter Mann.«

»Nichts ist er. Und jetzt ist er noch weniger. Eine leere Hülle, die in Heide ...«

Cornilsen griff zu und hielt die Frau zurück, als sie sich auf ihren Bruder stürzen wollte. Sie unternahm den Versuch, sich zu wehren, gab aber auf und ließ sich an Cornilsens Brust fallen. Sie begann hemmungslos zu weinen. In dieses Konzert fiel auch Sofie ein.

Große Jäger bückte sich, nahm das Mädchen auf den Arm und legte ihr seinen Zeigefinger auf die Lippen.

»Pssst«, sagte er mit fester Stimme. »Es reicht, wenn die Erwachsenen verrücktspielen.«

Zu seiner großen Überraschung hielt das Kind inne und sah ihn mit großen Augen an. Es saß auf seinem Unterarm, den er sanft auf und ab bewegte. Plötzlich stoppte er, rümpfte die Nase, packte das Mädchen unter den Achseln und hielt es der Mutter hin.

»Ich glaube, Sofie braucht Sie dringend«, sagte er und sah auf seinen Unterarm, als Dorle Lankwitz ihre Tochter entgegengenommen und das Zimmer verlassen hatte.

»Sieh dich mal um«, forderte er Cornilsen auf.

Lankwitz' lauter Protest half nichts. In einem Fach im Sideboard fanden sie Druckerpapier und Briefumschläge.

»Passt«, erklärte Cornilsen. »Das ist die Sorte, die für die Erpressung benutzt wurde.« Er strahlte noch mehr, als er frische Druckerpatronen fand. Cornilsen hielt sie Lankwitz hin.

»Das war Ihr einziger lichter Moment, als Sie uns an der Nase herumgeführt haben. Sie haben neue Patronen eingesetzt, die Droh- und Erpresserbriefe gedruckt und dann wieder die vertrockneten Patronen zurückmontiert. Und die Briefe haben Sie mit Handschuhen angefasst, weil Sie eifriger Konsument von Fernsehkrimis sind.«

»Leck mich doch am Arsch«, knurrte Lankwitz.

Große Jäger war diese Reaktion vertraut. Der Mann hatte aufgegeben. Sie riefen eine Streife herbei, die Lankwitz abholen sollte.

»Das Material ist beschlagnahmt«, erklärte Große Jäger und zeigte auf das Fach mit den Druckutensilien sowie das Gerät. Die Kieler Forensik würde den technischen Nachweis erbringen. Daran hatte er keine Zweifel.

Sie überbrückten die Wartezeit bis zum Eintreffen der Uniformierten, um Lankwitz zu entlocken, wer ihm bei den Taten geholfen hatte. Es galt, die Identität des »ausländisch aussehenden Mannes« zu entlarven. An Hekuran Rashica glaubten die Polizisten nicht mehr. Aber Lankwitz schwieg. Er hatte trotzig die Lippen fest zusammengepresst und die Arme vor der Brust verschränkt.

Dorle Lankwitz konnte ihr Entsetzen nicht verbergen. Sie leugnete nicht, vom Versuch ihres Bruders, Geld aufzutreiben, gewusst zu haben. Einzelheiten, insbesondere das Mobbing, waren ihr nicht bekannt. Sagte sie.

Große Jäger versuchte mehrfach, zu erfahren, wie die Geldübergabe erfolgen sollte. Auch hierzu verweigerte Lankwitz jede Aussage. Der Hauptkommissar hielt ihn nicht für einen gewieften Taktiker, der in der Lage war, Strategien zu entwickeln. Sollte seine Schwester am Dienstag am Süderbergweg vorbeifahren und das Geldpaket einfach abholen? So naiv konnte selbst Lankwitz nicht sein. Er musste damit rechnen, dass die Polizei die Übergabe beobachten und den Boten verfolgen würde.

Es war ein erfolgreicher Tag gewesen, auch wenn noch nicht alle Fragen geklärt waren. Mit diesen Gedanken trennten sich die beiden Beamten für den Rest des Sonntags.

Straftaten aufzuklären und die Täter der Gerichtsbarkeit zuzuführen ist Alltag der Polizei. Wenn es gelingt, in einem besonders herausragenden Fall einen Abschluss zu erzielen, freut sich die ganze Dienststelle mit. Sogar Hundt fand anerkennende Worte, obgleich das Aber folgte.

Große Jäger und Cornilsen arbeiteten fieberhaft an der weiteren Aufklärung. In der freien Zeit hatte der Hauptkommissar nicht abschalten können. Seine Gedanken kreisten um die Art und Weise der geplanten Geldübergabe. Die erpresste Summe sollte auf den Müllbehälter gelegt werden.

Lankwitz war kein routinierter Verbrecher. Einen ausgeklügelten Plan traute Große Jäger ihm nicht zu. Mit Sicherheit hatte der Mann viele Dinge nicht bedacht und die Möglichkeiten der Polizei nicht einschätzen können. War er so naiv und glaubte, Dr. Grimm werde der Forderung nachkommen und die Polizei außen vor lassen? Große Jägers Überlegungen kreisten um die Mülltonne. Am Dienstag sollte sie geleert werden.

»Der ausländisch aussehende Mann, den die Kinder, aber auch Frau Dr. Grimm so beschrieben, spielt eine Schlüsselrolle«, sagte er laut, als er abends mit Heidi Krempl zusammensaß.

Sie hatte ihn erstaunt angesehen und nur »Bitte?« gefragt.

Lankwitz war nach seinem Unfall als möglicher Täter ausgeschlossen worden. Der Mann war keine Leuchte, wies aber partiell eine gewisse Bauernschläue auf. Ein Beweis dafür war das Austauschen der Druckerpatronen gewesen. Im Krieg gab es immer wieder Leute, die sich dem Dienst an der Front durch Selbstverstümmelung zu entziehen versuchten. Hatte Lankwitz mit seinem Unfall ähnlich gehandelt, um sich aus dem Kreis der Tatverdächtigen davonzustehlen? Doch wie wollte er das Geld übernehmen? Hatte er einen Komplizen? Das musste der von den Zeugen genannte Unbekannte sein. Und wenn der …

Die Suche nach dem »Unbekannten« fiel Cornilsen am

Montagmorgen zu. Große Jäger überraschte den Kommissar damit, bevor er gegrüßt hatte. Ihm gefiel, dass Cornilsen nicht nachfragte, sondern sofort den Hintergrund verstand. Der Kommissar rief beim Müllentsorger an, sprach mit dem Disponenten wie mit einem alten Bekannten und sagte hinterher: »Der hat sich prompt zum Hilfssheriff erklärt.« Dann machten sie sich auf den Weg und fuhren die Straßen Horstedts ab. Irgendwo in der kleinen Gemeinde nördlich von Husum mussten sie den Müllwagen finden. Das Brummen und Klappern, das Geräusch der sich im Inneren drehenden Spindel verrieten ihn, bevor sie ihn sahen. Der orangefarbene Müllwagen war rückwärts in eine Sackgasse gefahren. Der Fahrer lehnte sich aufs Lenkrad und sah interessiert dem Ford Focus entgegen. Als der Pkw sich direkt vor ihn stellte, senkte er die Scheibe herab und wollte seinen Unmut über die »Blödheit« herausschreien, aber die beiden Polizisten ignorierten sein Schimpfen. Sie liefen auf jeder Seite des Fahrzeugs entlang und überraschten den Müllwerker, der hinter dem Fahrzeug damit beschäftigt war, die Tonnen in die Hebevorrichtung einzuhaken, um sie dann mittels Druckluft anzuheben und den Inhalt der Gefäße im Schlund des Wagens verschwinden zu lassen.

»Ünal Ayhan?«, fragte Cornilsen den Mann in der orangefarbenen Arbeitskluft.

Gegen die Kälte hatte er sich durch eine tief in die Stirn gezogene Wollmütze geschützt. Der Wind blies immer noch heftig. Zum Glück hatte es aufgehört zu regnen.

Ayhan sah sie an.

Große Jäger wiederholte Cornilsens Frage. Seelenruhig wickelte Ayhan die Handgriffe ab, schob die Tonnen an die Seite und widmete sich den Müllgefäßen der beiden Nachbarhäuser. Er unterbrach seine Arbeit kurz, als durchdringend die Hupe des Müllwagens ertönte.

Die Polizisten ließen ihn gewähren und packten ihn erst an den Oberarmen, als er aufs Trittbrett steigen wollte.

Es war beinahe unwirklich, dass der Mann keine Fragen stellte. Er ließ alles ohne Gegenwehr über sich ergehen.

»Wir sind von der Husumer Polizei«, sagte Große Jäger. »Kommen Sie mit.«

Ayhan nickte ergeben und ließ sich gleichmütig die Handfesseln anlegen. Es war eher eine symbolische Geste, dass Cornilsen ihn am Ellenbogen führte.

Der Fahrer, ein bulliger Mann, hatte das Führerhaus verlassen. Er baute sich vor Cornilsen auf, schob die brennende Zigarette in den Mundwinkel und stemmte die Fäuste in die Hüften.

»Was soll das?«, fragte er in aggressivem Ton. »Lass sofort meinen Kumpel los.«

»Ruhig Blut. Wir sind von der Polizei«, erklärte Große Jäger.

»Ist mir scheißegal, und wenn ihr Marsmännchen seid. Nehmt die Pfoten von ihm. Ihr seid doch nicht ganz dicht. Was soll ich ohne ihn machen?«

Große Jäger grinste. »Zieh dir eine Jacke über. Und dann springst du bei jeder Mülltonne aus der gut geheizten Kabine heraus und erledigst den Job allein.«

»Ich werde dir gleich ...«, drohte der Mann, beließ es aber bei der Verbalattacke.

»Tut uns leid«, sagte Cornilsen in versöhnlichem Ton. Dann öffnete er die hintere Wagentür und half Ayhan hinein.

Der Fahrer hatte seine Sprache verloren. Stumm starrte er dem sich entfernenden Ford hinterher.

Ayhan hatte keinen Ton von sich gegeben. Er hockte auf dem Rücksitz und ließ sich widerstandslos ins Büro der beiden Beamten führen, als sie die Poggenburgstraße erreichten. Dort nahmen sie ihm die Handfesseln ab. Große Jäger bedeutete dem Mann, Platz zu nehmen.

Ünal Ayhan war vierunddreißig Jahre alt und in Neumünster geboren. Er war bisher nicht straffällig geworden. Seit elf Jahren war er als Müllwerker tätig und hatte bei der Arbeit Hans-Werner Lankwitz kennengelernt. Sie hatten gelegentlich nach Feierabend gemeinsam etwas unternommen, und Lankwitz war auch zwei- oder dreimal Gast bei Ayhans Eltern gewesen. Umgekehrt war Ayhan Dorle Lankwitz und ihrem Partner Tönne Christiansen begegnet. Er war erschüttert, als er von dem schrecklichen Unfall hörte. Lankwitz hatte ihm schon früher erzählt, dass die kleine Familie nicht nur in finanzieller Hinsicht mit vielerlei Schwierigkeiten kämpfte. Jetzt war Lankwitz förmlich zusammengebrochen und machte sich Sorgen um die Zukunft seiner Schwester. So war in Lankwitz die Idee entstanden, ihr Geld zum Überleben zu besorgen –»von denen, die es dicke haben und auch ein bisschen für die Situation verantwortlich sind«.

Lankwitz, so erzählte Ayhan, sei der festen Überzeugung, dass die Ärztin etwas hätte unternehmen können.»Ärzte sind dafür ausgebildet. Mensch, Ünal. Die studieren ihr halbes Leben. Und das auf unsere Kosten. Von unseren Steuern. Und wenn sie gebraucht werden, tun sie nichts.«

Zunächst hatte Lankwitz ihn überredet, Dr. Grimm ein wenig Angst einzujagen. Deshalb hatte er die Kinder beauftragt, Steine auf das Haus zu werfen. Das Ganze hatte dann Ausmaße angenommen, die er nicht mehr überblicken konnte.»Es ist echt aus dem Ruder gelaufen«, bekannte Ayhan. Es sei aber immer nur darum gegangen, Dr. Grimm zu erschrecken. Ja! Es tue ihm schrecklich leid. Wenn er es rückwirkend betrachte, schäme er sich. Er wolle sich bei der Ärztin entschuldigen.

»Weshalb haben Sie ein Hakenkreuz angebracht?«

Ayhan überlegte kurz. Er nagte an seiner Unterlippe, bevor er sprach:»Das habe ich für meinen Vater gemacht. Meine Eltern leben immer noch in Neumünster. Mein Vater hat viele Jahre als Helfer auf dem Bau gearbeitet. Jetzt kriegt er eine kleine Rente. Am Abend zuvor habe ich mit meiner Mutter telefoniert, und sie hat erzählt, dass die beiden alten Leute beim Einkaufen auf dem Großflecken von Jugendlichen beleidigt wurden. Beleidigungen sind für uns Türken etwas Schlimmes. Da sind bei mir die Pferde durchgegangen, und ich habe als Rache dafür ein Hakenkreuz auf das Auto gesprüht.«

»Das hatte nichts mit Dr. Grimm zu tun?«, fragte Große Jäger.

»Nein!«, versicherte Ayhan.»Es war mein Ärger. Einfach nur so.«

»Weshalb hat Lankwitz die Summe, die er erpressen wollte, plötzlich erhöht?«

Ayhan senkte den Kopf. »Das sollte für mich sein.«

Der Mann war in vollem Umfang geständig. Seine Reue wirkte auf Große Jäger echt, auch wenn damit nicht entschuldigt war, was er Dr. Grimm angetan hatte. Über das richtige Strafmaß musste das Gericht entscheiden.

Große Jäger stand auf, nachdem er Cornilsen aufgetragen hatte, sich um das Weitere zu kümmern. Im Vorbeigehen legte er für den Bruchteil einer Sekunde seine Hand auf Ayhans Schulter. Dann verschwand er nach draußen und suchte Hilke Hauck auf.

Nachdem sie mit Ünal Ayhan fertig waren, rief Große Jäger die Ärztin auf dem Handy an.

»Wir haben eine gute Nachricht für Sie. Der Spuk hat ein Ende. Wir haben beide Täter …«

»Beide?«, fragte Dr. Grimm ungläubig.

Große Jäger bestätigte es, hielt sich aber bedeckt bei den Namen der Täter, obwohl die Ärztin mehrfach nachfragte.

»Wie macht man das? Ich meine, die Täter identifizieren?«

»Polizeiarbeit«, sagte er nur. »Wichtig ist, dass Sie wieder entspannt leben und gelassen den Alltag genießen können.«

»So einfach geht das nicht«, entgegnete sie. »Dafür hat man mir zu viel angetan. Die Bilder geistern immer noch in meinem Kopf herum. Ich weiß nicht, ob ich sie jemals wieder loswerde.«

»Nehmen Sie Hilfe in Anspruch.«

»Ich bin Ihrem Rat gefolgt und habe mich an den Weißen Ring gewandt. Man hat mir sofort Unterstützung angeboten. Heute Nachmittag habe ich ein Treffen mit einem Berater.«

Sie bedankte sich noch mehrfach, bevor sie auflegte.

Der Verdacht, dass zwei Täter denselben Vorgang zum Anlass genommen hatten, Straftaten zu verüben, hatte sich bewahrheitet. Das Motiv im zweiten Fall war ein anderes. Es ging um vermeintliche Versäumnisse der Politik, für die man Landrat Jansen und den umtriebigen Peter Meyer verantwortlich machte. Große Jäger ließ die Reihe der Verdächtigen in diesem Fall Revue passieren.

Lankwitz war überführt. Rashica hatte sich nie über die beiden ausgelassen, zumindest hatte er sie zu keiner Zeit persönlich verantwortlich gemacht. Weshalb sollte sich der Gastronom auf politischer Ebene als »Rächer« betätigen?

Mügge war noch nicht endgültig frei von allen Verdachtsmomenten. Der Heizungsfachmann war in eine bedrohliche wirtschaftliche Lage geraten. Er sah zumindest eine Teilschuld bei den Verantwortlichen im Landkreis. Ob das ausreichte, um Drohbriefe zu verfassen, geheimnisvolle Post mit dem weißen Pulver an die Kreisverwaltung zu verschicken, auf Meyer zu schießen und dessen Haus anzuzünden? Beide Anschläge galten Peter Meyer. Und in dessen Person sah Mügge seinen Hauptkontrahenten.

Wenig zimperlich hatte sich auch Johann Ehrenberg geäußert. Er und seine Mitstreiter traten vehement für eine bessere Gesundheitsversorgung auf Eiderstedt ein, und zwar aus idealistischen Gründen. Ehrenberg gewann keine persönlichen Vorteile dadurch. Oder doch? Vorteile nicht, aber ihm würde die Erfolglosigkeit der von ihm ins Leben gerufenen »Aktion Bürger für Menschen« anhaften. In einem Gespräch hatte er gesagt, dass er sein Berufsleben immer am Schreibtisch in einer Verwaltung zugebracht habe, und zwar stets ganz hinten in der Ecke. War das ein Lebensziel? Hatte er mit der ABM etwas gefunden, das ihm Aufmerksamkeit schenkte? Es war keine Seltenheit, dass Menschen Straftaten verübten, um ins Rampenlicht zu gelangen. Diese Motivation lag auch manchem Selbstmord zugrunde.

Welch grandioser Erfolg wäre es, wenn der Landrat oder Meyer zurücktreten würden? Alle wussten, dass »aus gesundheitlichen Gründen« nur eine leere Floskel war. Und wenn sich einer oder beide wirklich zurückziehen würden, hätte das Signalwirkung auf andere, zum Beispiel potenzielle Nachfolger. Es war gewagt, in diese Richtung zu denken.

»Los, Hosenmatz. Wir haben noch etwas zu erledigen«, sagte Große Jäger.

Sein Gegenüber sah ihn irritiert an.

»Es gibt noch einen Täter.«

»Ja, aber ...«

Sie machten sich auf den Weg nach Grothusenkoog. Die Haustür wurde von Frau Ehrenberg geöffnet. Sie entschuldigte ihren Mann.

»Johann geht es nicht gut. Er hat sich ein wenig hingelegt. Können Sie ein anderes Mal wiederkommen?«

»Es ist wirklich dringend.« Große Jäger bestand darauf, ihn jetzt zu sprechen.

»Komm Sie man rein«, sagte die Frau und bat die Beamten in ein plüschig eingerichtetes Wohnzimmer. Schwere Schals und Schabracken im gleichen Stoff umrankten das Fenster. Wolkenstores hinderten am Ausblick in die Marsch. Große Jäger befürchtete, dass eine Staubwolke aus den plüschigen Möbeln aufsteigen würde, wenn er sich ins Polster drückte. Auf dem Tisch lag eine Häkeldecke, darauf ein kleines Set mit Brüsseler Spitze.

Als Frau Ehrenberg den Raum verlassen hatte, raunte Cornilsen ihm zu: »Wenn Ehrenberg genauso konservativ ist wie die Einrichtung, ist er nicht unser Mann. Hier ist doch alles verstaubt einschließlich des Gehirns des Mannes.«

»Das ist eine Sichtweise«, belehrte ihn Große Jäger. »Man könnte es aber auch als gelebten Individualismus bezeichnen.«

»Hm«, war der ganze Kommentar Cornilsens.

»Hosenmatz. Wenn Ehrenberg gleich erscheint, möchte ich, dass du die Gesprächsführung übernimmst«, sagte Große Jäger.

Cornilsen sah ihn mit hochgezogenen Augenbrauen an. »Ich? Das ist doch eine wichtige Befragung.«

»Eben.«

Ehrenberg sah erschöpft aus, als er ins Zimmer kam. Er schleppte sich mehr vorwärts, als dass er ging. Die Haare hingen wirr durcheinander. Auf der Wange zeichnete sich das Muster einer Hand ab. Er musste darauf gelegen haben. Wortlos schlich

er zu einem Sessel mit breiten Armlehnen und ließ sich hinein-
sinken.

»Sie waren lange Jahre als Beamter in der Kommunalver-
waltung tätig«, begann Cornilsen.

»Ich verstehe nicht ...«

»Hören Sie einfach zu«, fuhr Große Jäger dazwischen.

»Sie kennen Land und Leute, aber auch die Struktur der
Verwaltung.«

»Ich bin lange pensioniert.«

Große Jäger lachte laut auf und zog die Aufmerksamkeit der
beiden anderen auf sich. »Wir sind auch Beamte und wissen,
dass sich daran über Generationen kaum etwas ändert.«

»Das ist nicht wahr. Ständig wurden wir mit anderen Ämtern
zusammengelegt. Aber das habe ich Ihnen schon erzählt.«

»Das war Ihnen ein Dorn im Auge?«, fragte Cornilsen. »Sie
liebten das Kleinteilige, Überschaubare.«

Ehrenberg musterte Cornilsen aus zusammengekniffenen
Augen.

»Wie alt sind Sie?«

»So alt, dass er eine verantwortliche Position bei der Kripo
einnimmt«, übernahm Große Jäger die Antwort.

»Nicht alles, was neu ist, ist auch gut«, erklärte Ehrenberg.
»Man spricht nicht umsonst von kommunaler Selbstverwaltung.
Aber die wird ausgehebelt. Die Husumer reißen sich alles unter
den Nagel. Es war ein Fehler, dass unser Landkreis von denen
vereinnahmt wurde.«

Große Jäger warf Cornilsen einen raschen Blick zu. Der
junge Kollege war mit der Geschichte nicht vertraut. So übernahm er es, den Anwurf zu erwidern.

»Schon zu Preußens Zeiten war Eiderstedt viel zu klein, um
ein eigener Kreis zu sein. Bei der Reform 1970 hatte Eiderstedt
gerade einmal zwanzigtausend Einwohner.«

»Na und? Damals funktionierte aber alles. Auch ohne Computer und so. Es gab einen Landrat, der sich für die Bürger einsetzte. Heute sind wir vergessen, der Arsch von Nordfriesland.
Die Westküste ist abgehängt. Die Infrastruktur zerfällt. Das

Krankenhaus ist weg. Die Schulen werden dichtgemacht. Der Nahverkehr eingestellt. Das ist hier bald Wüste.«

»Ich würde es Idylle nennen«, sagte Cornilsen.

»Das sehen die Menschen aber anders. Deshalb ist die ABM so erfolgreich. Alle Eiderstedter stehen hinter uns.«

»Das kann nicht sein. Die Wahlergebnisse, aber auch der Bürgerentscheid zur Zukunft der Krankenhäuser zeigt ein anderes Ergebnis«, sagte Cornilsen.

»Weil man uns belogen hat. Nach Strich und Faden.«

»Sie wollen das Rad zurückdrehen?«

»Wir wollen wie Menschen behandelt werden.«

»Und das ist mit der jetzigen Konstellation nicht möglich?«

»Das liegt an den Leuten an der Spitze. Die müssen weg. Jansen muss weg. Der ist nicht einmal von hier. Er soll dorthin zurückgehen, wo er herkommt.«

»Ist das die Meinung der ABM?«

»Aber ja.«

»Wie viele Mitglieder haben Sie?«

Ehrenberg ließ sich in den Sessel zurückfallen und legte die Unterarme auf die breiten Lehnen. »Wir sind kein Verein mit einer Mitgliederkartei.«

Kartei!, dachte Große Jäger triumphierend und warf Cornilsen einen Seitenblick zu, aber der Kommissar hatte es nicht verstanden. Ehrenberg hatte »Kartei« gesagt, nicht »Datei«.

»Demnach können Sie gar nicht belegen, wie groß die Unterstützung in der Bevölkerung ist?«

»Gewaltig. Die Eiderstedter wären doch blöd, wenn sie die Probleme nicht erkennen.«

»Alle? Oder nur jene, die aufgrund einer unglücklichen Konstellation glauben, man hätte sie benachteiligt?«

»Junger Mann.« Ehrenberg hielt inne, weil ihm die Luft wegblieb. Nach einer Pause, in der er heftig schluckte, fuhr er leiser fort: »Was heißt hier ›glauben‹? Wenn Sie betroffen sind, denken Sie anders darüber.«

»Zum Beispiel die Familie Bentzin«, mischte sich Große Jäger ein.

»Die hat es schwer getroffen. Wenn die nicht so einen großartigen Nachbarn hätten …«

»Sie meinen BP?«, fragte Große Jäger nach.

»Bauer Petersen.«

»Der ist auch Mitglied bei Ihnen?« Cornilsen hatte das Gespräch wieder übernommen.

»Alle sind Mitglieder«, ereiferte sich Ehrenberg. »Jeder, der
ein wenig nachdenkt.«

»Und da Jansen und Meyer nicht freiwillig zurücktreten,
muss nachgeholfen werden?«

»Die kleben an ihren Posten. Kein Wunder. Das wird ja gut
genug bezahlt.«

Cornilsen öffnete den Mund, als wolle er etwas sagen, hielt
dann aber inne.

Ehrenberg starrte gebannt auf den Kommissar. Man spürte,
wie er immer nervöser wurde. Er wollte unbedingt wissen, welcher Gedanke Cornilsen durch den Kopf ging. Es verunsicherte
ihn.

»Wenn jemand so lange an Bord ist wie Sie, kennt er auch
die Wege, die hinter den Kulissen entlangführen.«

»Ich versteh nicht, was Sie damit sagen wollen …«, wich
Ehrenberg aus. Kleine Schweißtropfen perlten auf seiner Stirn.

»Sie wissen, wie Sie den Landrat erreichen.« Cornilsen
wischte mit der Hand durch die Luft. »Behaupten Sie nicht,
das sei nicht der Fall. Sie kennen seine Handynummer und die
direkte Durchwahl.«

Ehrenberg spitzte die Lippen. »Nun ja«, sagte er gedehnt.

»Und die Mailadresse.«

Der Mann antwortete mit einem kaum wahrnehmbaren Nicken.

»Da Sie der Auffassung sind, der Landrat sei zu träge, wollten
Sie ihn verunsichern, ihm Beine machen.«

»Es muss endlich etwas geschehen.«

»Er sollte Angst haben?«

»Jansen muss spüren, wie es den Leuten geht, die unter seiner
Misswirtschaft leiden. Er hat nichts im Griff.«

»Zum Beispiel bei Eintritt einer außergewöhnlichen Situation?«

»Richtig.«

»Deshalb haben Sie dafür gesorgt, dass in der Kreisverwaltung alles durcheinandergerät, weil ein Brief mit einem verdächtigen weißen Pulver eingeliefert wird.« Ehrenberg sah Richtung Gardine. »Das war keine gute Idee«, gestand er flüsternd ein. »Da habe ich Mist gebaut. Aber ich war so zornig, dass sich nichts bewegt.«

»Und die Drohungen, die Sie ihm geschickt haben?«

»Er muss doch spüren, dass es so nicht weitergehen kann. Ihn interessiert doch das Schicksal Betroffener einen feuchten Dreck.«

»Deshalb sind Sie als ›Der Rächer‹ aufgetreten?«

Ehrenbergs Kopf fiel auf seine Brust herab. Er sagte etwas, das durch die Wolle seines Pullovers verschluckt wurde.

Cornilsen bat ihn, es zu wiederholen.

»Es war nicht gut, was ich gemacht habe. Aber die, die zunächst von unserer Aktion begeistert waren … Aktiv wollte kaum jemand mitmachen. ›Keine Zeit – gern, aber im Augenblick nicht – das bringt doch alles nichts‹ und so weiter.«

»So mutierte die ABM zu einer Ein-Mann-Aktion.«

»So nicht«, protestierte Ehrenberg.

»Schließlich haben Sie zu drastischen Mitteln gegriffen und auf Peter Meyer geschossen, als er mit seinem Mercedes auf dem Rückweg von den Reußenkögen war. Als Sie ihn nicht getroffen haben, wurden Sie zum Brandstifter und haben sein Haus angezündet.«

Ehrenberg bewegte seinen Zeigefinger hin und her.

»Ich habe Mist gebaut und bin über das Ziel hinausgeschossen. Ja – ich habe Jansen bedroht und ihm Briefe geschickt. Aber schießen? Häuser anzünden? Nein. Das war ich nicht.«

»Wir müssen Ihren Computer und Ihren Drucker mitnehmen«, sagte Cornilsen. »Damit können wir beweisen, dass die Drohungen von Ihnen kamen.«

»Klar«, stimmte Ehrenberg zu.

»Und das Backpulver?«

Er zeigte mit dem Finger in Richtung der Zimmerwand.

»Haben wir in der Küche.«

»Haben Sie Stiefel?«

»Gummistiefel?«

»Wanderstiefel oder anderes grobes Schuhwerk.«

»Warum?«

»Wir müssen auch das mitnehmen.«

Ehrenberg atmete hörbar aus. Er presste den letzten Sauerstoff aus seinen Lungen. »Kommen Sie.« Mühsam versuchte er, sich aus dem Sessel zu erheben. Es gelang ihm erst im zweiten Versuch. Mit unsicherem Gang schritt er voran und führte die Beamten in ein kleines Kabuff, das als Arbeitszimmer diente. Frau Ehrenberg wirkte überrascht, als die Beamten mit Computer und Drucker, aber auch mit einem Teil des Schuhwerks abrückten.

»Das war nur ein Teilgeständnis«, sagte Cornilsen unzufrieden, als sie in den Dienstwagen einstiegen. »Er hat gemerkt, dass wir ihm den Backpulverbrief und die Drohungen nachweisen können. Dafür wird er eine Strafe erhalten, vermutlich auf Bewährung. Die fällt aber wesentlich höher aus, wenn er wegen der anderen Dinge belangt wird.«

»Und wenn er es wirklich nicht war, Hosenmatz?«

»Wer sonst? Unsere Lostrommel mit Verdächtigen ist leer. Wir haben auch die Nieten schon aussortiert.«

»Ich habe noch einen Pfeil im Köcher«, sagte Große Jäger und dirigierte ihn auf verschlungenen Pfaden quer über Eiderstedt Richtung Norden.

Das Haus lag weit außerhalb des Ortskerns, wobei der auch nur eine Handvoll Häuser umfasste. Da war genug Platz für die knapp einhundertzwanzig Einwohner des Dorfes, die stolz auf die den Ort überragende, über sechshundert Jahre alte St.-Stephanus-Kirche sein durften. Das Haus wurde durch eine Baumreihe, die von Weitem wie ansteigende Theaterränge aussah, gegen den Westwind geschützt. Außen stemmten sich die kleineren Bäume gegen den ständig blasenden Wind, dahinter in Reihen die etwas größer werdenden Bäume.

Der Hofplatz wurde von einem urig aussehenden großen Haus im Friesenstil mit Reetdach, einem damit harmonierenden Neubau mit mehreren Eingängen und Einrichtungen zur Unterbringung landwirtschaftlicher Geräte gebildet. Im Hintergrund erstreckte sich der offene Stall. Dahinter lag die Biogasanlage.

»Von wegen Bauer«, sagte Große Jäger. »Das klingt nach Misthaufen am Hinterausgang. Das sind heute alles Unternehmer, die diversifizieren müssen, um zu überleben. Milchwirtschaft, Viehzucht, Flächen für den Anbau von Futter und Mais für die Biogasanlage. Und der Neubau da drüben – das sind Ferienwohnungen. Mich würde nicht wundern, wenn es eine Milchtankstelle, einen Hofladen und ein Bauerncafé geben würde.«

Cornilsen zeigte auf ein paar über den Vorplatz laufende Hühner. »Die dienen der Selbstversorgung. Ist das nicht klasse?«

Beim Öffnen der Wagentür wurde diese Große Jäger fast aus der Hand gerissen, so heftig hatte der »eilige Wind« sie als Angriffsfläche genutzt.

Cornilsen lachte schallend auf. »Oma hat gesagt, es müsste mal wieder unwindig werden.«

»Unwindig?«

»Richtig. Das Gegenteil von windig.«

In diesem Augenblick bog ein Hund laut kläffend um die Hausecke, lief auf sie zu und baute sich vor Große Jäger auf.

»Na, mein Kleiner?«, sprach der Hauptkommissar sanft das Tier an. »Ich weiß. Dieses ist dein Terrain. Das willst du uns klarmachen.« Er streckte in Zeitlupe die Hand aus und begann, den Hund hinter dem Kopf zu streicheln.

Ein Mann mittleren Alters tauchte auf und blieb verwundert stehen. Dann setzte er seinen Weg in Richtung der Besucher fort.

»Moin«, grüßte er. »Ich bin erstaunt, dass Rolf sich das gefallen lässt. Wir haben im Sommer oft Gäste auf dem Hof, auch

Feriengäste. Die akzeptiert er erst, wenn wir die für gut befunden haben, also freigeben. Das ist ein Ritual. Wir drücken jedem die Hand, und Rolf nimmt die Witterung auf.« Er gab Große Jäger die Hand, dann Cornilsen. »Sie kommen von ...?«, fragte er.

»Kripo Husum.«

»Kripo Husum?« Der Mann zeigte sein Erstaunen.

»Sie sind?«, wollte Große Jäger im Gegenzug wissen.

»Petersen. Mir gehört der Laden.« Dabei beschrieb er mit der Hand einen Halbkreis. »Genau genommen mir und meiner Familie.«

»Sie sind BP?«

Petersen lachte und zeigte zwei Reihen gelber Raucherzähne. »So nennt man mich. Das steht für Bauer Petersen. Niemand ruft mich bei meinem Vornamen Oke. Um was geht es?«

»Wir ermitteln in Sachen eines Unfalls auf der B 5 in der Jans-Kurve ...«

»Scheun Schiet«, unterbrach sie Petersen. »Dass die das nicht in den Griff kriegen. Da passiert alle Augenblicke was. Und nichts geschieht.«

»Deshalb hat sich die ABM gegründet.«

»Eigentlich ein guter Ansatz. Aber das bringt nicht viel.«

»Und wenn der Druck auf die Verantwortlichen erhöht wird?«

»Wie denn? Da können wir nichts machen.«

»Dem Landrat und den Politikern drohen.«

»Drohen?« Petersen lachte verächtlich. »Ich fluch auch manchmal, aber so was ... Nee. Das läuft nicht.«

»Haben Sie sich noch nie an Aktionen der ABM beteiligt?«

»Ich? Nix da. Dafür habe ich keine Zeit. Wir sind hier voll ausgelastet.«

»Sie werden aber manchmal in die Zivilisation fahren.«

Petersen lachte. »Wo ist die? Doch, ja – schon. Wir wohnen hier am Ende der Welt, aber wir leben nicht am Ende der Welt. Schon gar nicht mental.«

»So schön es hier auch ist, bringt es auch Nachteile.«

»Man gewöhnt sich daran.«

»Gewöhnt sich daran oder arrangiert sich damit?«

»Das klingt fast philosophisch.« BP streckte den Arm aus und zeigte in die weite Marsch. »Unser nächster Nachbar, etwa vierhundert Meter weiter, sieht das anders.«

»Bentzin?«

Petersen nickte versonnen. »Armes Schwein. Seine Frau hat böse der Schlag getroffen. Die ist absolut hilflos. Wenn Günter, so heißt er, mal wegwill, muss er jemanden organisieren, der auf Renate aufpasst.« Petersen verzog das Gesicht, als wäre ihm etwas eingefallen. »Sie kommen doch nicht wegen der Sache vor ein paar Tagen, als er ausgerastet und auf die Peteraner Polizei los ist? Ich verstehe es, wenn er manchmal einen zu viel zur Brust nimmt. Das ist eine Art Ventil. Das muss dann raus. Wir haben mitgekriegt, dass da was nicht stimmte. Femke, meine Frau, ist mal rüber und hat geguckt. Da sah sie die Bescherung. Günter hatte mehr intus als sonst. Femke guckt oft nach Nate, wenn es sich einrichten lässt und Günter mal wegmuss. Aber das war zu viel. Zu beider Schutz haben wir die Polizei angerufen. Das war man gut so.«

»Ich dachte, Bentzin verlässt nie das Haus«, sagte Große Jäger.

»Kommt nicht oft vor. Aber manchmal schon. In letzter Zeit öfter.«

»War er länger weg?«

Petersen griente. »Femke und ich haben schon geulkt, dass er eine Freundin hat. Das soll nicht unmenschlich klingen, aber so was braucht man doch. Sonst wird man ja verrückt. Das soll aber nicht heißen, dass er damit seine Nate vernachlässigt. Günter reibt sich für seine Frau auf. Die beiden sind wie Pech und Schwefel.« Petersen kam einen Schritt näher. »Neulich war er abends unterwegs. Femke hat eingehütet. Günter kam ziemlich spät zurück. Wir hatten gedacht, der hat sich mal auswärts etwas hinter die Binde gegossen. Nix da. Er war absolut nüchtern, dafür aber nass bis auf die Knochen.«

»Wann war das?«

Petersen zog die Stirn kraus. »Ich glaube, letzten Freitag.«
An diesem Tag wurde Meyers Haus angezündet, dachte Große Jäger.

»Hat Bentzin eine Waffe? Ein Gewehr? Hier draußen ist doch jeder Jäger.«

Erneut nickte Petersen. »Von den Bauern – ja. Das stimmt. Aber Bentzin? Der nicht.«

»Weshalb sind Sie sich so sicher?«

Petersen kratzte sich verlegen am Hinterkopf. »Ich will keinen Ärger, mir schon gar nicht selbst etwas an die Backe hängen.«

»Das ist kein Vertrauensbruch. Es geht darum, eine Straftat aufzuklären und möglicherweise weitere Dummheiten zu vereiteln.«

Petersen schüttelte energisch den Kopf. »Nee. Bentzin ist kein Böser. Ganz sicher nicht. Der ist vom Schicksal arg gebissen. Wie der sich für seine Frau aufopfert, das ist schon übermenschlich. Er muss alles machen. Unter uns – wenn er mal ausflippt, einen zu viel trinkt oder jetzt abends unterwegs ist ... Der geht doch ein, wenn er nicht mal rauskommt.«

»Wir beurteilen keine moralischen Aspekte. Uns geht es einzig um die Aufklärung von Straftaten. Und die Verhinderung möglicher weiterer«, erklärte Große Jäger mit Nachdruck.

»Das verstehe ich«, versicherte Petersen und rümpfte die Nase. »Aber Günter ... nee. Der tut keiner Fliege was zuleide.« Auf seinem Gesicht zeigte sich ein verunglücktes Grinsen. »Keiner Fliege, aber den Ratten auf seinem Grundstück, denen geht er schon an den Kragen.«

»Ratten?«

»Wir leben hier auf dem Land. Rundum sind Felder und Wiesen. Seit einiger Zeit streicht hier ein Wolf durch die Gegend. Der hat schon zahlreiche Schafe gerissen. Zwischen den Feldern liegen zur Entwässerung die Sielzüge, also die Gräben. Da tummeln sich auch Ratten. Die haben entdeckt, dass man sich auch an den Vorräten der Menschen bedienen kann.«

»Und?«, fragte Große Jäger.

»Bentzin wollte die vertreiben. Aber nicht mit Gift. Wegen Renate.«

»Sondern?«

Petersen wippte unruhig von einem Fuß auf den anderen. »Na ja«, druckste er herum. »Da habe ich ihm geholfen. So unter guten Nachbarn. Das ist hier so auf dem Land.«

»Wie haben Sie ihm geholfen?«

Der Landwirt kaute auf seiner Unterlippe und senkte den Blick. »Ich habe ihm was geliehen – gegen die Ratten.«

Große Jäger wurde ungeduldig. Er forderte Petersen auf, endlich Klartext zur reden.

»Eine Schrotflinte.«

»Wie bitte? Sie lassen Bentzin mit einer Schrotflinte herumballern?«

»Ja«, antwortete Petersen kleinlaut. »Die Viecher sind so flink, die kriegst du mit einer Jagdflinte nicht. Da muss man schon Kunstschütze sein. Oder John Wayne.«

»Wann hat er die Waffe bekommen? Und wann zurückgegeben?«

»Ja – also … Das muss letzte Woche Mittwoch gewesen sein. Genau. Donnerstag hat Femke auf Renate aufgepasst. Zwischendurch war auch unsere Tochter drüben bei Bentzins.«

»Ich denke, darum kümmert sich Günter Bentzin. Er lässt seine Frau so gut wie nie allein. Bis auf Freitagabend, als er weg war.«

»Im Prinzip ist das so. Aber am letzten Donnerstag war er den ganzen Tag unterwegs. Bis zum Nachmittag. Er hatte Behördenkram zu erledigen. Die machen ihn fertig mit dem Papierkram, hat er gesagt. Ständig wird etwas abgelehnt. Unter uns: Dem Günter geht's auch finanziell ziemlich dreckig. Er sagt nur nichts. Dafür ist er zu stolz.«

Donnerstag, überlegte Große Jäger. An dem Tag wurde am Deich nahe der Arlau-Schleuse auf Peter Meyer geschossen. Sie waren bisher davon ausgegangen, dass Bentzin sich ständig und ausschließlich um die Pflege seiner Frau kümmerte. Wenn er am Donnerstag unterwegs war, könnte er Meyer vor dessen

Haus aufgelauert und ihn verfolgt haben. Er hatte sich auf dem Deich in den Hinterhalt gelegt, weil er davon ausging, dass der Fraktionsvorsitzende diesen Weg zurücknehmen würde. Eine Schrotflinte. Damit kann auch ein Ungeübter das Ziel kaum verfehlen. Dann war es nur ein Warnschuss. Bentzin hatte nicht vor, Meyer zu treffen. Das war es. Bentzin hatte geschossen, aber nicht auf Meyer. Niemand hatte den Deich seewärts abgesucht, nur binnendeichs. Es war eine Sisyphusarbeit, aber die Polizei musste erneut zu dieser Stelle ausrücken und nach der Ladung Schrot suchen, die dort irgendwo niedergegangen war. Der Fund wäre wichtig, um Große Jägers Theorie vor Gericht zu untermauern. Ihm fiel wieder ein, dass Bentzin gesagt hatte, er hätte »denen da oben« schon lange ein Loch in den Pelz gebrannt, wenn er ein Gewehr hätte.

»Wann haben Sie die Flinte zurückbekommen?«, fragte Große Jäger.

Petersen blies die Wangen auf. Eine Geste, die bedeutete, er würde sich gern vor der Antwort drücken. Der Hauptkommissar hakte nach.

»Ja, alsooo«, dehnte der Landwirt die Replik.

»Er hat sie noch?«

Petersen nickte ganz langsam. »Das läuft alles auf Vertrauensbasis.« Dann wiegte er den Kopf. »Die Sache mit den Ratten ... Da ist er noch nicht mit durch. Erst vorhin hat er wieder eine Ladung abgegeben. Der Wind hat den Knall rübergetragen.«

»Es wird noch einiges auf Sie zukommen«, sagte Große Jäger. »Dabei werden wir aber auf Ihre Kooperation verweisen.«

»Kann ich mir vorstellen, ich meine, dass ich meinen Kopf hinhalten muss«, sagte Petersen und trottete zum Haus zurück.

Sie waren froh, bei dem tosenden Sturm wieder im Auto zu sitzen.

»Unfassbar«, sagte Cornilsen. »Bentzin hat sich hinter der Pflege seiner Frau versteckt. Deshalb haben wir ihn außen vor gelassen bei der Eingrenzung möglicher Verdächtiger.«

»Es gab ein paar Hinweise auf ihn«, widersprach Große Jäger. Zu seiner Überraschung trug Cornilsen die Idee vor, dass

Bentzin am Donnerstag Meyer verfolgt und auf ihn geschossen haben könnte.

»Gut, Hosenmatz.« Er weihte Cornilsen in seine eigenen Gedanken ein. »Jetzt klären wir zunächst einmal, woher Bentzin Meyers Adresse hatte.«

»Ich tu das machen«, nickte Cornilsen und rief Ehrenberg an. Dessen Ehefrau wollte ihn abwimmeln, aber Cornilsen blieb hart. Als er mit dem Mann sprach, unterstellte er, dass Ehrenberg die Anschrift kenne. Der bestätigte es.

»Haben Sie die Adresse auch an Günter Bentzin weitergegeben?«

»Ja. Warum nicht?«

»Letzte Woche?«

»Kann sein.«

Große Jäger knurrte zufrieden. »So setzt man Puzzles zusammen, Hosenmatz.«

Plötzlich passten die Teile zueinander. Er musste es dem Kollegen nicht auftragen. Cornilsen startete den Motor und fuhr über das schmale Asphaltband zu Bentzins Haus.

Ungestüm fegte der Sturm über das grüne Weideland. Keine Knicks behinderten ihn. Immer wieder erfasste er das Auto und rüttelte daran. Auch bei diesem Wetter war die Aussicht grandios. Zum Glück wurde der weite Horizont hier nicht durch Windmühlen gestört. Grüne Wiesen mit grasendem Vieh – im Sommer – und Natur pur bestimmten das Landschaftsbild, das in Verbindung mit der Eiderstedter Kulturlandschaft ein Magnet für den Tourismus war, der schon lange mit der Landwirtschaft um die Vorherrschaft im Wirtschaftsleben der Region rang.

Wenn man vom Kleinod an der Westküste sprach … Bentzins Haus gehörte nicht dazu. Es wirkte von außen heruntergekommen.

Sie hielten vor dem Gebäude, stiegen aus und näherten sich. Der Wind strich um die Ecken und spielte mit unterschiedlichen Pfeiftönen seine eigene Melodie. Unwillkürlich fiel Große Jäger die Eingangssequenz zu »Spiel mir das Lied vom Tod« ein.

Ennio Morricone musste bei der Komposition seiner Melodien von der Atmosphäre um Bentzins Haus inspiriert worden sein. Sie klingelten. Nichts rührte sich. Auch ein zweiter Versuch blieb erfolglos. Große Jäger drückte die Türklinke herab. Es war unverschlossen.

»Sollen wir Verstärkung anfordern?«, flüsterte Cornilsen, der ihm dichtauf folgte. »Der Mann hat eine Waffe.«

»Bentzin ist kein Killer«, erwiderte Große Jäger.

Abgestandene Luft schlug ihnen entgegen. Es roch muffig, durchmischt mit Zigarettenqualm.

»Hallo?«, rief Große Jäger ins Halbdunkel. »Herr Bentzin? Hier ist die Polizei. Große Jäger. Sie erinnern sich an unser Gespräch in der Husumer Arrestzelle?« Er lauschte ins Haus.

Nichts.

Er wiederholte sein durchdringendes »Hallo?«. Wieder blieb es ohne Antwort.

»Er muss da sein«, wisperte Cornilsen. »Sein Auto steht vor der Tür. Wer hier wohnt, ist darauf angewiesen.«

Große Jäger stieß mit der Fußspitze die Tür zur Küche ganz auf. Es roch nach Essensresten. Schmutziges Geschirr stapelte sich in der Spüle. Auf dem Herd stand eine Pfanne mit kalt gewordenem Fett. Große Jäger zeigte auf eine Sammlung leerer Schnapsflaschen.

»Aquavit der Marke Schimmelreiter«, stellte Cornilsen fest. »Ein weiterer Mosaikstein. Eine solche Flasche wurde für den Brandsatz beim Anschlag auf Meyers Haus benutzt.«

Sie verließen die Küche und wandten sich dem Wohnzimmer zu. Es war leer. Das galt auch für das kleine altertümlich möblierte Esszimmer. Es gab noch einen weiteren Raum, der schon lange nicht mehr benutzt schien. Dafür sprach die dicke Staubschicht, die sich auf den Möbeln niedergelegt hatte.

»Keller?«, flüsterte Cornilsen.

»Gibt es hier nicht. Die Marsch ist so feucht, dass es ein Schwimmbad wäre.«

Große Jäger ging zur Treppe, die ins Obergeschoss führte. Unter ihr waren Kartons abgestellt, davor hatten die Schuhe ihren Platz gefunden. Ein paar derbe Stiefel weckten sein Interesse. Er hob sie an und besah sich das Profil. »Ich glaube, es stimmt mit den Spuren überein, die Klaus Jürgensen vor Meyers Küchenfenster sichergestellt hat, dort, wo der Brandstifter gestanden haben muss.«

Erneut ließ er ein lautes »Hallo?« hören. Es blieb totenstill im Haus. Dafür meinte er, das Knarren der ausgetretenen Holzstufen müsste man bis Bauer Petersens Hof hören, als sie vorsichtig ins Obergeschoss gingen.

»Die können doch nicht ausgeflogen sein«, sagte Große Jäger. Ihn beschlich ein merkwürdiges Gefühl. Ein Bauchgefühl. Der erste Raum, den sie betraten, war das Schlafzimmer. Das Bett war zerwühlt. Auf dem Fußboden lagen Berge gebrauchter Kleidung, die achtlos hingeworfen worden waren. Große Jäger zeigte auf den Nachttisch. Dort stand eine halb volle Flasche Aquavit.

»Seine Schlafmedizin.«

Die nächste Tür führte ins Badezimmer. Sie war angelehnt. Er stieß dagegen, dass sie aufschwang. Große Jäger zuckte zurück, als wäre er gegen eine unsichtbare Mauer gelaufen. Das Bad war mit dunkelblauen Fliesen gekachelt, wie es in den siebziger Jahren modern gewesen sein mochte. Sie wiesen an vielen Stellen Gebrauchsspuren auf. Teile waren abgeplatzt, Setzrisse durchzogen die Wände und den Fußboden. Über all das mochte man hinwegsehen. Nicht jedoch über das grauenvolle Bild, das sich den beiden Polizisten bot. Bentzin musste sich auf den Badewannenrand gesetzt und den Lauf der Schrotflinte in den Mund gesteckt haben. Die Schrote, millimetergroße Kügelchen aus Hartblei, hatten eine verheerende Wirkung erzielt. Knochen, Blut, Hautfetzen und Gehirn hatten sich großflächig verteilt. Bentzin war nach hinten übergekippt und lag mit dem Oberkörper in der Wanne, der übrig gebliebene Teil des Kopfes ruhte auf dem Badewannenrand. Die Beine hingen über den vorderen Rand und baumelten in der Luft.

»Klaus wird nicht begeistert sein über diesen Tatort«, kommentierte Große Jäger. »Das ist für mich ein Suizid. Armes

Schwein. Er hat keinen Ausweg mehr gewusst. Niemand hat seine und seiner Frau Notlage erkannt und ihm geholfen.«

»Meinst du, an seinen Vorwürfen gegenüber Landkreis, Landrat und Rettungskräften ist etwas dran?«, fragte Cornilsen, dem die Erfahrung mit solchen Bildern fehlte und der sichtlich beeindruckt war.

»Wer will das objektiv bewerten? Das hier ist jedenfalls keine Lösung. Wo ist die Frau?«

Renate Bentzin lag in einem kleinen Zimmer, das im Unterschied zu den anderen Räumen sauber und aufgeräumt aussah. Das Pflegebett stand in der Mitte und war von allen Seiten zugänglich. Die Frau hatte eingefallene Wangen und schlohweißes Haar. Die Augen waren geschlossen. Ihre Hände lagen gefaltet auf der Bettdecke. Es sah aus, als schliefe sie.

»Erweiterter Selbstmord«, konstatierte Cornilsen. »Aber woran ist die Frau gestorben?« Er zeigte auf ein leeres Glas und eine Packung Tabletten. »Er hat sie vergiftet. An seiner Stelle hätte ich es mir auch nicht ansehen wollen, wenn sie mit der Schrotflinte erschossen worden wäre.«

Große Jäger hatte nicht zugehört, sondern sich über die Frau gebeugt. Sie atmete kaum wahrnehmbar. »Schnell, Hosenmatz. Wir brauchen einen Notarzt. Die sollen die Schraube schicken. Mit allem, was möglich ist.«

Er deckte die Frau ab und sah nach, ob sie äußere Verletzungen aufwies. Nichts. Dann versuchte er, den Mund zu öffnen, und kontrollierte, ob die Atemwege frei waren. Mit einer Hand wählte er auf seinem Handy über die Kurzwahl Heidi Krempls Praxis an, mit der anderen nahm er die Medikamentenpackung zur Hand. Es schien eine Ewigkeit zu vergehen, bis sich die Sprechstundenhilfe meldete. Er verlangte, sofort – sofort! – mit Frau Krempl verbunden zu werden.

»Das geht nicht. Die ist gerade in einer Behandlung«, antwortete die Frau pflichtgemäß.

»Stellen Sie mich sofort durch«, brüllte Große Jäger ins Telefon, dass selbst Cornilsen erschrocken zusammenfuhr. »Es geht um Leben und Tod.«

»Ja, aber …«, versuchte es die Sprechstundenhilfe erneut, wurde aber von ihm mit »Los! Machen Sie. Aber fix!« lautstark übertönt.

Kurz darauf meldete sich Heidi. Ihre Stimme klang ruhig und sachlich.

»Es geht um Renate Bentzin«, sagt er. »Ihr Mann hat sich erschossen.«

Er war ungehalten, als sie fragte: »Exitus?«

»Exitus totalis. Sogar mit Herzstillstand. Das ist so, wenn der halbe Kopf weg ist. Die Frau atmet noch. Wahrscheinlich hat er ihr eine Überdosis Diazepam verabreicht.«

»Sofort den Notarzt anrufen.«

»Haben wir«, unterbrach er sie. »Direkt den Hubschrauber. Was können wir bis zu dessen Eintreffen machen?«

»Nicht viel. Beobachten. Im Notfall reanimieren. Es kann mit hoher Wahrscheinlichkeit zu Atemfunktionsstörungen kommen. Die Leberwerterhöhung lassen wir im Augenblick unberücksichtigt. Bei ihr kann mit der Vorschädigung der Hirnfunktion die hemmende Wirkung auf die Atemfunktion verstärkt in Erscheinung treten.«

»Danke.« Dann hatte er aufgelegt.

»Die sind unterwegs«, sagte Cornilsen. »Ist es richtig, dass wir alles unternehmen, um sie zu retten? Wie soll ihr Leben ohne Ehemann aussehen? Sie ist ein Pflegefall und wird es immer bleiben.«

»Deine Überlegung hat ihre Berechtigung. Es kann aber nicht unsere Aufgabe sein, eine solch weitreichende Entscheidung zu treffen. Wir sind vieles, aber nicht der liebe Gott.«

Cornilsen nickte versonnen. »Es war falsch, was Bentzin gemacht hat. Vor dem irdischen Richter hätte er mildernde Umstände bekommen.«

»Darüber haben wir nicht zu befinden.« Es war ein milder Tadel.

»Außerhalb des Protokolls: Bentzin sah keinen Ausweg mehr.«

»Es gibt immer einen Weg, mag er auch beschwerlich sein.«

Renate Bentzins Atem ging flach. Es sah kurz danach aus, als würde sie aufhören zu atmen.

»Komm, Mädchen. Hol Luft«, rief ihr Große Jäger zu, als er sich über die Frau beugte. »Verdammt, wie lange dauert es, bis die da sind?«

Nach zwölf Minuten traf der Rettungswagen aus St. Peter-Ording ein. Die beiden Notfallsanitäter nahmen sich professionell der Patientin an. Fast gleichzeitig war durch den heulenden Sturm das Flapp-Flapp des Niebüller Hubschraubers zu hören. Cornilsen eilte vor die Tür, um ihn einzuweisen. Wenig später kam er mit dem Notarzt und einem weiteren Notfallsanitäter zurück.

Große Jäger wies auf die Medikamentenpackung hin. »Das ist ihr vermutlich verabreicht worden.«

»Würden Sie bitte den Raum verlassen«, sagte der Notarzt. Es war keine Bitte, sondern eine Aufforderung.

Cornilsen hatte zwischenzeitlich die Spurensicherung in Flensburg benachrichtigt.

»Sag ihnen, dass auch das K1 kommen soll«, meinte Große Jäger matt. »Die können sich um all das hier kümmern. Uns bleibt genug Aufwand mit der Nachbearbeitung, der Dokumentation, den Protokollen und vielem mehr. Ich vermag nicht zu entscheiden, wer in diesem Fall Opfer und wer Täter war.«

Der Notarzt zeigte sich nicht sehr gesprächig. Er ließ lediglich verlauten, dass die Patientin in einem kritischen Zustand sei und man sie nach Heide fliegen wolle.

Nachdem sich der Rettungsflieger in die Luft erhoben hatte, entspannte sich Große Jäger. Er trat vor die Tür und rauchte Kette, während sie auf das Eintreffen der Flensburger warteten. Dabei rieb er sich die Hände.

»Der Fall ist für uns erledigt. Auf zu neuen Taten.«

»Na denn dann.«

Dichtung und Wahrheit

Die Diskussion um die Gesundheitsversorgung wird in Nordfriesland wie an anderen Orten lebhaft geführt. Auch wenn Fakten und reale Zahlen in den Roman Eingang gefunden haben, sind die Handlung und alle Figuren frei erfunden und haben, mit Ausnahme der Personen der Zeitgeschichte, keine Vorbilder in der Wirklichkeit. Leider ist die Jans-Kurve oft Schauplatz schlimmer Unfälle. Es wäre wünschenswert, wenn die zuständigen Stellen – nicht nur hier – sich ihrer Verantwortung bewusster wären und sich nicht mit Bedauern hinter »Vorschriften« und »Gegebenheiten« verstecken würden.

Natürlich ist es einfach, das Wirken jener Menschen zu kritisieren, die sich ehrenamtlich auf vielen Gebieten engagieren und ohne die im kulturellen, sozialen und sportlichen Bereich nichts geschehen würde. Das gilt auch für die auf kommunaler Ebene politisch Tätigen, die maßgeblich an der Gestaltung unseres Alltagslebens mitwirken. Statt permanenter Kritik sollten wir ihnen auch einmal Lob und Dank zukommen lassen.

Ich danke Lutz Jaffé vom Weißen Ring, meinem Sohn Leif und Birthe für die Unterstützung und ihren Rat. Ebenso Ben-Reiner Graf, dessen realen Namen ich in diesem Buch verwenden durfte.

Ohne Dr. Marion Heister und die zahlreichen ungenannten klugen Köpfe im Verlag wäre dieses Buch nicht zustande gekommen. Herzlichen Dank an das professionelle Team hinter den Kulissen.

Lust auf mehr? Laden Sie sich die »LChoice«-App runter, scannen Sie den QR-Code und bestellen Sie weitere Bücher direkt in Ihrer Buchhandlung.

Die Erfolgsserie des Bestsellerautors
Hannes Nygaard:
Alle Titel sind auch als eBook erhältlich.

Hinterm Deich Krimis:

Tod in der Marsch
ISBN 978-3-89705-353-3

Vom Himmel hoch
ISBN 978-3-89705-379-3

Mordlicht
ISBN 978-3-89705-418-9

Tod an der Förde
ISBN 978-3-89705-468-4

Tod an der Förde
Hörbuch, gelesen von Charles Brauer
ISBN 978-3-89705-645-9

Todeshaus am Deich
ISBN 978-3-89705-485-1

Küstenfilz
ISBN 978-3-89705-509-4

Todesküste
ISBN 978-3-89705-560-5

Tod am Kanal
ISBN 978-3-89705-585-8

Der Tote vom Kliff
ISBN 978-3-89705-623-7

www.emons-verlag.de

Der Inselkönig
ISBN 978-3-89705-672-5

Sturmtief
ISBN 978-3-89705-720-3

Schwelbrand
ISBN 978-3-89705-795-1

Tod im Koog
ISBN 978-3-89705-855-2

Schwere Wetter
ISBN 978-3-89705-920-7

Nebelfront
ISBN 978-3-95451-026-9

Fahrt zur Hölle
ISBN 978-3-95451-096-2

Das Dorf in der Marsch
ISBN 978-3-95451-175-4

Schattenbombe
ISBN 978-3-95451-289-8

Flut der Angst
ISBN 978-3-95451-378-9

Biikebrennen
ISBN 978-3-95451-486-1

Nordgier
ISBN 978-3-95451-689-6

Das einsame Haus
ISBN 978-3-95451-787-9

www.emons-verlag.de

Stadt in Flammen
ISBN 978-3-95451-962-0

Nacht über den Deichen
ISBN 978-3-7408-0069-7

Im Schatten der Loge
ISBN 978-3-7408-0200-4

Hoch am Wind
ISBN 978-3-7408-0275-2

Das Kreuz am Deich
ISBN 978-3-7408-0393-3

Niedersachsen Krimis:

Mord an der Leine
ISBN 978-3-89705-625-1

Niedersachsen Mafia
ISBN 978-3-89705-751-7

Das Finale
ISBN 978-3-89705-860-6

Auf Herz und Nieren
ISBN 978-3-95451-176-1

Tod dem Clan
ISBN 978-3-7408-0438-1

Kurzkrimis:

Eine Prise Angst
ISBN 978-3-89705-921-4

www.emons-verlag.de